媳婦說得是 1

風 文創 506

沐榕雪瀟 著

目錄

序

沐榕雪瀟

生而為人，當我們的潛意識裡有了欲與求的概念，失望、不滿、遺憾的情緒油然而生。隨著年齡的增長、情緒的膨脹，回憶過往總會生出失落、後悔、愧疚乃至痛恨。追憶時，我們就會想若能重來一次，一定會怎麼怎麼樣。

基於人們有這樣的思緒，穿越文、重生文隨之而生。或是異世而來、變成另一個人、活出別人的精彩；或是重活一次，把握人生的轉捩點，為自己走出康莊大道。不管是穿越還是重生，改變都是第一位，這是一種積極向上的心態。

作品中，人物作為藝術形象，改變都要有基礎和因由，順理才能成章；對於作者來說，人物的轉變除了自然而然，還可以適時地開一開金手指。

《媳婦說得是》是一本同時代換體的重生文。女主和前身生活在同一個朝代，沒有時代的鴻溝和隔閡，有共同的熟人乃至敵人，適應身分和環境的難度相對就降低了。

女主的前身在繼母精心調教下才名遠播，清高到不食人間煙火，亦不通人情世故，最後被繼母和丈夫害死。而原主是出身勛貴之門的庶房嫡女，性子軟弱、沈悶、木訥，又因其母出身商戶而飽受歧視，被庶妹推入河裡溺水而亡。當才女變成呆女，她如何報前世仇、開今生路？又如何在望族林立的京城拚出錦繡前程？

沒有新思想、新觀念的衝擊與融合，怎麼才能改變主角的性格，從而改變她的命運？而這改變還要合情合理且不突兀。從打腹稿、寫大綱開始，我一直在考慮這個問題，直到落筆，才給了自己一個還算滿意的答案。

女主的前身是才女，琴棋書畫樣樣精通，腹有詩書氣自華。她重生之後，沿襲才女之路，慢慢嶄露頭角，這樣的情節很合理，卻落了俗套。於是，我從她的才藝裡摘出了一項——畫，只不過畫的內容由風花雪月變成了河道支流圖；再加上她讀書不少，參與治河，為自己和家人爭一份榮耀也合乎情節發展。

但這遠遠不夠。女主的前身是一位如黛玉般清雅高潔的女子，香消玉殞於骯髒之手，這是對美好的踐踏。她必須報仇，精心謀劃設計，以更慘烈的手段報復，為與她氣息相通的作者和讀者出一口惡氣。

那麼問題又來了。縱是女主活了兩世，仍是名弱女子，憑一己之力如何報仇？要想自己寫得爽、讀者看得爽，只有大開金手指，卻不能開給她。於是，她那位出身商戶的母親隱形的財富和隱秘的身分隨著情節的發展慢慢揭開了。

寫到女主的母親用竹筐裝滿足金錠子送給女主做零用錢時，我不由自主就嗨了起來。之後又告誡自己——隱形富婆是女主她媽，不是妳媽，趕緊麻溜溜碼字去。

我還是趕緊麻溜溜碼字去，現實生活不是文學作品，沒有金手指。

第一章　亡而新生

仲春二月，萬物復甦的時節，盛月皇朝發生了仁平之亂。最終，這場混亂以仁平太子及其生母安皇后被廢黜賜死、東宮及安國公府一派被屠戮殆盡而終結。

今上啟順帝御筆一揮，朝堂重新洗牌，慘烈的殺戮很快就被一派昇平給遮掩，而留在人們心中的血腥及恐懼也慢慢淡去，京城又恢復了往日的繁盛喧囂。

迄今，朝廷平定「仁平之亂」已兩月有餘。

榮華富貴，轉眼灰飛煙滅。繁華盡頭，舉目一派蒼涼。

清風蕩蕩，陰霾漸漸消逝，豔陽毫不吝嗇地灑下萬丈光芒，照耀著天地萬物，溫暖且清新。

陽光盡情潑灑，塵埃在金芒中恣意跳躍，初夏芳菲，暖意充盈。龍飛鳳舞、美輪美奐的殿堂樓閣被光芒籠罩，莊嚴肅靜中仍有幾分寒意充斥。

范成白站在御書房外，英挺的身姿掩映在花樹中，清逸的面容在陽光下更添神采。感受到熱意漸濃，他卻不由自主打了個寒顫，嘴角挑起冷笑。

「范大人，皇上醒了嗎？」高公公匆匆走近，滿臉陪笑，問話的聲音壓得很低。面對范成白這朝堂新貴、御前紅人，他這宮中總管也要伏低討好。

自平定了仁平之亂，啟順帝就添了晌午前在御書房軟榻上小睡的習慣。

范成白剛要答話，就看到御書房內伺候的太監扒開門縫衝他招手。知道啟順帝小睡醒了，范成白衝高公公點了點頭，兩人一前一後進了御書房。

「有新鮮事嗎？」啟順帝看了高公公一眼，扶著太監的手坐起來。

「回皇上，今天是錦鄉侯府老夫人六十大壽的正日子，府外擺了流水席，府內高朋滿座、歡聲笑語，可熱鬧了，那席面……」高公公邊說邊笑，很賣力地描述，別有意味的目光卻不時掃向范成白。

范成白扶著啟順帝站起來，並代替太監伺候皇上穿衣整裝，名滿天下、清傲高雅的才子如今已官至四品，做這服侍人的活計卻一點也不違和，只因他服侍的是這掌管天下萬萬人富貴榮華的君主。

接到高公公的眼色示意，范成白的手微微一頓，臉龐依舊淺笑恭敬。錦鄉侯府蘇家在老太太的壽辰上一定出了見不得光的事，還不是小事，而且與他時時魂牽夢繞的人有關。高公公人老成精，不跟啟順帝說，是想賣他一個人情。

啟順帝見慣了富麗隆重的宴席，對高公公的描述沒興趣，揮手打斷。「蘇家老夫人是賢妃的嫡母，再賜下一份壽禮，從朕的私庫裡出，去辦吧！」

「奴才遵旨。」高公公深深看了范成白一眼，行禮告退。

「還沒有梓璘的消息嗎？」啟順帝坐到龍椅上，見范成白低頭不語，神情黯然蒼老了幾分。「傳旨下去，讓他們接著找、仔細查，朕不相信梓璘……」

鑲親王世子蕭梓璘是啟順帝的侄子，自幼頗得寵愛器重，不遜於皇子。成年後，啟順帝把肩負自身安全、朝廷安危的暗衛營交由他統領，專辦關係皇朝安危的大案要案。去年，他在查辦仁平太子謀亂時失蹤，至今杳無音信。

「微臣這就去傳旨，鑲親王世子吉人自有天相，還請皇上放寬心。」范成白見啟順帝依舊表情凝重，笑了笑，又說：「微臣請求皇上把去錦鄉侯府賜賞的美差交給微臣，微臣剛剛還想中午去哪兒蹭飯呢，就有這巧宗兒了。」

「你呀你呀，去吧！錦鄉侯府肯定擺下珍饈美酒招待你，有回禮，你也替朕收著，就當朕賞你了。」啟順帝笑了，眾人都鬆了口氣。

范成白又陪啟順帝說笑了一會兒，才離開御書房。關上御書房的門，他臉上的笑容頓時消失得乾乾淨淨，沈思片刻，就去找高公公了。

高公公看到范成白，立刻遣退手下。「蘇家三爺在後花園的水榭與他的表妹葉大姑娘偷情，被蘇家三奶奶抓了現形，鬧開了。葉夫人得知此事，不斥責兒子和姪女，遮醜善後，反而打了蘇三奶奶，蘇三奶奶……」

范成白不等高公公嘮叨完，便憤憤地甩了衣袖離開。

高公公愣了愣，趕緊叫來一個小太監交代了幾句，讓他給范成白的隨從傳話去了。

「多情自古空餘恨，還是咱家這乾淨人好。」范成白和蘇家三奶奶程汶錦的情緣知道的人不多，高公公恰是知情者之一。

從宮中出來，范成白又恢復了沈靜淡漠的神態，步伐卻沈重了許多。等在宮外的鷹生和鶴生已接到高公公讓人送來的消息，看到范成白，兩人趕緊迎上去。

「去錦鄉侯府。」不等鷹生、鶴生開口，范成白就大步走到了前面。

相比前面笑語歡聲、恭賀連連，錦鄉侯府的後花園冷清了許多。

程汶錦坐在涼亭裡，雙手撫額，哀聲輕嘆，清麗秀美的臉龐流露淒涼。感受到腹中小生命的顫動，她嘴角勾起，失望和痛恨似乎已隨風飄逝，眼底暖意盎然。

流書和青荷看到程汶錦面露笑意，都鬆了一口氣。兩人互看一眼，想勸慰汶錦一番，就見她的奶娘高嬤嬤急匆匆朝這邊跑來。

「三奶奶、三奶奶，老太太發話了，替三奶奶做主了。老奴就說老太太是最最慈和、公道的人，她最疼三奶奶，三爺再也不敢說休了您的混話了！」

兩個丫頭都看向程汶錦，又齊聲問：「那、那葉姑娘呢？」

那會兒被捉姦在床，三爺蘇宏佑惱羞成怒，叫嚷著要休了汶錦，娶他表妹葉玉柔為妻。葉玉柔則滿腹委屈，一再申明自己一個多月前因傷懷而貪杯，酒醉後被蘇宏佑玷污，又懷了孕，才不得不委曲求全，屈從於他。

「老太太斥責葉家門風不嚴、教女無方，不管三爺是不是失德，他們都是無媒苟合，蘇家絕不會娶她為正妻。因她有孕在身，老太太准許她進門，但必須為妾，可太太想抬自己的姪女為平妻，被老太太斥為不倫不類後，也不敢吭聲了。」

程汶錦暗哼一聲，緩緩道：「知道了，嬤嬤回去歇著吧！」

高嬤嬤知道程汶錦正心煩，想著前面還有熱鬧，應付了幾句，就走了。

流書和青荷一聽葉玉柔要進門為妾，都替汶錦捏一把汗，看向她的目光充滿憂慮。

汶錦不以為然，聽到這樣的結果，她反而鬆了一口氣。有葉玉柔這新歡美人牽絆，蘇宏佑就不會來糾纏她，她的丫頭也不用再小心翼翼躲避應對了。

蘇宏佑文不成、武不就，卻貪酒好淫，是京城出了名的紈袴公子；而汶錦卻是名滿江東的才女，才情樣貌俱佳，若不是被人算計，也不會嫁給他。

與一個厭惡到骨子裡的人結為夫妻，相看兩厭不是最好的結局嗎？

「三奶奶好些了嗎？」染畫輕手輕腳走近，低聲問流書。

汶錦深深看了染畫一眼，問：「有事？」

染畫看了看涼亭一側的竹林，謹慎的目光掃過流書和青荷，欲言又止。

汶錦隨著染畫的目光投向竹林，看到竹林裡頎長清逸的身影，嘆息聲隱約可聞，她的心急速跳動起來。故人來訪，且是有備而來，她已為人妻，卻沒有避嫌的退路。

范成白一身青色軟緞直裰，周身無一綴飾，與他淨白俊逸的面容相襯，素雅清淡。他背手仰頭佇立於竹林之中，渾然一色，就像被早春清涼的雨絲水霧浸染的一根修竹，清雅柔潤，卻又被朦朧霧氣籠罩，看上去有幾分迷茫神秘。

汶錦扶著流書的手走進竹林，坐到林中竹椅上。流書退出來守在路口，染畫則立於涼亭之中，與范成白的隨從鶴生東西相望，與流書形成三角守護之勢。

「何事？」汶錦免去俗禮，開門見山詢問。

「今日來蘇家賀壽，順便來看看妳。一年不見，妳可還好？」

「聰明如你，早已洞悉，又何必多問？揭別人的傷疤，污的是自己的手。」汶錦的語氣依舊直接生硬，沒有半分造作掩飾，甚至不含一絲情緒。

「錦兒，妳我幼時相識，我一直以為妳最懂我、知我性情，沒想到有心之人的幾句閒話便改變妳對我的認知，妳……」

范成白八歲那年隨父母逃荒來到江東，父母相繼而亡，他成了貧病交加的孤兒，飢寒交迫，適逢五歲的汶錦隨父踏雪尋梅，救下了奄奄一息的范成白。

之後，范成白就住在程家，非主非僕，跟隨汶錦的父親程琛讀書，很快就成了程琛的得意門生。五年後，他考中童生，緊接著在院試奪案首、鄉試中解元。去年，他又在春闈中得會元，殿試被點了狀元，得了今上的青眼。

汶錦於他不只有救命之恩，還有青梅竹馬的情意，自是兩小無猜。誰知程氏一族卻不看好范成白，就連一直器重范成白的程琛都反對這樁姻緣。

「都過去了，多說無益。」汶錦淡漠如初冬的霜雪，晶瑩而清涼。

范成白重重嘆了口氣。「錦兒，妳就不想知道賽詩會到底隱藏了什麼陰謀？博學才子齊聚，為什麼最終奪魁者卻是不學無術的蘇宏佑？」

「知道又怎麼樣？我已是蘇家婦，而且……」汶錦滿眼哀涼，看了看自己隆起的肚子，頓了頓，說：「你若願意說，我聽聽也無妨。」

孩子是蘇家血脈，也是她的骨肉，為了這個小生命，她想再活得明白些。

去年，陽春三月，今上奉母陸太后游江東，召江東閨秀在陸太后身邊解悶伺候，汶錦便是其中之一，最得陸太后喜歡。巡遊結束，除了豐厚的賞賜，陸太后還准汶錦提一個要求，只要不威脅家國朝廷的安危，陸太后都會答應。

汶錦提議辦一場賽詩會，甄選一位詩意風雅的才子出來。陸太后聞弦音而知雅意，隨即提出要為汶錦賽詩擇婿，並在懿旨上言明陪送汶錦豐厚的嫁妝。

這正合汶錦的心意。她與范成白兩情相悅，卻被家族反對，不能稱心，若有陸太后為她做主，不會和家族反目，又能如意，確是一樁美事。

可她萬萬沒想到，賽詩會最終奪魁者不是灼灼才子范成白，而是酒囊飯袋蘇宏佑。這樣的結果驚詫了天下人，她明知被人算計了，卻不得不嫁。

范成白聳眉長嘆，遲疑半晌，才說：「當時人們預測詩會奪魁者，普遍被人看好的是鑲親王世子蕭梓璘，還有我。許多人押寶下注，押我勝出的人比押蕭梓璘的人少了兩成，我不想讓蕭梓璘勝出，就同令妹設了一個局，沒想到……」

「別說了！」汶錦打斷范成白的話，悽然冷笑。之前，她懷疑過范成白，但一直心存僥倖，沒想到真相竟真如此醜陋不堪，傷得她體無完膚、肝腸寸斷。

范成白與她同父異母的妹妹程文釵聯手設局，是不想讓蕭梓璘奪魁，沒想到比他們藏得更深的幕後黑手順水推舟，連范成白都被設計了，竟便宜了蘇宏佑。

牽扯到程文釵，真正的幕後黑手是誰，用腳趾都想得到。這些年，她的繼母小孟氏扮演賢妻良母的角色太過辛苦，那層迷惑世人的黑紗也該揭掉了。

她不止一次苦想陰謀黑幕，每每心寒不已，卻遠沒想到真正的內幕令她絕然心碎。她因范成白才賽詩擇婿，沒想到把她推進火坑的恰是她的意中人。

鑲親王世子蕭梓璘文韜武略、俊美無儔，頗得皇上疼愛器重。八年前，汶錦與他曾有一面之緣，那個京城裡最明亮、最耀眼的少年讓她留下了深刻的印象，可她絕無高攀之心，她心心念念的人只有范成白。

「錦兒，多提防小孟氏，我的新宅就在錦鄉侯府隔壁，有事……」

「有勞提醒，告辭。」汶錦扶著竹子站立片刻，才踉踉蹌蹌往外走。

丫頭見汶錦面如死灰，嚇得不輕，趕緊扶著她回去。

目送汶錦離開，范成白長嘆一聲，才說：「出來吧！」

鷹生輕手輕腳跑過來，回道：「主子，灑掃園子的余大媳婦說，葉姑娘懷孕至少有兩個多月了，不像她自己和蘇宏佑說的才一個多月。余大媳婦的老娘和姑母都是穩婆，她沒來蘇家當差之前，也跟著接生過，奴才覺得她的話可信。」
范成白陰惻惻一笑，喃喃道：「兩、三個月的身孕？原來如此，她好大的膽子！」
「主子，要不要把葉玉柔懷孕兩個多月的事告訴程姑娘，讓她早做準備？」
「不用，我會護她周全，免得髒了她的心。」

自捉姦那日起，直到葉玉柔被一頂粉轎在傍晚時分送進錦鄉侯府，半個多月的時間，汶錦都在忖度一個問題——葉玉柔為什麼願意給蘇宏佑做妾？
葉家祖上本是奴身，因立了功，主子賞了身契；加上不出幾年，葉玉柔的祖父葉磊就中了舉，更通過主子引薦，得了貴人的青眼，從此平步青雲。
不管葉磊爵位加身的過程有多麼陰暗，畢竟是襲三代的伯爵；而葉玉柔的祖母是迄今僅存的一位大長公主，儘管其兄謀亂牽連，她還是皇室血脈。也因她金枝玉葉的身分，她的兒孫都與皇家沾了邊，身分自然高了一大截。
葉玉柔是忠順伯葉磊和大長公主唯一的嫡親孫女，又是貌美如花、才名遠播的佳人，而今淪落到給蘇宏佑為妾，不知她午夜夢迴時作何感想？
蘇宏佑不來討嫌，葉玉柔也沒起什麼風波，汶錦期待小生命降臨的日子過得很平靜，轉眼已接近臨盆之期。
染畫躡手躡腳進來，看向汶錦的目光滿含擔憂，低聲說：「范大人陪皇上到北場秋獵，下月才回來。他走的時候做了安排，讓鶴生在府中留守，又囑咐奴婢一番。要是奶奶突然發作，就找余大媳婦，余大一家受過范大人的厚恩，定……」

「住嘴。」汶錦冷冷看了染畫一眼，沈聲道：「我是程家女、蘇家婦，與范姓之人毫無干係，這種話別讓我再聽到第二次，否則我就把妳遠遠發賣了。」

染畫還想說話，流書示意她閉嘴，又把她推到了門外。流書勸慰了幾句，見汶錦一臉疲累，趕緊服侍她躺下。

一覺無夢，汶錦再醒來時，已日影西移。

「三奶奶您醒了？二姑娘來了，見您一直熟睡不醒，就去看葉姨娘了。」

聽說程文釵來了，汶錦心底泛出排斥和反感，又摻雜著警覺。在小孟氏的教養下，程文釵自幼和她親近，沒想到這只是迷惑她的表象。連范成白這麼聰明的人都被程文釵利用了，且有苦難言，可見程文釵城府之深，不容小覷。

「二姑娘不是在江東嗎？怎麼來了京城？又怎麼和葉姨娘熟稔了？」

「奴婢也不清楚。三奶奶既然醒了，奴婢這就去請二姑娘過來。」

一盞茶的工夫後，流書就領著程文釵來到汶錦的院子，直接進了她的臥房。

程文釵坐到汶錦身邊，親暱地摟著她的胳膊。「流書，妳把人都帶出去吧！我和姊姊都快一年不見了，想好好說說話。」

「妳想跟我說什麼？」汶錦的語氣中透出冷淡和疏離。

程文釵見下人都出去了，才笑意吟吟問：「姊姊都知道了？」

「知道什麼？」

「知道了那些舊事呀！比如詩會的事，再比如我與葉二公子定親的事。」

葉二公子是葉玉柔的堂哥，難怪程文釵要去看葉玉柔，她快成葉家人了。

「知道又怎麼樣？不知道又怎麼樣？」

「知道了還能不動聲色，表示姊姊變聰明了。可依我的瞭解，姊姊知道的有限，看來，姊姊這輩子都與聰明無緣了。」

「妳……」

「姊姊頂著嫡長女和才女的頭銜壓了我這些年，老天有眼，讓妳嫁到蘇家替我出了一口惡氣；還有，那葉姑娘可不是軟弱人，妳擋了她的路，就只有死路一條了。」

看到程文釵露出猙獰的冷臉，汶錦心裡劇顫，身體一下站立不穩，向她倒去。程文釵狠狠一推，把汶錦推倒在地，看到汶錦疼得滿地打滾，她才走了出去。

「快去叫人，姊姊要生了！」

聽到程文釵叫喊，流書、染畫等幾個丫頭跑過來，把汶錦抬到床上。程文釵又一一吩咐她們去傳話、去找穩婆和奶娘、去請大夫，把她們全打發走了。

院子裡只剩下程文釵及她的幾個下人，她們對汶錦喊叫聲充耳不聞。聽到細碎的腳步聲，程文釵迎到門口，把身穿黑色披風的小孟氏迎進了裡屋。

蘇宏佑、葉姨娘等人也相繼過來，下人進出忙碌，院子裡熱鬧起來。

汶錦被抬進產房，折騰了兩個時辰，生下一個男孩，母子平安。

聽到嬰孩的啼哭聲，汶錦從昏睡中醒來，睜開眼看到小孟氏，嚇得她一聲驚叫。

小孟氏一身黑衣，笑臉盈盈地站在床前，手裡端著一碗熱氣騰騰的湯藥。「乖女兒，妳醒了？快喝藥吧！這碗藥可是我親手為妳熬的。」

「我不喝。」汶錦下意識地發出拒絕之聲，身體不由自主地顫抖。

「錦兒，妳好像很怕我，為什麼？」小孟氏笑臉依舊，聲音卻充滿寒意。

「母親、母親，我想看看孩子，您也是為人母的，求您讓我看看孩子。」汶錦意識到死亡的臨近，全身輕顫，連牙齒都在哆嗦。

「錦兒，妳知道妳生母是怎麼死的嗎？是死於產後血崩，她臨死前也想見妳一面，但沒見上。她太可恨了，一個庶女，竟然搶了我的原配正妻之位！」

汶錦的生母也姓孟，是小孟氏庶出的異母姊姊。

「為什麼？」汶錦瞪大眼睛看著小孟氏，連顫抖的力氣都沒有了。

「因為妳和妳娘一樣讓我嫌惡，妳還懷疑我對妳的慈母之心，妳……」

「您跟她廢話什麼？」蘇宏佑撞進來，狠狠瞪了汶錦一眼，呵斥道：「您使詭計把這個女人嫁給我，耽誤了我娶柔兒為原配髮妻，只能委屈柔兒做繼室。現在機會難得，您不趕緊動手，為我們清除障礙，還要跟她生離死別嗎？」

「她想見見孩子。」

蘇宏佑冷哼一聲，抓出襁褓中的孩子，衝汶錦晃了晃，邪笑道：「我答應過柔兒，只有她生的孩子才能為嫡為長，妳生的，不配！」說完，他高高舉起孩子，重重摔到地上。孩子發出一聲尖細的哭泣之後就沒了聲息，蘇宏佑又一腳把孩子踢進了水盆裡，出去了。

「啊——」汶錦拚盡全力要撲向孩子，卻被小孟氏一把抓住。

「看看我給妳挑的丈夫是不是夠狠毒、夠混帳？只有這樣的男子才跟妳相配，嫁給這樣的男人，妳是不是覺得生不如死？那就去死吧！」

腥苦的湯藥灌進嘴裡，火燒火燎地疼。淒慘的笑聲隨污血湧出，飽含了無盡的怨毒。汶錦感覺自己越來越輕，彷彿塵埃一樣，隨著風漫無目的地飄蕩。

她就這樣飄過黑天白日，飄過原野山河，像永遠都不會駐足停留……

「四姑娘落水了！海知州家的嫡小姐落水了，快救人呢！」

汶錦正在飄蕩，突然聽到喊聲，想看一眼，卻被一股巨大的力量吸進了水裡。

第二章　新生定親

如輕煙薄霧般的程汶錦進入了已沈到水底的身體，彷彿看到一個靦覥的女孩正含笑與她揮手作別。那一刻，她感覺到身體沈重且疼痛，心裡湧起莫名的衝動。

能感覺到痛，證明她活著。她又活了！

她成了海知州家的嫡小姐，她真的活了！她想吶喊、想歡呼、想飆淚。

水的力量壓得她已無法喘息，渾濁的河水自口鼻灌入，她胸口又一陣悶痛。

就在她又要昏迷時，一雙堅實有力的手扯著她的身體浮出了水面。她大大吸了口氣，緊緊貼在那人的胸膛上，感受到他濕潤堅實的溫度。

男子抱著她浮出水面，躍身而起，落到了畫舫的甲板上，還呆呆地抱著她。

汶錦意識到自己在流淚，因歡喜，或悲傷，亦迷茫，還有凝重而真實的身心感受。她甩去眼角的淚珠，睜開眼睛，想看看救她的人，還有這一方天地。

救她的男子看上去二十來歲，五官俊秀、身體結實，還有一雙狹長、微微挑起的眼睛。那雙眼睛眸光清澈，眼底卻又透出幾分懵懂、迷茫與呆滯。

他的頭髮長短不齊，胡亂綁在腦後，濕漉漉地黏在額上，正滴著水。除了那雙眼睛，他臉上、頭上都沾滿了青泥和水草沫子，看清大致輪廓後，倒也英挺俊朗。

他身上穿了一套藍黑色粗棉布短打，衣服上打著幾塊粗糙的補丁，很破舊。

「傻二蛋，你還不放開官家小姐？抱上癮了？讓官老爺看到不打你才怪！」

救她的男子叫二蛋，她第一次聽到還有人叫這麼粗俗的名字。別說，這二蛋還真傻，聽到那人的話，他立刻把抱在懷裡的人扔到甲板上，趕緊溜走了。

汶錦感覺後背和臀部陣陣疼痛襲來，她咧了咧嘴，嘴角挑起無奈的笑容。疲累再次襲捲全身，她無力地閉上眼睛，彷彿進入了無邊無際的夢境。

她夢回前生，追憶自己十八年的生命，點點滴滴，化淚成血，肆意流淌。在她的夢境中，有很多不屬於她的記憶，快速進入她的腦海，慢慢融為一體。

「姑娘、姑娘，您醒醒呀！嗚嗚……姑娘，您可千萬不要死呀！」

「姑娘不會死的，姑娘只是昏了，姑娘……」

「嚎喪什麼？還不趕緊把她抬到榻上，在甲板上挺屍，讓人隨便看嗎？」

汶錦能清晰地聽到她們哭喊、呵斥的聲音，但她實在睜不開眼，乾脆接著昏睡。等她再次睜開眼睛，看到哭成淚人兒的丫頭，心裡衍生出柔軟的酸楚和悸動。

「姑娘，您醒了？真是太好了！」

汶錦怕暴露了，不想說話，又閉上眼睛，靜靜回憶、沈思，並聽她們說話。

「小竹，妳別一驚一乍的，姑娘哪兒醒了？」

「我剛才好像看到姑娘醒了，仔細一看沒醒。小桃，姑娘會不會死呀？」

「別胡說，姑娘只是昏過去了。」

小桃和小竹一定是原主忠心貼身的丫頭，她們也就十二、三歲的樣子。原主是知州府上的嫡小姐，身邊沒有大丫頭、奶娘和教養嬤嬤嗎？

「給朱嬤嬤送信了嗎？這府上也只有她能給姑娘做主了。」

「送了，不知道朱嬤嬤會不會查姑娘落水的事？明明是五姑娘想害姑娘。」

「現在葉姨娘當家，朱嬤嬤不想得罪她，她敢給姑娘撐腰嗎？」

小桃和小竹說話的聲音很輕，汶錦渾身疲累，但睡意全無，她睜開眼睛，仔細打量這兩個丫頭。

「姑娘醒了，姑娘要喝茶、吃點心嗎？」

「姑娘，您哪裡不舒服？奴婢給您揉揉。」

「我沒事，妳們先出去吧！我想靜一靜，有事我會叫妳們。」

兩丫頭聽到她的話，又驚又喜，互看一眼，慢騰騰出去了。

汶錦試著翻了身，感覺到身體很聽話，鬆了口氣。她慢慢坐起來，又站了一會兒，接著挪步到小几前，給自己倒了一杯茶，小口啜飲。

她又是一個活生生的人了，只是她活在別人的軀殼裡，換了身分、換了面孔。

換體重生，是蒼天賜給她的莫大厚愛，她要感激、要珍惜。

她重活一世，就是她仇人的劫數，她要報仇，要讓他們血債血償。

原主是柱國公府海家二房的嫡女，在府裡排行第四，名叫海琇，十二歲。她父親海誠是庶子，現任羅州知州，她隨父親及家人在羅州生活。

她死在深夜的京城，好像就在轉念間，她竟然在三千里外的地方活了。

從此故人永別，京城路遠。

她平躺在軟榻上，透過原主身體的記憶瞭解與原主有關的人和事，以便盡快適應全新的生活。她一遍一遍告誡自己是活著的海琇，不是死了的程汶錦。

海琇有父、有母，還有一個一母同胞的哥哥，名海岩，是府裡的三少爺，現養在京城柱國公府。

她的母親姓周，出身商戶之家，因出身低微，被海家這等勛貴之門輕視。五年前，周氏和海誠起了衝突，被海老太太安了一堆罪名趕到廟裡帶髮修行了。

母親和哥哥都是海琇的至親之人，可她對他們感情淡漠，甚至很排斥。血脈相連的親人為何疏離至此？在海琇的記憶裡並無明確的因由。

除了海岩，海琇還有一個排行第二的庶姊，名叫海珂，生母秦姨娘是海誠的親表妹；一個排行第五的庶妹，名叫海璃，生母葉姨娘。

「葉姨娘、葉姨娘……」

葉玉柔也是葉姨娘，論起來與海家這位葉姨娘還是隔房的姑姪呢；不只海家這位葉姨娘，就連柱國公府的老太太也是姓葉的，是葉玉柔祖父的嫡親妹妹。

除此之外，海琇的祖父海朝竟然是小孟氏的嫡親舅舅，而蘇宏佑的嫡親姑母嫁給了海朝的長子，也就是海琇的大伯。

這盤根錯節的姻親令汶錦頭疼，更讓她恨得心疼。

「呵呵呵……都是熟人，哼哼！故人，終會相見。」

想起臨死前的怨毒絕望，她心底湧起歷經煉獄、終得重生的狠絕與快慰。蒼天有眼，給了她換體重生的厚待，恩怨情仇終將有報！

此時，她不是隱於暗夜的修羅厲鬼，而是一個活生生的人。重生一世，她要為自己、為海琇，也要為她的仇人們活著，活出兩世的精彩。

「小桃，四姑娘醒了嗎？」

「還沒呢，紅玉姊姊找姑娘有事？」

「去把她叫醒，我們太太有好事跟她說。」

「太太？紅玉姊姊管誰叫太太呢？是妳的新主子葉姨娘嗎？」小竹的聲音很高，語氣充滿諷刺。「妳稱葉姨娘為太太，且不說老爺會不會答應，秦姨娘那一關也過不了吧！紅玉姊是攀上高枝的人，連府裡這點事都沒看明白嗎？」

小竹這丫頭牙尖嘴利，可不是省油的燈。

「小浪蹄子，妳很會說是吧？好，妳等著，看妳和妳那倒楣的主子怎麼死！」

原主是嫡女，竟然被葉姨娘的丫頭欺侮、詛咒，活得可真憋屈。

聽丫頭說原主是被海璃推下水的，葉姨娘肯定知情，這是要先發制人了。她占了原主的身體，就要替原主報仇雪恨，替自己立威揚名。

前世的她並不軟弱，卻一味清高，對欺凌她的人往往表現得不屑，殊不知她的這種不屑看在某些人眼裡恰是示弱、是逃避，反而助長了那些人的囂張氣焰。

新仇舊恨、兩世恩怨，加一起足夠沈重，她是該換一種方式清算了。

當務之急，她應該先找一個人祭祭刀。

這個叫紅玉的丫頭倒是合適，只是分量太輕，充其量算隻雞。殺雞駭猴，葉姨娘之流就是猴子。老虎不在家，她們都爭先恐後充起大王了。

小桃一臉急切跑進來。「姑、姑娘，葉姨娘和秦姨娘帶人朝這邊來了，您趕緊裝昏，讓小竹抵擋一會兒，她們說什麼您也別理睬，等朱嬤嬤……」

「為什麼裝昏？」汶錦笑意吟吟坐到床邊，靜靜等待雞、猴登場。

「那……」看到汶錦一臉從容，小桃愣住了。

「四姑娘好些了嗎？」秦姨娘的問話聲從門外傳來。

「有勞姨娘惦記，我剛剛暖和過來。」汶錦站在門口，把她們堵在門外。

「我們好心來探望四姑娘，四姑娘讓我們在門口站著說話，這是哪門子的待客之道？」葉姨娘出言挑飭，臉上堆滿輕蔑嘲諷。

「葉姨娘挑餝我不懂待客之道，原來妳們是來做客的，那又何必打著探望的幌子？我被人推進河裡，好不容易撿了一條命，還很虛弱，不能應承諸位貴客，請回吧！」

眾多驚疑的目光落到汶錦身上，隨即收回，猶疑更甚。

四姑娘在府裡並無生母倚仗，又是糊塗沈悶的性子，向來沒有嫡女的尊貴威儀，怎麼落水被救之後突然轉了性，連葉姨娘都敢頂撞？大概是被逼急了，泥人還有三分土性呢！

「妳話這麼多，哪裡像傷病在身的虛弱人？」

「我確實不是傷病在身，只是被黑心之人推下了水。好在現在水不涼，我身體底子又好，估計一時半會兒還死不了，諸位沒必要等著送終了。」

「妳、妳這是什麼話？」

什麼話？說出來讓自己痛快的話。有幸重生，活得痛快才不愧蒼天厚意。

汶錦挑了挑嘴。「剛才紅玉過來說妳們有好事要告訴我，說吧！」

「四姑娘不提，我都忘了，我們真有好事要告訴姑娘。」葉姨娘的聲調輕佻放肆。「秦姊姊，要不妳來告訴四姑娘？」

秦姨娘捋著手帕，目光投向水面，好像沒聽到葉姨娘的話。

「還是我來說吧！」葉姨娘冷哼一聲，又說：「四姑娘落水是被唐二蛋救上來的，當時雖是情非得已，可他把妳抱在懷裡，你們也算有了肌膚之親。為了妳和海家的名聲，妳就嫁給唐二蛋吧，這門親事就算定下了。」

葉姨娘要把她嫁給唐二蛋？那個眼睛很好看、眸光很清澈的男子？以身相許報答救命之恩本是應當，可從葉姨娘嘴裡說出來就荒唐了。

「四姑娘怎麼不說話？沒聽到我的決定嗎？」葉姨娘嘴角挑起嘲弄。

「什麼決定？」汶錦愣怔的目光看向葉姨娘。

海璃掩嘴輕笑。「母親，您看她呆愣的樣子，和傻二蛋多相配。老賤人在廟裡修行不管事，您就做主把她的婚事定下來，回頭跟父親和祖母說一聲就行。」

如此辱罵嫡母，海璃真是活膩了！她們母女這當「猴子」的心也太急切了。

「今天暑氣真重，曬得頭暈乎乎的，我們去外面透口氣。」秦姨娘擺明不管這件事，扶起海珂就往外走，邊走邊呻吟，好像真的頭疼欲裂一樣。

葉姨娘斜了秦姨娘一眼，轉向汶錦。「妳的親事就這麼定了。」

汶錦不置可否。她得給葉姨娘等人充分展示的機會，才能增加自己的籌碼。

一會兒工夫後，葉姨娘就讓人寫好了兩份婚書，把汶錦叫到甲板，當著她和秦姨娘母女的面，直接在婚書上寫上了海琇的名字、身分及生辰八字。

秦姨娘母女不聞不問，一副看熱鬧的神情。海家的下人都瞪大眼睛，有擔憂的，也有幸災樂禍的。汶錦不慌不忙，神色淡漠，這可急壞了小竹和小桃。

「老唐頭，剛才我跟你說過要把我們家四姑娘許配給你的傻兒子，婚書都寫好了，你把唐二蛋的生辰八字報給我，讓他來按手印吧！」

「回、回太太，小人不記得他的生辰八字了。太太，小人家裡房無一間，地無一壟，小人父子靠打魚拉繼為生，實在不敢褻瀆官家小姐，小人……」

就是要讓你們這等低賤之人褻瀆！葉姨娘看著婚書，恨恨冷笑。看到老唐頭父子這般德行，她很滿意自己的「傑作」，真想放聲大笑。

「二蛋，你救了海知州家的嫡小姐，人家要把小姐許配你為妻，你願意嗎？」唐二蛋正抱著一碗麵條吃得盡興，聽到老唐頭的話，他愣住了。

「願意。」他回答得很痛快，隨後，他又趕緊搖頭，喊道：「不願意。」

完全相反的回答引來一陣哄笑聲，眾人議論紛紛，把唐二蛋當傻子戲耍。

汶錦也笑了，笑得淡淡的，別有意味。

她居高臨下冷眼打量唐二蛋，不只看清了他的容貌，還看懂了他的氣韻。儘管唐二蛋臉上仍有污垢，但他眉宇間卻隱含著軒昂貴氣，彷彿與生俱來。麵條很對他的胃口，可他卻吃得不緊不慢，姿勢神態、舉手投足都流露出良好的教養。

這刻在骨子裡的氣質裝不出來，沒有底蘊的人也看不出來。

這唐二蛋真是老唐頭的兒子嗎？汶錦心裡衍生出這個疑問，嚇了自己一跳。

「二蛋，官家小姐……」

「不要。」這一次唐二蛋果斷拒絕了。

「那你要什麼？真是敬酒不吃吃罰酒！」葉姨娘一臉不耐煩，心裡更加興奮。

「麵條。」唐二蛋把麵條吃完，湯也喝乾淨了，把碗遞向葉姨娘——再來一碗。

「只要你在婚書上按下手印，以後就有吃不完的麵條。」

「不要。」唐二蛋把碗藏到身後，拒絕了葉姨娘的引誘。

「為什麼？」

「賣身。」

汶錦輕笑。原來唐二蛋以為葉姨娘讓他簽的是賣身契，看來他還不是很傻。

葉姨娘覺得自己跟唐二蛋說不清楚，就喊來打理莊子的劉管事跟老唐頭父子說。她把那兩份婚書也給了劉管事，示意他逼迫唐二蛋按手印。

「姑娘，這可怎麼辦呢？葉姨娘要把您嫁給……」

「朱嬤嬤怎麼還不來呀？姑娘一落水就給她送了消息，都兩個多時辰了。」

「回去等。」汶錦沒理會眾人，帶小竹和小桃回房了。

汶錦側臥在軟榻上，沈思了一會兒，說：「小竹，妳去打聽一下唐二蛋和老唐頭的事，盡可能問得詳細一些。要是能和唐二蛋搭上話，就說我喜歡他，不不不，說我看好他，讓他別在意婚事，葉姨娘跟他開玩笑呢。」

小桃一臉不自在。「姑娘怎麼會看好唐二蛋？他呆乎乎的，說一句話最多兩個字，葉姨娘要是真做成這門親事，奴婢就是找死也要跟老爺說清楚。」

「唐二蛋打架很厲害，那天我見他一個人打十幾個人。」

聽到小竹的話，汶錦眼前一亮，隨即低下了頭。「妳們兩個去做事吧！」

一個婆子進來，拿著一份婚書讓汶錦過目之後，又拿走了。不知劉管事怎麼遊說的，唐二蛋在婚書上按了手印，這樁婚事就算做成了。

從這一刻起，傻乎乎的唐二蛋成了她的夫婿。被人逼迫定下終身，這本是讓人憎恨的事，可她心裡卻沒有一點恐懼和緊張，反而覺得很好笑。

她透過艙室的窗戶看向唐二蛋，唐二蛋已吃完三碗麵條，正坐在漁船上抱著漁鷹發呆。落日的餘暉灑在他身上，他整個人像是鍍了金，華貴而迷離。

小桃興沖沖跑進來。「姑娘，朱嬤嬤來了。」

「走吧！我們去迎她，也該算算總帳了。」

第三章　殺雞立威

朱嬤嬤是海誠的奶娘，在海誠身邊伺候三十多年了，頗得海誠信任。周氏到廟裡修行之後，府裡的事就交由她打理，一府上下都不敢在她面前造次。

畫舫靠岸，葉姨娘、秦姨娘等人把朱嬤嬤迎進畫舫內的客廳，倒茶寒暄，又七嘴八舌講述四姑娘落水及被救的經過。

她們都說是四姑娘貪玩，不慎落水，早把犯案痕跡抹得一乾二淨了。

汶錦——也就是海琇——在門外聽到她們的話，輕咳一聲，以優雅姿態走進客廳，頓時驚呆了眾人。眾人不知道四姑娘已換了芯子，見她相貌、衣飾未變，卻隱隱流露出一股氣勢。

「老奴見過四姑娘。」朱嬤嬤起身行禮，姿態規範。

海琇受了她半禮，又衝她福了福。「有勞嬤嬤一路辛苦，請受我一拜。」

「四姑娘折殺老奴了，聽說四姑娘落水，老奴心裡著急，便匆匆趕來了。四姑娘身體無礙吧？老奴請了大夫一同前來，讓他來給四姑娘診診脈。」

「我身體已無大礙，診脈可以推後，當下倒有一件好事要讓嬤嬤聽聽。」

朱嬤嬤忙問：「什麼好事？」

葉姨娘知道她給海琇和唐二蛋定親的事瞞不過朱嬤嬤，但她不想現在就讓朱嬤嬤知道。

朱嬤嬤知道此事後，必會馬上告訴海誠，海誠絕饒不了她。

要是瞞著海誠等人先把消息送回京城，等海老太太點了頭，海誠也不敢阻攔了。

可沒想到海琇竟然不顧女兒家的羞澀，要把這件事說給朱嬤嬤聽。又見秦姨娘母女一副事不關己、要看熱鬧的態度，葉姨娘急出一身冷汗。

「四姑娘。」朱嬤嬤見海琇冷眼注視葉姨娘，輕聲喚她。

海琇挑唇一笑。「我想了想，還是現在讓大夫來診脈吧！至於那件好事，還有勞嬤嬤問葉姨娘和秦姨娘，在場的人都知道。」說完，不等她們做出反應，海琇就帶丫頭走了。

走到門口，海琇又轉身說：「嬤嬤既然來了，就多待幾天，也管管莊子裡的事。我母親剛到西南省，就用私房銀子買下了莊子，起初收益不錯，一年有一千多兩的出息銀子，供一府上下花費使用。可這幾年疏於打理，奴才們都長了二心，已成一團散沙了。」話，點到為止。她要讓她們知道，周氏才是這闔府上下的衣食父母！

原主身體底子好，泡在水裡的時間不長，濕寒未侵入肺腑。丈夫確診海琇身體無礙，給她開了三副藥，囑咐了一番，就走了。

小竹轉述說朱嬤嬤知道了葉姨娘讓海琇和唐二蛋定親的事，葉姨娘又哭又鬧，極力否認，只說是開玩笑。她死不認帳，朱嬤嬤也沒辦法，正在審問下人呢！

「給她們加把火。」海琇跟小竹低語了幾句。

海琇扶著小桃的手剛要上車，就見一個人影飛過來，落到馬車前。來人是唐二蛋，只見他氣憤、委屈，一副手足無措的樣子，海琇溫婉一笑。

「不要。」

「不要什麼？」海琇明知唐二蛋不想要她這媳婦，故意追問。

唐二蛋見海琇不懂他的意思，很是氣憤，衝她揮著拳頭，連說了幾聲不要。

海琇忍俊不禁，笑出聲。「小桃，妳告訴朱嬤嬤，讓她賞老唐頭五十兩銀子，再讓管畫舫的船娘每天給唐二蛋做麵條吃，以報答他對我的救命之恩。」

唐二蛋聽說以後天天有麵條吃，拳頭馬上就放下了，還給了海琇一個羞澀的笑臉。小桃扁了扁嘴，把唐二蛋拉走了，邊走邊呵斥他。

小桃剛走，小竹就回來了，低聲對海琇說：「姑娘，奴婢打聽到了。」

原來唐二蛋是老唐頭撿來的兒子。

今年初春，老唐頭在最險的河灘捕魚，發現了身受重傷的年輕男子，就把他帶回了家。男子在老唐頭照顧下，養了兩個月，全身的傷才好；只是他傷了腦子，傻呆呆的，連家都記不起來。老唐頭也是孤身一人，就收了他當義子。

唐二蛋武功不錯，肯定經過名師指點，加上他眉宇間隱有尊貴之氣，舉手投足間流露出良好的修養，說明他出身不凡。儘管他受傷壞了腦子，變得呆傻，明珠蒙塵，赤金被污，卻改變不了本質。

馬車駛出幾十丈，突然停住，海琇掀開簾子，見唐二蛋又回來了。

「不要。」唐二蛋揮起拳頭比劃，終於多說了兩字。「揍妳。」

「好好好，不要不要，你別揍我，婚書不作數，撕了就行，你別當真。」

唐二蛋信了海琇的話，又問：「算數？」

「我說話當然算數，你放心，不過你要幫我做一件事。」

「算數。」唐二蛋表明自己的心跡。

海琇點頭一笑，沈思片刻，讓小竹給她準備筆墨。她給周氏寫了封信，把她落水及之後的事寫得清清楚楚，和唐二蛋定親的事則一筆帶過了。

周氏修行的蘭若寺離莊子二十里，天黑路險，讓唐二蛋幫她送信很適合。

唐二蛋剛揣著信離開，朱嬷嬷同葉姨娘、秦姨娘等人就上岸了。看她們的神態，像是已經達成了共識，怎麼跟海誠交代這件事，估計也商量好了。

朱嬷嬷是聰明人，海琇不想傷了海誠的臉面，只希望她維持正確的態度。

回到莊子，海琇簡單地用了些飯菜後就睡了，還睡得很踏實。一覺醒來，天光大亮，她抬頭看到後窗上有個腦袋，嚇得一聲尖叫。

「姑娘、姑娘，怎麼了？」

海琇剛要說話，就聽見後窗響起敲擊聲，主僕三人齊回頭。只見唐二蛋伸進一隻手來，手上舉著個大信封，還提著一只錦緞袋子。小竹踩上軟榻，要接唐二蛋手裡的東西，不承想唐二蛋狠狠瞪了她一眼，手又縮回去了。

「算數？」唐二蛋俊逸的臉龐沾了露珠綠葉，與他一臉懵懂相映。

海琇扶著小桃的手踩到軟榻上，對唐二蛋一字一句道：「我說話算數，保證以後再也不提婚約的事，以後我讓你做事，會付你銀子，明白嗎？」

唐二蛋琢磨了一會兒，才鄭重點頭，把東西遞給她，又塞給她一個鼓鼓的紙袋，衝她難為情一笑，臉上染滿紅暈。「好吃。」

海琇接過東西，點頭道謝，讓丫頭賞了他一兩銀子，他高高興興地走了。

丫頭先打開紙袋，裡面是紅豔豔、圓溜溜的野果子，比紅棗小一些，瑩潤亮澤，鮮紅誘人。海琇知道這是唐二蛋送她的禮物，淡淡一笑，挑了一顆放進嘴裡。

「又脆又甜，妳們分著吃吧！」

海琇打開周氏送來的東西，起初有點失望，隨後會過意來。錦緞布袋裡有一百個銀錁子，總共五、六種花型。大信封裡是莊子的地契和府裡及莊子裡奴才們的身契，另有一張紙上寫明了奴才間的關係脈絡。

周氏這是要把當家的大權交給她了，連打賞的銀子都已備好。這真讓她犯難了，她前世以才女立世，都快不食人間煙火，哪管過當家的俗事？周氏不只要逼她上梁山，還要把她抬上梁山，這慈母心腸真讓她盛情難卻呀！

「馮大娘。」唐二蛋又回來，隔著窗子丟下三個字，旋即又消失了。

府上、莊子裡有七、八十個奴才，得周氏信任又忠心耿耿的就只有馮大娘一家。海琇明白周氏讓唐二蛋帶話的意思，馬上讓小桃去把馮大娘叫來說話。

朱嬤嬤派人來告知海琇，吃過早飯就回羅州城，讓她們趕緊收拾行裝。海琇拒絕了，她讓來人轉告朱嬤嬤等人，吃過早飯去前廳，等處理完莊子的事再回去。

有周氏給她大力撐腰，又有馮大娘一家可用，她決定馬上殺雞立威。

海琇吃完飯，更衣梳妝完畢，便帶丫頭去了前廳，直接坐到了主座上。朱嬤嬤、葉姨娘和秦姨娘等人都在前廳等她，莊子裡的大小管事也都在場。有朱嬤嬤在，以葉姨娘和秦姨娘為首的主子奴才即使不耐煩，也不敢表現出來。

「四姑娘把人都叫到這裡，不知道出了什麼大事？」葉姨娘昨日被朱嬤嬤警告了，此時對海琇皮笑肉不笑。「我們今天要回城，四姑娘可別耽誤了大家。」

「姨娘不必心急，妳一會兒就知道有什麼事了。我娘是大方人，妳們就是在莊子裡住上一年半載，也有吃、有喝、有人伺候。」

葉姨娘冷哼道：「出身商戶的人當然大方。」

「總比奴才出身、一朝得志、脫了奴籍就不知道天高地厚的人家要好一些。」

「海琇」不知道葉家的根底，但程汶錦卻清楚得很。葉姨娘看不起周氏是商戶出身，那她當然要針芒相對地反駁，一句話就剝下葉姨娘自認光鮮的皮囊。

「妳、妳……」

「大娘來了，快請進來。」海琇看到馮大娘進來，起身相迎。

馮大娘帶了四個粗壯俐落的農婦進來，外面還站著六、七個年輕男子。這些人是她按海琇的意思在外面臨時雇來的，以防府裡和莊子裡的下人不老實。

海琇看到唐二蛋也在年輕男子當中，垂眸一笑，心裡莫名地踏實。

「牙儈們都到了。」馮大娘的兒子馮勇站在門外回話。

「在外面候著。」馮大娘衝外喊了一聲，又衝海琇點頭，示意她不要緊張。

「四姑娘這是要幹什麼？」朱嬤嬤冷著臉問話，其他人也一臉納悶地警惕著。

「讓牙儈們來，當然是買人、賣人。」馮大娘替海琇回答。

海琇微微一笑，讓小桃把裝有身契的信封遞給朱嬤嬤，說：「我娘聽說莊子裡有些奴才生了反骨，不知道誰是主子了，昨晚連夜讓人送來了這些身契。我本想把莊子交給嬤嬤打理，嬤嬤卻急著回城，我只有勉為其難地先處置一番。」

朱嬤嬤一見海琇的陣勢就懸起了心，同她帶來的人低聲私語。葉姨娘母女心虛了，但並不把海琇放在眼裡，只以怨憤的目光瞪著她。秦姨娘暗自冷笑，給海珂使了眼色，母女二人都擺出冷眼旁觀的態度。

聽說海琇讓人叫來牙儈，奴才們都害怕起來。雖說周氏掌握著奴才的身契，可在場的奴才多數有第二個主子，緊要關頭，恐怕他們的主子要棄卒保帥了。

海琇清冷的目光掃過眾人，拈著那些身契，說：「我只說怎麼處置，先不說因由，其實大家都知道，誰做過什麼，瞞得再嚴實，紙也包不住火。」

「姑娘處置哪個奴才，定是哪個奴才有錯在先。」朱嬤嬤表明了支持的態度。

海琇點了點頭，高聲道：「第一，撤掉劉管事的管事之職，打五十大板，賣到玉礦裡。他的妻子和兒女各打三十大板，交給人牙子都遠遠發賣了。」

「妳敢！」葉姨娘跳起來，指著海琇喊道：「別以為妳手裡有身契和地契，這裡就是妳做主，妳眼裡還有沒有老爺？有沒有國公爺？有沒有老太太？」

「妳說得沒錯，這裡就是她做主。」文嬤嬤走進廳裡，底氣十足地答覆了葉姨娘。她是周氏的陪嫁丫頭，也是海四姑娘的奶娘，這幾年一直陪周氏在寺裡修行。「這座莊子姓周，契約上寫得很清楚，關老爺、國公爺和老太太什麼事？」

看到文嬤嬤，海琇鬆了口氣，看來周氏並不想做甩手大掌櫃。

「狗奴才，妳好大的膽子！」葉姨娘衝文嬤嬤發難了。「周氏既已嫁到海家，連同她的財物和產業就都是海家的，該怎麼分配，老爺、國公爺和老太太說了算。別說妳這奴才，就是周氏來了，也不敢說莊子是她的，老太太說莊子是誰的就是誰的。」

多麼無恥的言詞，葉姨娘竟能說得如此坦然，也難怪，葉家人就是這種掠奪的心態。她今日拿奴才開刀，蓄勢殺雞，意在駭猴立威。相比京城國公府的國公爺海朝和老太太葉氏，葉姨娘只是一隻猴崽子、一隻有點分量的雞。

今天這一刀下去，傷了某些人的體面，以後他們定會找她的麻煩，可事到如今，不容許她收手。騎虎難下，索向前行，乾脆連猴崽子一起收拾了。

海琇心意已決，抬起頭，就見唐二蛋正一臉興奮地衝她揮動拳頭。他看懂了目前的形勢和海琇的處境，給她鼓勁呢，看樣子他還不算很傻。

劉管事見葉姨娘發了飆，也不肯落後，高聲嚷嚷。「我姓劉的雖是奴身，在這座莊子裡，甚至在羅夫河上也有幾個朋友，要發賣我們一家，先問問他們同意不同意。我不管身契在誰手裡，我聽葉姨娘的，國公爺和老太太自會給我們一家公道。」

海琇要清算，文嬤嬤來助陣，朱嬤嬤也表明支持。那些背主的奴才一看就亂了心神，此刻聽劉管事一吆喝，葉姨娘跟著煽風點火，他們都蠢蠢欲動了。

「是兄弟的、得過我好處的、擁護葉姨娘的、想伺候國公爺和老太太的，都站出來說句公道話，別被個臭丫頭嚇倒。」

響應劉管事號召的奴才不少，當即就有人帶頭走向主座，把海琇和文嬤嬤等人圍在了中間。他們高聲叫囂著討公道，擁護國公府的主子們，並要把葉姨娘推向高位。葉姨娘得意洋洋，但當她看到秦姨娘依舊坐得穩當，她的心沈了一下。

事態超出了她們的預期，但海琇並不慌亂，她做好了準備，關鍵時刻就看如何應變了。葉姨娘的浮躁、秦姨娘的淡定，她都看在眼裡，心底了然。

劉管事的媳婦帶著她的兩個女兒，和幾個管事的丫頭婆子擠進人群，要抓撓海琇，被馮大娘雇來的農婦擋住，推推搡搡，打在一起；劉管事則帶領幾個小管事和一些小廝罵罵咧咧往前擁，把海琇主僕和馮大娘、文嬤嬤擠到了牆角。

「快去喊唐二蛋。」海琇給小竹使了眼色。

小竹提了口氣，高聲喊：「唐二蛋，你還傻愣著幹什麼？快進來解圍！」她喊聲一落，唐二蛋就飛了進來，先三下五除二打倒了幾個在後面起鬨的小廝。緊接著，他又一陣拳打腳踢，劉管事等人根本沒還手的機會，就全都被他打倒了。馮勇帶領幾名年輕男子上前，五花大綁制住了劉管事及幾個帶頭鬧事的人。

朱嬤嬤讓人抓了劉管事的妻女，高聲喝罵。「你們膽子真不小，這是要造反嗎？覺得姑娘好欺負？要不是唐小哥兒出手，你們是不是就敢打罵主子呀？」

海琇輕哼一聲，冷下心。「姓劉的和同他一起鬧事的人每人五十大板，連同他們的兒子都賣進玉礦，簽死契；把他們的妻女還有抓撓我的丫頭婆子各打三十大板，全都遠遠發賣了。我主意已定，阻撓者同罪，葉姨娘還有什麼要說的嗎？」

「妳個小賤人，小小年紀就勾結野漢子打人賣狂。妳這是不把國公爺和老太太放在眼裡，我馬上就給他們寫信，看妳和姓周的下作貨還能……」

「一兩、二兩……」海琇先後把十個銀錁子丟到地上，又抓出了一大把銀錁子。「聽說用鞋底子掌嘴力道正好，不知多少銀子能買一雙鞋？」

周氏給她這麼多銀錁子就是讓她派賞的，此時正好派上用場。只是打奴才、下人還行，用鞋底子掌葉姨娘的嘴，那些人就要掂量一番了。

重賞之下必有勇夫，銀子誰都想要，可前提是拿了賞還要有命花。這是聰明人要考慮的問題，海琇還真捨不得把打造得如此精緻的銀錁子賞給聰明人。

「草鞋，一兩，三雙、四雙。」唐二蛋不只說話連貫了，還配合手勢比劃。

「給你，全都給你。」海琇將一大把銀錁子放到桌子上，衝唐二蛋招了招手。

「算數？」

「當然算數，一袋子全給你都行。」

「真是老賤人養出的小騷貨，當著這麼多人都敢跟野漢子……」五姑娘海璃見葉姨娘膽怯了，氣得咬牙切齒，她跳出來大罵海琇，要為親娘出氣。

海璃財運不錯，剛罵到一半，嘴裡就多了兩個銀錁子，她罵不出來。銀錁子堵在她嘴裡，被血水浸染，竟然閃出紅彤彤、銀燦燦的光芒。

唐二蛋擺弄手裡的銀錁子，賞了海璃兩個，他要仔細數數還有幾個。小竹嘟囔了他一句，他才想起還有事沒做，無功不受祿，於是，他脫下自己左腳下破爛的草鞋，往空中一拋，草鞋劃出優美的弧度，朝葉姨娘的臉飛去。

葉姨娘捂著臉想躲，可沒想到草鞋不走尋常路，先打了她的左臉，在她躲閃的時候，又打到了她的右臉，她的兩邊臉全腫了，鼻子、嘴巴裡都流出了血。

唐二蛋很滿意自己剛才拋鞋的動作，正要脫右腳的草鞋，被海琇攔住了。葉姨娘已被打得鼻青臉腫，她就要適可而止，以免不好向海誠交代。

見五姑娘和葉姨娘都挨打，看她們母女眼色行事的奴才也都老實了。被制伏住的奴才紛紛哭訴哀告，乞求海琇手下留情，又哀求秦姨娘替他們求情。

海琇硬下心腸沒理會，把處置劉管事等人的差事交給馮大娘母子後，就同文嬤嬤幾人離開了。

「姑娘長大了，太太知道了一定會很高興。」文嬤嬤並不奇怪海琇的變化，她伺候周氏幾十年了，海琇如此處事才像周氏的親生女兒。

海琇微微一笑。「嬤嬤別回寺裡了，和我一起回府，我還有事需要妳幫襯。」

「太太離不開我，我得回去伺候太太，姑娘還是想想怎麼應付老爺吧！」

第四章　河神點化

錦鄉侯府對外宣稱程汶錦死於產後血崩，嬰兒因痰阻而死。

小孟氏母女在靈前狠哭了一場，對錦鄉侯府的說法並未表示疑議。錦鄉侯府又提出停靈七日下葬，小孟氏答應了，在京城的程氏一族也沒多說什麼。

秋雨紛落，接連下了三日，可謂人不落淚天落淚。

范成白的宅子與錦鄉侯府僅一牆之隔，他站在閣樓上，俯視程汶錦的靈堂，不禁淚灑如雨。他譴責自己是害死程汶錦的罪魁禍首，這幾天都悔得肝腸寸斷了。

他陪啟順帝出遊狩獵，還沒到獵場，就接到陸太后染病臥床的消息。啟順帝只好改變計劃，讓他和銘親王先回來安排，可還是晚了一步。

程汶錦死得不明不白，范成白料想她是被人所害，只苦於沒有證據。他是局外人，沒有適合的身分替程汶錦報仇雪恨，凡事還要從長計議。

「主子，蘇四姑娘派人來傳話，說要跟您見一面。」

「我與她不相識，又素未謀面，她為什麼要見我？」范成白厭煩蘇家人，本想拒絕，猶豫片刻又改變了主意。「讓她在暗門後面的花房等我。」

「是，主子。」

鷹生撐著傘陪范成白來到花房，蘇瀅已等在花房了。

「小女子見過范大人。」

范成白開門見山。「說出妳知道的事，還有妳的條件，凡事直接最好，別拖泥帶水。在妳開口之前最好掂量清楚，我不喜歡討價還價，別讓自己下不來台。」

「我若說我沒條件，范大人肯定不信，但我真的沒有！只因三嫂……」

「以後在我面前請叫她程姑娘。」

蘇瀅淡淡一笑，對程汶錦生出了幾分豔羨。「我知道范大人想查探程姑娘的死因，想給逝者一個公道。我手裡有比真相更重要的，不知范大人是否有興趣？」

「哦？那就請蘇四姑娘拿出來一見。」

兩個丫頭把一個寬大的提盒抬到桌子上，蘇瀅親手打開，讓范成白看。看到提盒裡有一個熟睡的嬰孩，范成白一聲驚呼，驚疑的眼神投向蘇瀅。

「想必范大人已經猜到，這就是程姑娘的孩子，是我在後花園的荒草堆裡挖藥材時救下的。孩子傷得很重，可他為什麼會被丟棄，我也不甚清楚。」

范成白沈思了一會兒，點頭說：「妳別插手，我來查。」

程汶錦去世的第六天傍晚，范成白帶了一罈好酒進宮，說是來給皇上送陳年佳釀。啟順帝見范成白鬱結於心，碰巧他也鬱悶，兩人便一同舉杯借酒消愁。

范成白半醉半醒、不醉裝醉，跟啟順帝講述了他跟程汶錦的過往。提到賽詩會，他把自己摘得一乾二淨，幕後黑手當然就成了小孟氏。

「皇上、皇上，您說微臣是不是很可笑？微臣覬覦人妻，別人的……」范成白打著酒嗝，又哭又笑。「明知她所嫁非人，我卻不能阻止，是我無能，我……」

啟順帝被范成白觸動了傷心往事，面露哀色，唏噓感嘆。兩人邊喝邊說。一罈酒下肚，君臣肩並肩、手把手，儼然成了一對同命相憐的好兄弟。

「她死得不明不白，我要為她報仇，大不了烏紗帽不要，最壞不過一死。臣死了，黃泉路上不寂寞，只是不能伺候皇上了，臣心有不甘、不甘……」

「范成白，你有情有義、心胸豁達，朕當年若有你的心胸情懷，也不會受制於人，委屈了她。你想怎麼給她報仇，你說，你說出來朕就助你一臂之力。」

就等您這句話呢！范成白醉了，但此時此刻，他比誰都清醒明白。

范成白在御書房陪啟順帝喝酒，兩人都喝得酩酊大醉。他們喝酒時說了什麼、做了什麼，很快就在後宮及王公權貴的府邸傳開了。

這一晚，范成白睡得很香，但睡不著的人卻比比皆是。

次日本是程汶錦出殯的日子，不知何故延後了幾日。最終，程汶錦沒葬入蘇家祖墳，而蘇宏佑應程氏族人要求，為程汶錦守制三年。父母仙逝，兒女只需守孝二十七個月，蘇宏佑居然答應為妻守制三年，可見其心之堅。

汶錦變成海四姑娘的第十天，海誠才休沐回府。羅夫河十年九災，海誠這羅州知州十天至少有六、七天在羅夫河兩岸巡查，以求解決洪澇災患的方法。

這十天，汶錦過得很充實、很愜意，也漸漸適應了自己新的身分和生活。

朱嬤嬤這府內總管被逼到死角，不能再睜一隻眼、閉一隻眼做表面功夫。從莊子回來後，府裡也開始大力整頓，更正了許多不合規矩禮數的事，府裡的奴才被打一頓賣掉的也不少，葉姨娘的心腹全被換掉，朱嬤嬤幾個手下也受了牽連。

出頭的椽子先爛，葉姨娘不管是扮演椽子還是猴崽子，都元氣大傷。

海璃被銀錁子打掉了兩隻牙，還好不是門牙，不至於太難看。葉姨娘臉上的傷很快就好了，可她丟的臉面再也找不回來。她們母女哭哭啼啼的慘狀警示了秦姨娘，自從回府，秦姨娘就病了，府裡發生什麼事她都不再吭聲。

儘管莊子裡還有些扎得深的釘子沒拔出來，但有馮大娘母子打理，他們都不敢再滋事，收支帳目都交到了海琇手中，莊子這才真正歸她所有。

綿軟木訥的四姑娘搖身一變，讓人不得不刮目相看。對此眾人並不覺得稀奇，周氏本就是霸氣爽利的人，女兒隨母，這才是她本來的性情。

朱嬤嬤給海琇添了兩個一等大丫頭，荷風和蓮霜；兩個二等丫頭，杏雨和梅雪，還有兩個教養嬤嬤。小竹和小桃也是二等丫頭，海琇給改名為竹修和桃韻。

僕從成群，呼奴喚婢，這才能彰顯國公府嫡女的身分。

「姑娘，老爺回來了。」

「然後呢？」海琇對海誠這個父親頗有興趣，也知道荷風打聽到了詳細的消息。

「老爺一回來，葉姨娘就帶五姑娘去了外書房，那會兒才出來，兩人都哭成淚人了。老爺剛把秦姨娘和二姑娘叫到了外書房，一會兒肯定要叫姑娘。」

「朱嬤嬤呢？」

「老爺一回來，朱嬤嬤就到外書房伺候了。」

海琇正在素描莊子的風景人物，她拿起快要描好的畫，挑唇一笑。「那些人以為我會向父親哭訴委屈，我偏要反其道而行，高高興興給他送份厚禮。」

幾個丫頭被海琇繞糊塗了，但她們很有眼色，不多問，凡事聽話。

過了半個時辰，天已黑透，朱嬤嬤親自過來帶海琇去了外書房。進屋後，海琇規規矩矩行了禮，見海誠正翻看厚厚一卷圖紙，她就在一旁安靜站立。

「琇兒，為父聽說妳在練習素描，幾天時間就畫得很好了。」

前世的程汶錦琴棋書畫樣樣精通，在這些才藝中，她最擅長的是琴，最喜歡的是畫。若沒有先前的底子，要幾天時間就能畫好，除非得神仙點化。

「女兒只是畫來玩玩，畫得並不好，不敢勞父親垂問。」

海誠探詢的目光落到海琇臉上，看了一會兒，微微點頭，說：「琇兒，妳幫為父畫一張羅夫河流經清許縣的草圖，就是莊子所在的縣，就比照這張圖畫。妳看，這河流兩岸有城鎮、村莊、山脈、樹木、莊稼，堤壩高低寬窄也不一樣。」

海琇的心顫了顫。

她想給海誠送的厚禮就是羅夫河流經莊子附近的細圖，可為海誠治水提供參照，可還沒來得及說，海誠就先她一步提出讓她畫圖。海琇暗嘆海誠精明，又有點失落，畢竟她主動獻畫和海誠讓她畫是有很大區別的。

「女兒怕畫得不好，讓父親失望。」

「不會的，妳比照這張圖畫，比這張畫得好就行。」

海琇接過草圖，看了看。「這張圖畫得確實不好，太潦草，是誰畫的？」

「為父。」海誠語氣淡然平靜，一點也沒有怪罪她的意思。

老天，您給我一個耳光，拜託您下手輕點。

海誠沒在意海琇的尷尬，給她找好資料，鋪好宣紙，又為她送筆備墨。海琇過意不去，又有點受寵若驚，趕緊拿起筆，認真、細緻地畫圖。

之前，海琇除了想給海誠送份厚禮，也準備了套說辭。這些日子，莊子和府上發生了許多事，都是她的手筆，葉姨娘母女和秦姨娘母女都控訴過她了，她以為海誠肯定會問，甚至會訓斥、懲罰她，沒想到海誠隻字不提。

比起她前世那位風雅高潔的父親程琛，她忽然更想親近海誠這位父親。

「父親，畫好了，還用著色嗎？」

「不用，黑色即可。」海誠拿過畫好的支流圖，仔細看了看，很滿意地點了點頭，隨後，他認真地看向海琇。「琇兒，妳就不想跟為父說些什麼？」

海琇吸了一口氣，正要跪下講述、辯白，卻被海誠拉起來，讓她坐到繡墩上。

「父親，女兒在莊子上處置了劉管事等人，又因手段強硬導致葉姨娘……」

「那些事為父都知道了，妳不必再說，為父也不怪妳。朱嬤嬤年紀大了，又是下人，難免有力不從心的地方。妳娘離開這五年，別說莊子裡，就是府裡也有許多地方亂了規矩，妳長大了，想著手整頓是好事，也是妳該做的事。」

「多謝父親。」海琇鬆了口氣，站起來再次行禮。

「說點別的吧！」海誠拿起草圖，又說：「比如這張圖，妳畫得很好，別說同為父比，就是比衙門裡專門繪畫地理的人畫得都好。」

「多謝父親誇獎。」

「為父記得剛到西南省，妳母親請了畫師，讓妳和妳的姊妹，還有蘇大人、付大人家的女孩一起學畫，妳畫得最糟，被畫師訓斥了，說什麼都不肯再學。妳怎麼又突然想起學畫了？而且還畫得如此精準、精緻，這不稀奇嗎？」

海琇倒吸一口冷氣。薑果然是老的辣，海誠給她設的這個套也太大了。

「琇兒，妳就沒什麼話要跟為父說？」

「當然有。」海琇神秘一笑。「父親，您信鬼神嗎？」

海誠沈吟片刻，搖頭道：「不信。」

「女兒聽說羅夫河沿岸的百姓篤信河神，大多數人家都供有河神像，每天燒香祭拜。沿岸民眾三、六、九月要大祭河神，每個月都有小祭，每次都由州府的父母官主持祭拜。父親不信鬼神，為什麼參與祭拜？只是為得民心嗎？」

海誠皺眉問：「這和妳的變化有關係嗎？」

「當然有，女兒這諸多變化都有賴於河神點化，父親信還是不信？」

「妳……」海誠沈默了。

他的目光將海琇上上下下打量了幾遍，又拉起她的雙臂，看她左臂的紅痣、右腕的傷疤，反覆幾次，確信站在眼前的少女是他女兒，他才鬆了口氣。

見海誠這麼認真地查看自己，海琇心中衍生暖暖的感動，又覺得可笑。

「父親信了嗎？」

「琇兒，為父……」海誠懵了，擺在他面前的問題已不是信與不信了。

「父親喝杯茶，潤潤嗓子。」海琇給海誠倒茶奉上。

「琇兒，妳跟為父說實話。」

「女兒不敢欺瞞父親。」海琇微微一笑，一本正經道：「女兒不通水性，那日被五妹妹推到河裡，被水一嗆，感覺眼前發黑，都要窒息了。這時候，女兒感覺眼前金光一閃，能呼吸了，也不難受了。金光照得女兒睜不開眼，女兒隱約感覺到一個很慈愛的老人正用手掌抵住女兒的前額，腦子裡多了好多東西，都是我從前不知道的。女兒被救之後，一直驚奇不已，睡了一覺醒來，感覺自己連心性都變了，女兒也覺得離奇。」

「看來真是河神顯靈了……」海誠為女兒的變化找不到合理的答案，只好承認女兒得河神點化改變了心性、才情，但在心底，他仍半信半疑。

「父親愛民如子、辛勞治河，感化了河神，降神女兒，也是父親的福氣。」

「也只能這麼說了。」只要為女兒的改變找到一個讓世人信服的理由，海誠信與不信並不重要。「妳當時怎麼沒替為父問問如何治理羅夫河？怎麼才能使水患不再猖狂、黎民不再受苦？河神就沒點化妳怎麼讓羅州的百姓安居樂業？」

海琇暗暗磨牙。海誠先給她設了一個大大的圈套，又甩給了她一個不可思議的難題。羅夫河的水患得不到治理，她這得河神點化的人也難辭其咎了。

「河神點化女兒，一來是女兒莫大的緣法；二來感念父親是個好官，該得善報；三來父親率民眾祭拜河神，也是虔誠所致。可女兒現在腦子裡沒有治理水患的方法，估計是唐二蛋救女兒時衝撞了河神，要不女兒再……」

「行了，為父只是隨口一說，妳得河神點化是好事，為父與有榮焉。」

這些年，羅夫河沿岸的官員、百姓拜河神的次數比拜皇上要多得多，敬畏已融到骨子了。海琇編的故事漏洞不少，但只要能讓人們相信，再離奇也不算什麼。

海琇沈默了一會兒，說：「河神雖沒有教女兒治河之法，但讓女兒變得聰明多思。這些天女兒一直在想，母親的莊子就在羅夫河岸邊，年年被洪災波及，可莊子旱澇保收。女兒以為母親一定有好方法，父親為什麼不問母親呢？」

海誠沈思片刻，點了點頭，又嘆氣道：「我從不嫌棄妳母親的出身，畢竟是糟糠夫妻，只是她那脾氣……琇兒，妳也有兩年沒見妳娘了，找個時間去看看她。」

「好，女兒會替父親問問母親莊子旱澇保收的秘訣。」

「妳問問她也好，集思廣益，共治水患。」海誠拍了拍海琇的手，說：「見到妳娘，若她不高興打罵妳，妳就躲，別硬撐著不開口。做兒女的在父母面前示弱就是孝順，河神點化了妳，以後妳在妳娘面前就別像以前那麼倔強了。」

海琇含笑施禮道：「多謝父親教誨，女兒記住了。」

「記住就好，這些天妳受苦了，為父送妳幾件禮物。」

「多謝父親。」海琇的心徹底放下了。

「琇兒，禮物不能白拿，妳還要幫為父一個忙。」

「請父親明示。」

「妳幫父親把羅夫河流經羅州城及治下城鎮的草圖畫出來，就比照剛才那一張畫，這裡有詳細的資料介紹。朱州知府上月任期已滿，朝廷會重新派人接任，不管誰任朱州知府，都會把治河做為第一要務。」

羅州在朱州府的轄區內，朱州府知府是海誠的頂頭上司。新官上任三把火，海誠提前做好準備，肯定會給上頭留下好印象。

「父親克己為公，女兒自當奉父親為楷模，定會盡快把羅夫河流域圖畫好、畫精，替父分憂。府裡事務女兒也會操持打理，請父親放心。」海琇奉承到位，海誠很高興，給她幾件精巧的玉飾做禮物，又送了她一塊成色甚佳的玉石。

第五章　二蛋發威

按海誠的要求畫完草圖，就用了八、九天的時間，海琇累得腰痠背痛手發麻。

這些天，她為了畫圖，看了許多關於羅夫河的介紹及治洪防災的記載。她把羅夫河流域的全貌及幾條支流的情況畫到了紙上，也畫到了她的心裡。

就在她兩耳不聞窗外事的這些日子，她失足落水、被河神點化的事已從府內傳開，很快傳遍羅州城內外，連朱州府百姓都有所耳聞。聽丫頭們說起，海琇神秘一笑，不置可否，任由事態演變，反正有海誠替她收場，她也不擔心。

又到了休沐日，海誠回府，看到她畫的圖，讚賞了一番。能得海誠信任，海琇也很高興，但當她聽說朱州府新任知府是范成白時，臉上的笑容頓時凝滯了。海誠看出她神態的變化，沒多問，只讓人拿上她畫的圖回了衙門。

金秋九月，丹桂飄香，京城已天高氣爽，遍地金黃。聽說范成白要來西南省做朱州府知府，海琇又想起發生在京城的點滴之事，心中充斥怨恨。

後花園裡鮮花怒放、一派蔥蘢，海琇卻興致不高。

朱嬤嬤正指揮丫頭們採摘桂花，準備炮製乾淨，留著逢年過節做桂花糕。秦姨娘在涼亭裡看書，二姑娘和三姑娘圍著她聯詩做對，五姑娘正看丫頭們餵魚。

海琇主僕來到涼亭外，就見三姑娘海琳偷偷沖她擠眉弄眼，她心中長氣。

海琳是柱國公府三房的庶長女，半年前被海老太太派人送到了西南省，說是遊玩，其實是她惹了事。她也有一個姓葉的生母，這是海琇厭煩她的因由。她本由葉姨娘照顧，葉姨娘被禁足之後，她又投靠了秦姨娘，仍和海琇不對盤。

且不說她二房嫡女的身分，單說這座宅子也是周氏用私房銀子買的，海琳客居在這裡，還敢聯合秦姨娘等人不把她放在眼裡，這不是自找麻煩嗎？

之前，她拿奴才們開刀，把葉姨娘搭進去了，若是她再揪海琳的錯處，定會觸動柱國公府老太太的面子，也就變相地吹響和葉家開戰的號角。

「蓮霜，去讓朱嬤嬤給三姑娘請位大夫來，請不到好大夫，請巫婆神漢也行。三姑娘總是擠眉擠眼地衝二姑娘奸笑，我懷疑她不是腦子出了問題，就是被鬼附身了。她寄居在我們家，要是不小心受了傷，老太太肯定要怪罪的。」

「妳胡說什麼？我沒病，我……」海琳跳起來叫喊，被海珂拉住了。

「喲，四姑娘來了，妳看我，光顧看書了。」秦姨娘站起來，衝海琇福了福。

海琇給秦姨娘回了禮。「荷風，妳盯著朱嬤嬤，別讓她忘了，怠慢了三姑娘的病。三姑娘治病吃藥的銀子記到我的帳上，回頭寫信跟老太太說一聲就行。」

「是，姑娘，奴婢這就去傳話。」

海璃不服氣，想刺海琇幾句，被海琇一記眼刀甩去，就老實了。

海琇冷哼一聲，轉身離開。看在她後背上的目光越是怨毒，就越加重了她想收拾海琳的心思。

竹修急匆匆跟上來，低聲說：「唐二蛋來了，非要見姑娘。」

「在哪裡？去看看。」從莊子回來二十天了，還真有點想見唐二蛋。

這些天，海四姑娘得河神點化的消息傳得鋪天蓋地，唐二蛋這救了人的傻小子沾了光，也被人們關注。尤其他還差點成了海知州的女婿，就更讓人羨慕了。

「唐二蛋怎麼這時候過來了？他認識府上嗎？」

「姑娘還不知道吧？現在我們府裡吃的河鮮野味都由唐二蛋送，奴婢聽說唐二蛋來送一次東西，最多的時候能賺兩錢銀子，船工、漁夫都羨慕他呢。」

海琇突然停住腳步，冷臉問：「這是什麼時候的事？」

「半個月前開始的。」竹修愣了片刻，又說：「這是老爺安排的。」

海四姑娘為報答救命之恩，要以身相許的事也傳得人盡皆知。儘管海誠處置了葉姨娘，否認了這件事，人們私下仍少不了議論。

海誠讓唐二蛋給府裡送河鮮野味，就等於變相地扯掉了遮羞布。凡事大大方方，不再遮遮掩掩，人們慢慢地也就失去了窺視的興趣，不喜談論了。

這是海誠的一片苦心，海琇差點又以為是誰搞的陰謀詭計。

「荷風，妳把唐二蛋帶到門房，讓人去請羅州城最好的大夫給他診脈。他在水上討生活，難免有濕寒之氣入體，給他診斷也算是我報答他的救命之恩。」

海琇先回院子給周氏寫了封信，打算一會兒讓唐二蛋送到寺裡。她回府二十多天，也該向周氏報個平安了，母女關係若疏離淡漠對她們都不好。

大夫很快就來了，同荷風一起到門房給唐二蛋診脈，唐二蛋看到大夫就如臨大敵。海琇剛進門房便被他當成救命稻草，恨不得縮小一半藏到她身後。

「大夫是我讓人請來的，我怕你上次救我留下病根，才給你診治。」海琇衝唐二蛋笑一笑，跟大夫低語。她想讓大夫看看唐二蛋的腦子到底受傷多重？

唐二蛋放鬆了警惕，仍皺眉搖頭。「苦，不吃、不吃。」

「你是說藥苦嗎？丈夫還沒給你診脈，會不會讓你吃藥還沒確定呢，就是讓你吃苦藥也不怕，朱嬤嬤做了桂花蜜餞，做好送你一罈。」

「吃藥、吃藥。」唐二蛋很高興，趕緊把手臂伸給大夫。

唐二蛋受過重傷才變成這副傻樣，不知道自己姓什麼名誰，以至於他有家不能回。治好他腦子的病，讓他盡快回到他的世界，這無疑是最好的報恩方式。

大夫給唐二蛋反複診了幾次脈，又檢查了他的頭部和頸部，沈思良久，才開藥方。外傷導致腦子受創並沒有效果顯著的醫治方法，只能先吃藥調養。

死馬還能當成活馬醫，何況唐二蛋這匹活蹦亂跳的黑馬。

海琇讓人跟大夫去拿藥，又讓丫頭跟朱嬤嬤去要桂花蜜餞。唐二蛋吸了口口水，羞澀傻笑，又變戲法般拿出一只布袋，掏出裡面的東西堆到竹榻上。

「給妳。」

「這都是什麼？」

「寶貝。」唐二蛋獻寶似的把東西展示出來，看向海琇的目光羞怯躲閃。

「為什麼要送我寶貝？」

「媳婦。」唐二蛋一本正經地指了指海琇，又指了指自己。「我的。」

海琇正吃著，唐二蛋給她帶來紅豔豔、圓溜溜、酸甜可口的野果，聽到唐二蛋那認真到極致的傻話，她又把野果還給了他——是噴出去的，渣沫。

「我……咳咳咳……」酸甜的汁水進入氣嗓，嗆得海琇紅頭脹臉，連眼淚都咳出來了。還好今天是竹修和桃韻兩個心腹丫頭伺候，她不擔心出糗。

唐二蛋彈掉身上的野果渣沫，拿過一袋野果遞給她。「好多，不急。」敢情她是貪吃急的呀？至少唐二蛋這麼認為，還衝她很包容地微笑。

海琇認命地點了點頭，又咳嗽了一陣，才說：「我不急、不急。」

除了野果，唐二蛋還給她帶來了一大堆石頭。

十幾塊鶴鶉蛋大小的鵝卵石潤澤透明，閃耀七彩光芒，觸手冰涼。另外還有七、八塊大小不一的石頭，小的有拳頭大，大的比人的腦袋還要大一圈。這些石頭形狀古怪、表面粗糙，沾滿了泥土，可唐二蛋卻一再強調這些都是寶貝。

「這些都是送給我的？」想到唐二蛋的心智，海琇想笑卻笑不出來。

「還有。」唐二蛋從外屋的牆角提進一只竹筐，剛要打開，就聽到叩門聲。

「是誰？」海琇讓竹修打開門，海璃的二等丫頭碧芝陪著笑進來。

「不知道四姑娘在這兒，奴婢來給我們姑娘找帕子。」碧芝小心地給海琇行禮，眼睛卻掃過唐二蛋帶來的東西，連那只竹筐裡面的東西都想一眼看透。

「找到五姑娘的帕子了嗎？」

「沒，可能沒丟在門房。」碧芝不情願地往外走。

海琇喚住碧芝，滿臉堆笑說：「妳是個靈透的丫頭，回去告訴妳們姑娘，像帕子、荷包之類的女孩家物件一定看好了，若是隨隨便便丟了，讓家裡人拾到還好說，要是讓登徒子撿了去，憑葉姨娘再不顧禮數鬧騰，這名聲也好說不好聽。」

「是，四姑娘。」碧芝答應後就跑了。

竹修冷哼道：「姑娘，奴婢看她就是……」

「我知道。」海琇挑唇一笑，說：「把門房的兩道門都打開，透透氣。」

唐二蛋不是府裡的奴才，而海琇是養在深閨的千金小姐，和唐二蛋見面確實有違禮數。明知兩人見面會引來諸多非議和責難，可她並不在乎。

「竹筐裡是什麼？」

「好玩。」唐二蛋從竹筐裡拿出帶蓋的木桶放到桌子上，打開給海琇看。木桶裡有兩隻手掌大的水鳥，牠們頭上都有一撮白羽，一看就是鴛鴦。

這麼小而乖巧精緻的鴛鴦，海琇還是第一次見，心中霎時柔軟了。

「這是……」

「哎喲，這是什麼四姑娘都不知道？」五姑娘海璃像一陣風一樣颳進來，投給海琇一個輕蔑的笑容。「這是鴛鴦，妳可真不解風情，枉了這傻子的一片心。」

海琇瞄了一眼窗外。「這是什麼？又是什麼意思？五妹妹再說一遍，我沒聽清。」

「這是鴛鴦，代表男歡女愛的鴛鴦，傻子這是向妳表達愛慕之心呢。妳不是被河神點化了嗎？還這麼笨，莫不是河神瞎了眼？」海璃斜視唐二蛋給海琇帶來的東西，嘴都快撇到後腦了。埋汰得海琇無言以對，真是痛快至極。

「朱嬤嬤、秦姨娘，妳們都聽到了吧？」海琇看向窗外，高聲道：「五妹妹一眼就能認出那是什麼鳥，足見她見多識廣，同是養在深閨的女孩兒，為什麼我不知道？可見五妹妹的奶娘和教養嬤嬤有見識。奶娘自幼伺候就不說了，我和五妹妹都是到了西南省才換教養嬤嬤的，為什麼我的教養嬤嬤不教我這些？難道她什麼都不懂？朱嬤嬤給我找個什麼都不懂的，莫不是嫌棄了我這個嫡女？」

「四姑娘可冤死老奴了！」朱嬤嬤跪地施禮，滿臉委屈。

秦姨娘唉聲嘆氣，海珂和海琳躲在花叢後面，指指點點，都想看熱鬧。

「嬤嬤別動不動就跪，嬤嬤是父親的奶娘，地位不比我低。我母親被老太太發配到廟裡，府裡無主母，父親讓嬤嬤總管，嬤嬤本該代行當家主母之權。」海琇緩了口氣，吩咐道：「桃韻，到衙門去請老爺回府，就說府裡有大事。我也知道老爺為國為民操勞，忙得脫不開身，可古人講修身、齊家、治國、平天下。如今他連家都治不好，怎麼為朝廷效力？若被御史言官知道，上摺子彈劾就晚了。」

「是，姑娘。」桃韻很聰明，自然明白海琇的用意。

「桃韻，妳回來。四姑娘，您別為府裡的事叨擾老爺，老奴自會給姑娘一個說法。」朱嬤嬤急了，趕緊扶著婆子站起來，冷漠的神情中摻雜著無奈。

「嬤嬤請吧！」

朱嬤嬤挺直腰，冷下臉，呵令道：「五姑娘的奶娘和教養嬤嬤不教導姑娘賢淑知禮，反而當著姑娘的面胡言亂語，帶壞了姑娘；丫頭們也不勸誡姑娘，今天就一併罰了。五姑娘的奶娘掌嘴二十，關柴房三天，不供吃喝；五姑娘的教養嬤嬤打二十大板，丟到莊子裡，再選好的上來伺候；一等丫頭青梅、二等丫頭碧芝、碧蓮各自掌嘴二十，在日頭地的青石板上罰跪六個時辰。」

有時候，推誰下水不是因為誰該死，而是看誰站在河邊，還裝大頭蒜。收拾了葉姨娘，海琇接下來想折騰海琳，算計最善偽裝的秦姨娘母女，可海璃偏偏跳了出來，沒有葉姨娘可倚仗，她還敢鬧騰，這不是存心作死嗎？

主子再精明，沒有可靠、好用的下人就如同沒有耳目，在內宅寸步難行。海璃的教養嬤嬤為海璃和葉姨娘出力不少，折了她等於砍了葉姨娘的臂膀。

「憑什麼？憑什麼？」海璃哭鬧著衝出來，撲向朱嬤嬤，被丫頭給攔住。

海琇冷笑道：「憑朱嬤嬤是父親的奶娘，代母親管家，五妹妹可明白？」

海璃咬牙切齒，指著朱嬤嬤罵道：「看到我姨娘被禁足，妳這個狗奴才也想欺負我嗎？這賤人私會外男、私相授受妳不管，為什麼要罰我的人？」

「也是，光罰五姑娘確實不公平。」秦姨娘是時候跳出來火上澆油。

朱嬤嬤聽到秦姨娘火上澆油的話，很為難。「四姑娘，您……」

「只罰五妹妹是不是公平、我是不是該罰，這稍後再議，凡事有先後。」海琇冷冷掃了秦姨娘一眼，冷哼一聲，說：「五姑娘對父親的奶娘破口大罵，又辱罵嫡姊，胡言栽贓，毫無千金小姐的尊貴貞靜；別說是代當家主母行使權力的管事嬤嬤，就是我這個嫡姊也有權力對她小懲大戒。秦姨娘，我這麼說有問題嗎？」

「沒問題，四姑娘是聰明人。」秦姨娘感覺到海琇如刀鋒般凜厲的氣勢。

海琇冷笑問：「朱嬤嬤，懲戒五姑娘還需要請老爺示下嗎？」

「無須請示老爺，五姑娘確實無禮無狀，就打手板二十，自省三天吧！」

下人被攆被罰，海璃自己也被懲戒，她不敢再罵，回頭便要抓那兩隻鴛鴦出氣。

「不要……」唐二蛋攔不住海璃，只好眼睜睜看她把鴛鴦狠狠捏住。

「下賤卑微的傻子，你敢攔本姑娘？河神瞎了嗎？像你一樣傻了嗎？」

唐二蛋見鴛鴦被捏，滿臉無奈心疼，他雙手拍在桌子上，只見海璃從窗戶飛了出去，重重落在地上，手裡的鴛鴦也飛了。

見海璃好像被人扔出去，眾人都瞪目結舌，聽到她的哭叫聲才反應過來。她離桌子有二、三尺，離窗戶也有七、八尺，眾人都看得清清楚楚，沒人碰她，她是怎麼飛出去的？窗戶距離她落地的位置有一丈遠，這一下摔得可夠重的。

丫頭要扶海璃起來，剛拉動她的身體，她一聲慘叫，嚇得丫頭又鬆了手。

「河神是羅夫河民眾最為信賴的神靈，是妳能罵的？妳為了跟我鬥氣，連罵了河神兩次，河神寬容，第一次沒懲戒，倒是放縱了妳。這次也是小懲大戒，若再有下次，誰也救不了妳。」海琇很巧妙地把「功勞」送給了河神。

眾人都信了海琇的話，因為海璃這一摔實在讓人驚奇不已。

朱嬤嬤聽海璃哭叫得厲害，就讓人把她抬回房去，又請來大夫診治。

海琇轉向秦姨娘。「姨娘剛才說光罰五妹妹不公平，此話怎麼講？」

「我只是隨口一說……五姑娘衝撞河神，該罰！時候不早，我們回去吧！」秦姨娘走了幾步，又回過頭問：「唐小子，你送給四姑娘的是什麼鳥？」

若唐二蛋如實回答，就掉進了秦姨娘微妙的陷阱，海琇不由捏了把汗。

唐二蛋撿起鴛鴦放到水桶裡，很認真地回答：「鴨子，烤鴨。」

「唐小子還知道烤鴨呢！看樣子不是傻透的人。」秦姨娘陰澀一笑，離開了。

海琇鬆了一口氣，高聲道：「秦姨娘走好，仔細看路。」

唐二蛋衝海琇眨了眨黑白分明的眼睛，白淨的臉龐佈滿純淨的笑容。「打牛。」

「什麼打牛？」

「打牛。」唐二蛋一手拍在桌子上，窗戶一下子就關上了。

唐二蛋說了是懲治海璃的手段，海琇不明白，也沒細問。

「你來找我就為送這些東西？」

「嗯。」唐二蛋重重點頭，又提起水桶說：「鴛鴦。」

「你知道這是什麼鳥？」

唐二蛋羞澀點頭，把鴛鴦捧到海琇手上。「送妳。」

海琇含笑道謝。「你的寶貝我都收下了，你也該回去了。記住我說的話，只要按時吃藥，你很快就會變聰明。還有，以後不許說我是你媳婦，記住。」

「不說，笑話。」唐二蛋害羞低頭，細長的眼睛微微彎起，眸光清亮。

海琇把寫給周氏的信交給唐二蛋，囑咐一番，讓他給周氏送去。她又交代荷風跑一趟衙門，把今天的事告訴海誠，免得秦姨娘之流惡人先告狀。

第六章 大魚上鈎

海璃這一摔摔得不輕，傷筋動骨一百天，她要與床榻纏綿到過年了。

不管是鬥智鬥勇，還是天人相助，結果葉姨娘母女都被她鬥倒了，這令海琇心情舒暢。秦姨娘母女最會看勢頭，最近肯定會有所收斂，安分一陣子。

大夫給海璃診治完畢，又應海琇的請求給海琳診斷了一番。大夫說海琳很可能得了癔病，給她開了十副草藥，還囑咐朱嬤嬤找巫婆神漢給她驅驅邪氣。看上去古板正派的老大夫聰明得令海琇汗顏，就是花再多的銀子她也覺得值。

「姑娘，老爺回來了，去看五姑娘了。」

海琇正埋頭看《羅州州志》，聽到丫頭回話，只應了一聲，連頭也沒抬。她派荷風到衙門向海誠詳細稟報了事情的來龍去脈，不管朱嬤嬤和秦姨娘派去的人怎麼傳話的，她有理有據有證人，就不怕有心之人顛倒是非。

「荷風，妳去告訴朱嬤嬤，從明天開始，府裡採買河鮮野味就不要再算我的分例了，省下來的銀子拿去救濟災民也是我的一份心意。葉姨娘被罰禁足，五姑娘受傷最忌發性，供給她的河鮮野味也免了，多給五姑娘燉些豬尾骨進補。不管誰問，妳都說是我做的主，府裡銀錢拮据，我會找適當的時間跟老爺細說。」

荷風點頭應聲，問：「還給二姑娘、三姑娘和秦姨娘供應河鮮野味嗎？」

「當然給她們供應，告訴唐二蛋五天來一次，每次多帶一些，讓大廚房留給二姑娘、三姑娘和秦姨娘慢慢吃，臭魚爛蝦也遮掩不住她們滿身的書卷氣。」

「奴婢明白，這就去傳話。」

以府裡拮据為由免去河鮮野味供應，堵住閒言碎語，連海誠都無話可說。秦姨娘三人的分例不免，以臭魚爛蝦調理她們，也是對她們的懲戒。

海誠在外為官六年，柱國公府不但把他的產業分成銀子給吞了，逢年過節、長輩過壽，海老太太還跟他要孝敬銀子，稍一怠慢就叫囂著要到吏部告他忤逆不孝。海誠是庶子，一味地隱忍退讓都習慣了，更加助長那些人得寸進尺的囂張氣焰。

從五品知州的俸祿銀子本就不多，除了給府裡，還有人情往來、上下打點應酬，一年下來，海誠的銀子所剩無幾，根本無法養活一大家子人。

這些年，府裡就靠周氏莊子的出息維持基本開銷，周氏置下的其他產業再貼補一些，闔府上下日子故而過得寬裕。周氏無疑是一府上下的衣食父母，養活了一大家子。可有些人不但不感恩，還辱罵周氏，四姑娘這個嫡女也飽遭欺侮迫害。

是可忍，孰不可忍。也是時候拿這件事開刀、收拾他們了。

話又說回來，周氏精明能幹且性子爽利，怎麼甘心在寺裡受苦呢？

荷風回來，回話道：「朱嬤嬤正在書房外面伺候，奴婢過去就直接向她傳話了。老爺聽說了姑娘的決定，很高興，讚許了姑娘，還說一會兒叫姑娘說話。」

海琇鬆了口氣。海誠一會兒要見她，就說明海誠不在意她和唐二蛋見面並收下禮物之事，對外他也會把這件事巧妙地圓過去。

其實，海誠對葉姨娘並不喜愛，只是表面上和氣。葉姨娘是海老太太的隔房姪女，海誠對嫡母心存怨懟，能不對葉姨娘留一手嗎？葉姨娘還自不量力妄想扶正，殊不知海誠翅膀越硬，海老太太這把刀就越發鈍了。

「姑娘，奴婢聽說老爺讓朱嬤嬤備兩份厚禮，說是要送給新到任的官老爺。」

「兩份？」海琇微微皺眉。一份厚禮給范成白，另一份是給誰的？

「老爺還說讓朱嬤嬤找秦姨娘幫忙打理，說秦姨娘知道他的喜好。」

新到任的官員中有與秦姨娘關係匪淺者，不管是誰，都會成為她們母女的助力。秦姨娘心機深沈，野心更大，不只身為海誠的表妹，有娘家倚仗，她同時也覬覦周氏的正妻之位。但她很聰明，不會往刀刃上撞，要對付她，就要從她的羽翼下手。

晚上，海誠把海琇叫到書房，針對她畫的羅夫河流域圖提了一些問題。父女二人就治河之事商討了許多，直到夜深，海誠才派人送海琇回房。次日，海誠派人給她送來一箱書、一捆宣紙，讓她畫圖，並盡快畫好，做迎接新官之用。

還有十幾天就是大祭河神的日子，那時范成白也該到任了。

有了上一次的經驗，這一次的草圖畫起來就順手多，而且這一次要畫的支流也少，只用了幾天的時間，海琇就把圖全畫好，甚至比上次畫的更為細緻。

「姑娘，唐二蛋來了，在二門的會客廳等姑娘。」

「會客廳？誰帶他進來的？」

「他這次是奉太太之命來給姑娘送信的，身分提高了，當然要到會客廳。」

海琇會心一笑，放下手頭的事務，到會客廳見客了。

唐二蛋身穿一套全新藍色短褐，臉龐污垢洗淨，越發俊朗英挺。他隨意地坐在客座上，正擺弄茶盞，舉手投足極盡優雅，只是目光還很呆滯。

看到海琇進來，他趕緊站起來，也不說話，就從身後拎出一只大竹筐推給了她。愣了片刻，他又紅著臉從懷裡拿出一封信和一本帳簿遞給她。

「上次開的藥吃完了嗎？效果怎麼樣？」海琇接過信和帳簿隨手翻看。

「不——知道。」唐二蛋做了一個很難受的怪臉，臉更紅了。

「姑娘，那藥效果不錯，他會說三個字了。」竹修擠眉弄眼地取笑唐二蛋。

「那就接著吃，一會兒打發小廝再去給你抓幾副藥。」

「不要，太苦。」唐二蛋做出一個苦澀的表情。「太太，藥不苦。」

唐二蛋果然有進步，海琇不用想就懂了他的意思——周氏給的藥不苦。

「快看——信。」

信封輕薄，估計裡面最多兩張紙。海琇拿起信封，想拆開又猶豫了。她明知周氏不會在信裡寫太多關愛的話，也不會傾訴幾年不見女兒的思念之情，她怕自己看到信失望，影響了心情，決定先不看，反正也沒十萬火急的事。

「竹筐裡是什麼？送給我的？」

「寶貝，妳的。」唐二蛋把竹筐提到椅子上，一臉神秘地看著海琇。

海琇被他勾起了興趣，連忙掀掉竹筐的蓋子。筐裡有兩個花紋精緻的錦盒，包裝精美，不像唐二蛋送她的東西，難道是周氏？在唐二蛋催促下，她打開了兩個錦盒，看到裡面的東西，她愣住了，幾個丫頭的眼睛也都看直了。

一個錦盒裡裝了滿滿一盒銀錠，碼放得整整齊齊，閃耀白光；另一個錦盒上面裝有金豆子、金錁子、金葉子等赤金製品，下面則是黃澄澄的金錠。

果然是實實在在的寶貝！

「這些……」

「零用——錢。」唐二蛋指了指海琇，從筐裡拿出清單遞給她。

「這些都是太太給我的零用錢？」

見唐二蛋點頭，海琇才接過清單，想仔細看看，卻感覺自己眼睛酸澀。這是周氏給她的零用錢，折合銀子有兩千多兩，夠養活這一府上下七、八十口人兩年。

真是親娘，太疼女兒，疼的方式簡單直接。

看到海琇盯著兩大盒金銀雙目放光，唐二蛋嘴角挑起俏皮嘲弄的笑容。海琇回頭，看到他臉上的表情，一時恍惚，當她想仔細看時，他卻還是那副呆樣。

「賞你的。」海琇抓了一把金豆子塞到唐二蛋手裡。

「不要。」唐二蛋後退一步，衝海琇羞羞一笑。「妳，媳婦，太太說。」

「什麼意思？」

唐二蛋笑眼含羞，嘴角彎起完美的弧度，白淨的臉龐浸染紅霞，竟流露出幾分嫵媚風情。他這副模樣生成男子真是可惜，海琇摸著自己的臉都自慚形穢了。

「太太，答應。」

「明白了，太太是不是說你要是乖乖吃藥，就把我許給你做媳婦？」

唐二蛋搖了搖頭，又點了點頭，臉更紅了。

太太只說把妳許給我做媳婦，沒開出乖乖吃藥的條件。這句話在唐二蛋腦海裡閃過，他沒捕捉到，也說不明白。

海琇聽明白了，她暗暗磨牙，心裡感慨越來越不懂周氏。

送走唐二蛋，海琇打開周氏捎給她的信封，心裡失望和失落倍增。信封裡沒有信，只有一份房契，就是他們現在住的這座宅子的契約，除此沒有隻字片語。剛才她還猜測周氏會給她寫些什麼，現在想想真好笑，心裡一下子空落了許多。

他們居住的這座宅子位於羅州城主街最繁華的地段，宅子四進四出，面積不小。海誠帶家眷到西南省上任的第一年，周氏就用私房銀子買下這座宅子，當時宅子改建、修葺、裝飾花費不小，也都是由周氏支付的。

只可惜周氏在這座宅子住了不到一年，就被送到廟裡修行了。如今，內宅的正院一直空置，葉姨娘和秦姨娘為能搬進正院，已明爭暗鬥許久。

海琇心裡不舒服，回到臥房就躺下。荷風叫了兩個婆子把竹筐抬進了海琇的臥房。

等她一覺睡醒，周氏給她送了一筐金銀的事已傳遍了全府。

她對周氏滿心埋怨，對那筐金銀也懶怠再看一眼，就同帳本一起丟給她房裡的管事嬤嬤盧氏。盧嬤嬤是周氏安排的人，正好充當海琇的出氣筒。

「盧嬤嬤，我聽說正房的西梢間是太太的私庫，那裡面有多少金銀？」

「老奴還真不知道，姑娘要是想知道就自己去看，老奴把鑰匙交給姑娘。」

「沒興趣。」

「老奴不瞞姑娘，太太的私庫裡最不值錢的倒是那些金銀，那私庫裡的寶貝就是太太留給姑娘的，不管姑娘有沒有興趣，總歸是要接手的。」

最不值錢的反倒是金銀？周氏哪來的那麼多寶貝？

盧嬤嬤看出海琇的心思，說：「姑娘不必驚奇，太太也是大有身分的人，姑娘想知道什麼，等見到太太親自問便是，別聽那些爛心爛肺的人嚼舌頭。」

是該見見周氏了。海誠也願意讓她去看周氏，跟周氏消除心裡的隔閡，可現在她過不了自己心裡那道坎兒。周氏雖然給了她不少銀錢，但對她不聞不問、不理不睬的態度實在不像親娘。

「姑娘，帳房的李管事求見。」

「請他到書房。」

海琇一進書房，李管事就迎上來行禮，態度極其恭敬。她已猜出李管事的來意，當李管事說出找她借銀子，並稟明銀子的用途時，她吃驚又氣憤。

「不瞞四姑娘，現在帳房已無銀錢供給府裡到年底的開銷了。國公爺冬月要過六十大壽，大老爺兩個月前就寫信讓老爺準備壽禮，最少需要兩千兩銀子；前些天，老爺吩咐給來西南省上任的官員準備見面禮，儘量厚重，需要五百兩銀子；今天一早，秦姨娘又交代奴才給來西南省上任的舅太老爺一家準備安家費用，大概需要一千兩銀子。正常開銷都不夠，還有三千多兩的漏項，奴才實在無能為力了。」

來西南省上任的官員除了范成白，還有一個小官叫秦奮。秦奮是秦姨娘的叔叔，海誠生母的弟弟，李管事所說的舅太老爺就是他。妾的親戚不算親戚，要是非按這規矩論，不只秦姨娘沒臉，還會傷了海誠的臉面。

海琇冷冷一笑。「李管事，我當家嗎？」

「四姑娘不當家。」

「李管事既然知道我不當家，跟我說這些有什麼用？府裡就是再困頓，還能少了我的吃穿花用嗎？不當家不知柴米貴，這是古語，李管事不明白嗎？」

「奴才明白，只是……」李管事長嘆一聲。「奴才想跟四姑娘借三千兩銀子把這幾件大事應承下來，等莊子和鋪子的收益交上來，明年再省一些，慢慢還給姑娘。聽說太太剛給了姑娘不少零用錢，奴才實在無計可施才來求四姑娘的。」

「我不想追問是誰慫恿你來跟我借銀子的，我手裡確實有銀子，你想借就要拿出誠意來。你先回去，我要查一查幾件大事再決定是否借給你。」

李管事聽海琇鬆了口，趕緊抹了一把汗，道謝離開了。

海琇給荷風使了眼色，荷風會意點頭，出去打探府裡的風向。海琇把李管事所說的幾件大事羅列在紙上，毫不猶豫地把第一件勾掉了；她又重寫了第三件，嘴角勾起陰澀的冷笑。

「老奴剛剛沒把話說明白，姑娘的銀子被人惦記上了。」

海琇看了盧嬤嬤一眼，輕聲細語道：「她惦記我的銀子，我惦記她的人，誰能笑到最後，就看道行了。我知道嬤嬤是母親信任的人，我有事需要妳幫忙。」

「姑娘請講。」

「煩勞嬤嬤從母親的私庫裡給我拿三百兩金子，要赤足金。」海琇見盧嬤嬤有點納悶，就跟她低聲解釋了一番，聽得盧嬤嬤連連點頭叫好。

「姑娘的道行現在比太太只深不淺，一定能笑到最後。」

「母親不在我身邊護佑，讓我吃了不少虧，我不吸取教訓，以後只會跌得更慘。」有那麼一個慘痛的前世，她不汲取經驗，怎麼報仇雪恨？

海琇答應借給李管事銀子了，不過不是三千兩現銀，而是三百兩金子。市面上一兩金子等於十兩銀子，只需拿出去倒騰一下，花幾兩銀子的手續費而已。

三百兩金子交給李管事，寫好了憑證，海琇就不管了，由李管事去兌換。半天工夫，銀子就兌回來，但不是三千兩，而是兩千七百兩。銀子不夠，李管事又犯難了，只好硬著頭皮來跟海琇回話，請她高抬貴手添補幾百兩。

「李管事，金子是你拿去兌換的嗎？」

「回四姑娘，奴才這兩天在算一年的總帳，就託紀管事拿去兌換了。」李管事見海琇面露懷疑，又說：「紀管事原是老爺的隨從，在京城時就伺候老爺，十幾年了，老爺很信任他。到了西南省，這府外的事務都由他打理。」

「你來跟我借銀子也是他慫恿的吧？如實回答，你不拿出誠意，我就不會借給你銀子。」那些事海琇已經打聽得很詳細，但她需要李管事親口說出來。

海琇逼著李管事交代，又順藤摸瓜，果不其然，就把秦姨娘摸了出來。紀管事是秦姨娘的人，這心腹藏得夠深，連海誠都被兩人聯手糊弄了。

「收網吧！這條魚可不小。」

紀管事在以金兌銀時侵吞了主子三百兩銀子，人證、物證俱全。緊接著，朱嬤嬤又挖出了他多條罪狀，一一說給海誠聽，有些罪行都夠掉腦袋了。海誠念在他以往的功勞，打了他三十板子，把他一家發落到塞北馬場為奴了。

海琇親自挑了人頂替紀管事，府裡以外的事務也由她掌控了。她把處置紀管事的消息帶去和秦姨娘分享，任秦姨娘偽裝再深，也不得不破功。

三千兩銀子又回到了海琇手裡，海琇拿出五百兩給朱嬤嬤，讓她給到任官員準備禮物，又給了李管事五百兩用於一府開銷。至於給國公爺準備壽禮的兩千兩銀子，和給秦奮安家的一千兩銀子則被海琇扣下，她想看看接下來還有什麼戲碼上演。

第七章 親戚登門

「姑娘，奴婢過來時看到盧嬷嬷在看信。」

「誰寫給她的信？」

「應該是太太。」荷風吶吶回答。

海琇重重合上書，暗哼一聲，越想越生氣。盧嬷嬷是周氏的心腹內線，周氏有事交代，書信傳音再正常不過。可令海琇憋氣的是，她給周氏寫過兩封信，周氏卻沒給她回過信，連句話都沒捎給她，還用金錢產業把她砸得服服帖帖。

「我們去看看盧嬷嬷。」

盧嬷嬷正給周氏寫回信，看到海琇主僕進來，趕緊把紙團成了一堆。海琇跟她說了一會兒閒話，見她放鬆了警惕，才問了周氏給她寫信的事。

「太太給老奴寫信，主要說的是秦奮其人其事。他們一家來了，秦姨娘有了助力，肯定又不安分，太太讓老奴提醒姑娘仔細提防。」盧嬷嬷把秦奮及秦家往昔今朝那些事都告訴了海琇，說到關鍵處，還要仔細提點她一番。

秦家家族不大，受皇權更替影響，幾經沈浮，但仍在寒門出身的官員中頗具代表性。聽完秦家來歷，海琇受益匪淺，這是周氏的間接教誨，但她仍跟周氏憋著氣。

周氏把莊子的地契、宅子的房契、奴才的身契，還有莊子、鋪子收益的帳本都給了她，又給她大筆金銀當零花錢用，還表示寶貝成堆的私庫也歸她所有。這當娘的真大方，也可以說這是對她變相的補償，而且對年幼的女兒信任有加。

可在海琇看來，這不是什麼好事。

且不說前世的她對家事俗務一竅不通，海四姑娘沒人教誨，對當家主事更是陌生。

如今，周氏把這些事全壓給她，說得好聽是對她的考驗和歷練，卻也不異於揠苗助長。揠苗助長會有什麼樣的結果，連幾歲的孩子都知道。

「姑娘要提防那些小人，也要體諒太太的一片苦心。」

海琇輕哼冷笑。「太太利用我嚴懲紀管事，削掉了秦姨娘有力的臂膀，秦奮一家拿不到安家費，他們不把我恨到骨子才怪。暗箭難防，我怎麼提防？哼！等我被他們治死了，嬤嬤一定要讓太太給我買一塊風水寶地，厚葬我這個替罪羊。」

「姑娘這是……」盧嬤嬤拍著大腿長嘆。

「還有，給我寫祭文時，一定要寫明我是被太太那大把金銀給引來的禍水淹沒，妳到時記得勸慰太太千萬別自責。」

「姑娘呀！您冤枉太太了，太太有難言之隱啊！」盧嬤嬤哭得老淚縱橫。

周氏頗有心機與能力，是爽利幹練之人，又有大把的銀子，她究竟有什麼難言之隱呢？如海誠所說，若周氏不想待在寺裡，還能強迫她不成？

思慮這些，海琇對周氏的怨懟淡了一點，對她的隱私平添了濃厚的興趣。

荷風進屋，看到眼前的情景，忙問：「嬤嬤這是怎麼了？」

海琇冷哼說：「盧嬤嬤譴責我不孝順太太，懇請我理解太太的苦衷，這叫哭諫。妳要是不低頭服軟，一會兒她該死諫了，忠僕可怕呀！嚇死我了。」

「盧嬤嬤都讓姑娘害怕，那奴婢要稟報的事恐怕會嚇得姑娘丟了三魂七魄。」

「什麼事？」海琇精神了，盧嬤嬤也不哭了，兩人齊聲詢問。

「秦大人的家眷到了，說是初來乍到，人地兩生，要先在我們家落腳，現正在門廳等著姑娘去接呢。來傳話的門人說秦大人一妻五妾、四子六女都來了，連上丫頭婆子、車夫隨從，主僕共三十多口，把咱們府裡的門房都擠滿了。」

海琇一聽，頓時一個頭有好幾個大。這又是妻又是妾，又有嫡又有庶，就這麼大剌剌來親戚家落腳，可見秦奮夫婦都不是懂事的，這一來不惹出是非才怪。

「姑娘別怕，妾的娘家不算府裡的親戚。」盧嬤嬤這麼說也沒有底氣。秦奮的家眷不是來投靠秦姨娘，而是來投靠海誠這個親外甥的。

「荷風，妳就說我病了，讓秦姨娘和朱嬤嬤去接待客人。」

荷風促狹一笑。「姑娘『病』晚了，奴婢聽說秦姨娘昨晚就病了，二姑娘都衣不解帶照顧一夜了；朱嬤嬤今早也病了，說年紀大了，病來如山倒，連床都起不來。她們都比姑娘有先見之明，今天這事姑娘勢必要帶『病』上陣了。」

海琇暗暗磨牙。又學了一招，這學費交得還夠重。

「好吧！我的『病』無藥自癒。盧嬤嬤，煩請妳跟我一起去會客。」

一個不滿十三歲的女孩，就算有嫡女的身分、有河神點化的光環、有周氏暗中支持，她想要在府中站穩腳跟，還須自身的膽識、威望、風範和氣度。

應付秦家這些人，對她又是一個莫大的考驗。

「姑娘想好以什麼身分接待秦家人了嗎？」

海琇微微一怔，忙說：「請嬤嬤明示。」

「秦家人知道規矩，他們此次登門不是來找秦姨娘，而是衝老爺來的，否則也不會讓姑娘去迎接。老爺是庶出，他雖在西南省已獨自開府，可以跟自己的外家往來，可柱國公府沒分家，姑娘去迎他們，很容易讓人抓住把柄。」

海琇尋思片刻，說：「秦大人和我父親都是京城人氏，有同鄉之誼；兩人又都到千里之外的西南省做官，有同僚之義。秦大人是我父親的下屬，秦家和我們家又是舊識，他們一家遠道而來，於情於理，我們都應接待，並資助安家費用。」

盧嬤嬤滿意點頭。「荷風、竹修，還不趕緊把姑娘的話傳下去。」

海琇長長鬆了口氣，隨即又堵心了。「嬤嬤以前為什麼不這麼提點我？」

周氏離府之前，就安排了盧嬤嬤照顧自己的女兒。這幾年，盧嬤嬤占著管事嬤嬤的身分，如隱形人一般，對海四姑娘態度漠然，別人欺負她也聽之任之，否則葉姨娘之流也不會這麼猖狂，害得原主連小命都丟了。

「姑娘得河神點化之前諸事不關心，跟老奴很疏遠，老奴就是想提點幾句也沒機會。如今，姑娘肯跟太太聯繫，老奴高興，話就多了。」

海琇扁了扁嘴，想刺盧嬤嬤幾句，卻不知道該說什麼。估計有一天她見到周氏也是這種情景——憋了一肚子的怨氣，真到事兒上，就發不出來了。

「還有，姑娘您看，那幾個丫頭是三姑娘從京城帶過來的，她們鬼鬼祟祟，不知道要出什麼么蛾子？她們跟京城府裡往來不斷，姑娘不能對她們掉以輕心。」

海琇眯起眼睛，吩咐道：「蓮霜，妳親自出府去找給三姑娘診病的大夫，就說三姑娘的癔病怕是又嚴重了，連她兩個大丫頭都被傳染，讓大夫在她每副藥裡都多加一味黃連，腥臭的魚骨治癔病也不錯，也要多放。給她們主僕一人拿十副藥，銀子從我房裡出，藥材珍貴，不能浪費，再找幾個婆子盯著她們喝光。」

在海琇看來，但凡跟葉家人沾上邊，骨血裡的本性都很惡劣。海琳的生母也姓葉，跟葉玉柔、蘇宏佑之流沒區別，連海老太太跟他們也是一路貨色，收拾姓葉的及與葉家相關的人都不能手軟。

「回頭查一查三姑娘惹了什麼事才被老太太送到西南省？」

「是，姑娘。」

「還有，三姑娘主僕八人每個月一應花費有三十多兩，她們在這裡住了半年多，連上格外開支的藥費也有幾百兩了。以太太的名義給府裡寫信，讓府裡從三房的帳上劃五百兩銀子給二房，這是她們一年的花費。」

盧嬤嬤當然知道海琇想坑周氏一把，但還是笑著點頭答應了。

「你們家這是給我們吃的什麼？餵豬還是餵狗？我就不信你們家的主子吃這個？」粗嗄高亢的女音傳來，伴隨著怒罵聲，震得四面再無雜音。

這女人帶了頭，聲音一落，安靜了片刻，就有叫罵吵嚷聲鋪天蓋地傳來。

海琇主僕還沒到門房，就清楚地聽到了吵鬧聲。她腦袋一懵，不由咧嘴犯難。秀才遇上兵，有理說不清，跟粗魯不堪的人交鋒，她能有幾成勝算？

「四姑娘，您可來了，奴才們都撐不住了。」幾名管事紅頭脹臉，氣喘吁吁迎上來。他們個個衣衫不整，身上沾了許多油污湯菜，狼狽至極。

「怎麼回事？」

「回四姑娘，舅老太太……」

「什麼舅老太太？你們在府裡當差時間不短，不知道名門大家的規矩嗎？」盧嬤嬤繃起臉，高聲問：「姑娘剛才讓人傳下的話你們都沒聽明白嗎？老爺和秦大人是同鄉，又同朝為官，秦四太太一行登門是客，別讓人說我們怠慢了同鄉。」

盧嬤嬤話語一出，門房的吵鬧聲戛然而止，又有竊竊低語聲響起。幾個管事都是人精，聽盧嬤嬤這麼說，知道是海琇的意思，馬上就改了口。

接著回話。」

趙管事連忙點頭說：「秦四太太一行進門之後就喊累喊餓，讓奴才們灑掃庭院，準備席面。奴才回了朱嬤嬤，她讓我等事急從權，依例安排。奴才就讓人到其珍齋買了包子和開胃的小菜，還讓廚房裡準備了魚湯。沒想到吃食弄來，秦四太太等人就說這是餵豬狗的，不吃也就罷了，還灑得到處都是，又罵罵咧咧地鬧騰。」

「原來如此，那就把包子、小菜和魚湯拿去餵豬狗吧！」海琇給趙管事使了眼色，又說：「傳話下去，給秦四太太一行準備席面，儘量豐盛。府裡逢年過節才擺席，平時食材不齊全，要一樣一樣採買，怎麼也需三天時間，只能委屈秦四太太一行了。派人去稟報老爺，言明我們怠慢同鄉同僚是情非得已。」

趙管事會意點頭，和另外幾名管事商量一番，就去安排了。

秦家下人在院子裡，站著的、坐著的、躺著的，毫無規矩儀態可言；主子們都在門房裡，個個怒氣沖沖，有的還擠眉弄眼說酸話。別說，秦家主僕都很有氣節，又累又餓，卻對香噴噴的包子視而不見，都等著席面呢。看到小廝把包子、小菜和魚湯拿走，他們雖面露不捨，卻還強撐著殘存的顏面。

海琇跟秦四太太等人見禮問候，陪了不是，又輕聲細語安撫了他們一行。她保證給他們準備豐盛的席面，給他們安排舒服的住處，只是要讓他們多等一會兒。

秦四太太很滿意海琇的態度，卻也橫挑鼻子豎挑眼地指責了海琇一番。海琇陪著笑認了錯，以親自帶下人給他們安排住處為由，離開了門房。

「傳話下去，加強二門守衛，除了門房的院子，不許秦家人隨意走動。」海琇暗暗咬牙。秦姨娘不是裝病嗎？那就給她送一副「好藥」，保證藥到病除。

秦四太太一行上午就到了海誠府上，都日落西山了，他們還在門房裡。先前送來的包子、小菜他們沒吃，現在都餓得前胸貼後背了，那席面還沒影兒呢！秦四太太讓人催了幾次，小廝、婆子都說正準備著，讓他們耐心等待。她想親自去找海琇問問，才知道他們一家的活動範圍只限這門房，其他地方不許走動。

不需任何人提醒，她也猜想到這是海琇假意服軟，本意是要調理他們一家，何況秦姨娘和海三姑娘都派人給她傳來消息，慫恿他們鬧騰，否則就被人欺上頭了。

人是鐵、飯是鋼，吃飽了才能撐得橫蹦，餓著的人連鬧事的心氣都沒了。於是，秦四太太改變戰略，帶著妾室兒女到二門上靜坐了。

秦姨娘聽說前面的事，氣得從床上跳了起來，病一下子好了大半。海珂是心性清高的才女，聽說秦家人如此丟臉，氣得心疼，根本不會去想如何處置善後。

海琳和她的兩個大丫頭都被婆子軟硬兼施地灌了一大碗苦辣腥臭的湯藥，噁心得差點吐出心肝肺。秦姨娘母女本來就心煩腦亂，見她們還添亂，當即就下了逐客令。之前，海琳見葉姨娘失勢，就投靠了秦姨娘，沾海珂這才女的榮光，現在她們被秦姨娘趕回葉姨娘的院子，能得葉姨娘的好臉才怪。

「父親怎麼還不回府？」海琇知道海誠明天休沐，天色將晚，也該回來了。

盧嬤嬤微微冷笑。「老爺現在還沒回來，今晚就不回來了。」

海誠知道秦奮的家眷來了，之後的事也有人向他稟報。以往休沐頭一天他都很早回府，今晚不回來，只能說明一件事——海誠也厭煩秦家人，不想與他們往來交集。他這是變相地表明態度，打消海琇的顧慮，配合她行事。

海琇輕哼一聲，說：「秦四太太老帶人在二門坐著好說不好聽，也不是我們的待客之道。三姑娘從秦姨娘的院子裡搬出去了，騰出了幾間空房，就讓秦大人家的六位姑娘住進去吧！秦家其他主子另行安排，下人就在門房打地鋪，先將就一晚。荷風、竹修去各處傳話，順便跟秦姨娘說我正為她的親戚準備席面呢。」

秦家六位姑娘最大的十五歲，最小的三歲，都住進秦姨娘的院子裡，可熱鬧了。這邊席面還沒準備好，她不出銀子給秦家人置辦飯食，他們絕對敢把她吃了！

一夜無話，海琇亦一夜無夢。

昨晚、今早都是秦姨娘用私房錢給秦家人買的包子，雖說她讓人買來的包子比起其珍齋的包子味道差了很多，但秦家人仍吃得狼吞虎嚥、兩眼放光。

敬酒不吃吃罰酒，不給秦家人一個教訓，還不知道他們怎麼以客欺主呢！

不承想秦四太太一行根本沒受到教訓，吃飽喝足後，又開始折騰了。他們堵在二門外呵罵，非跟海琇要個說法，還動了手，鬧得一府上下雞犬不寧。

第八章　捉姦鬧劇

「姑娘，寶書說老爺一早因公事去了蔚縣，不知道今天能不能回來？」

海琇揶揄一笑，說：「老爺真是克己奉公，今天是休沐日，他卻跑到蔚縣公幹，府裡鬧成這樣，他居然放得下心，不知道他找的什麼藉口？」

「奴婢聽寶書說范大人昨天到了蔚縣，碰到有人攔轎喊冤，他就下榻蔚縣處理案子了。蔚縣歸羅州管轄，老爺怕范大人不清楚情況，就匆忙趕去了。」

海琇輕哼一聲，喃喃道：「范成白可真會湊熱鬧。」

重生一世，海琇珍惜、感恩，也想徹底改變自己，為回京報仇奠基開路。她想把和范成白之間的恩怨沈澱在心裡，沒想到范成白會這麼快闖入她的生活。

新官上任三把火，范成白是聰明人，又善於審時度勢、借機立威。他初到西南省，就有案子送上門，這正是他大顯身手的機會，他一定會辦得很圓滿。

「姑娘，秦家人在我們家這麼鬧騰也太過分了。」

「秦姨娘怎麼說？」

「秦姨娘讓拿一千兩銀子把秦家人打發走，要不她也沒辦法了。」

海琇冷笑道：「荷風，妳去跟秦姨娘明說，她若從她的私房裡拿出一千兩銀子給秦家，這一千兩銀子不管是她剋扣或是貪污得來的，我都不會追究。公中不會出這筆銀子，我更不會花冤枉錢，秦家人要是再鬧下去，我就報官。」

秦姨娘知道海琇跟她、跟秦家人槓上了，不會示弱服軟。秦家人這麼鬧對她最不利，若是海琇真報了官，丟人的是秦家，海誠也會怨上她。於是，她佯裝病體虛弱，艱難地來到二門，一把鼻涕一把淚，總算把秦四太太等人勸住了。

秦家人終於消停，海琇小勝一局，鬆了一口氣。用過午飯，她和衣淺眠，心中思緒萬千，也睡不踏實。丫頭傳話說唐二蛋又來給她送寶貝了，她會心一笑。

「讓他到二門東側的夾道裡等我，竹修和桃韻陪我去就好。」

二門東側的夾道位於花房和院牆之間，有三尺寬，四、五丈長，兩頭相通。

唐二蛋躲在花房上，看到海琇主僕來了，才跳下來，衝她們一笑。他的臉和衣服都洗得很乾淨，笑容明淨燦爛，映襯得五官更加俊朗，只是他的目光依然呆滯。

海琇給竹修和桃韻使了眼色，兩人自是明白，分別去了夾道的兩端把守。

海琇問唐二蛋。「你又服幾日藥，感覺好些沒有？」

「藥苦。」唐二蛋乾嘔幾口，搖頭道：「不想，頭疼。」

「那就什麼也不要想，堅持吃藥，你一定會好起來的，至少能想起你是誰。」

「二蛋。」唐二蛋大概怕海琇聽不明白，強調說：「我、是、二蛋。」

「好吧好吧！我知道你是二蛋，你找我有什麼事？」海琇衝唐二蛋柔和一笑，問道：

「你上次送來的鴛鴦養在後花園的水塘裡，長大了些，可歡實了。」

「還有，好多，去抓。」唐二蛋見海琇很喜歡那對鴛鴦，高興得眉開眼笑。

「不必，有一對就行，成了群反而不是好事。」海琇眨了眨眼，臉不由一紅。

唐二蛋好像聽懂一樣，重重點頭，又從布袋裡拿出一個木盒。「寶貝，送妳。」

海琇接過木盒打開，看到盒裡是一塊碧玉雕成的晶瑩剔透的人像。她拿出人像捧在手裡，仔細一看，大吃一驚，看向唐二蛋的目光透出恐懼和驚慌。

這個人像明明雕的是程汶錦，唐二蛋為什麼要當成寶貝送給她？

唐二蛋見她變了臉，嚇壞了，趕緊握住她的手，很警惕地四下看了看。海琇平靜了片刻，從他手裡抽出手，卻不敢再看握在手裡的人像。

「不怕、不怕。」唐二蛋拍著海琇的頭，輕聲安慰。

這塊碧玉有三寸高、兩寸寬，打磨得很光滑，人物齊腰雕成，雕刻得栩栩如生，足見雕功純熟。人像眉眼清晰，連簡單的首飾都很清楚；頭上梳著高高的望仙髻，衣服頗有層次感，連胸部都磨出了起伏的弧度，半隱半現，引人遐想。

這是程汶錦參加賽詩會的衣飾裝扮，唐二蛋能雕出這樣的人像，說明他在賽詩會上見過程汶錦。然而，參加賽詩會的男子有數百之多，想知道他是誰也無從查起。

瑩潤如水的美玉觸手生溫，澄靜華潤的玉質浸潤日光，透出璀璨的光芒。

海琇清冷的眼神注視唐二蛋，又將人像捧在手裡，探究的目光在人像和唐二蛋之間游移。她不敢有絲毫恍惚和大意，只想看入唐二蛋心底，探得端倪。

「怎麼？」唐二蛋猜到海琇因人像變臉，很委屈，像一個做錯事的孩子。

「這人像是哪裡來的？」海琇的心一陣猛顫，她想要答案，又怕他回答。

唐二蛋不是天生癡傻，而是因受傷損壞了腦子才變傻。聽說這種人在變傻時有可能打開靈竅，感應超出常人，還能看見平常人看不到的東西。唐二蛋會不會因為看到了海四姑娘的身體內住的是程汶錦的靈魂，才送她這個人像？

「不喜歡？」唐二蛋面露失望，細長的手指觸摸人像，臉上充滿傻乎乎的溫柔。他做了鬼臉，想逗海琇笑，見她依舊沈著臉，開始憂慮不安起來。

「喜歡。」海琇擠出笑容。「這是誰雕刻的？雕得這麼美好，真是心靈手巧。」

「是我。」唐二蛋見海琇笑了，又得了誇獎，很興奮，他想跟海琇講述雕刻人像的過程，可嘴巴不好使，急得直冒汗，只反覆伸手。「七天、七天。」

「辛苦你了。」海琇雙手握緊人像，眉頭緊蹙。

唐二蛋咧嘴一笑，兩指畫過海琇的眉峰，使勁搖頭。「不許皺，不好看。」

「你的藥沒白喝，進步了，能說三個字了。」海琇看似無意地摸了摸自己的眉峰，把碧玉人像捧到唐二蛋面前，輕聲問：「你雕的是誰？」

「是妳。」

海琇心底一顫，又搖頭一笑。「你看你雕得像我嗎？我可沒她漂亮。」

「妳漂亮。」唐二蛋看了看碧玉雕像，又指了指海琇。「媳婦，我媳婦。」

「誰是你媳婦？人像還是我？」為了追到答案，海琇問得直白露骨。

「都是。」

海琇冷下臉，低聲問：「為什麼說都是你媳婦？你究竟是誰？」

「我、是、誰？」唐二蛋愣愣地注視海琇，又看向玉雕人像，他的目光時而清亮，時而迷濛。他拿過碧玉人像，看了半晌，五官慢慢地扭曲變形了。

「二蛋，你怎麼了？唐二蛋，你……」

「頭……疼，腦袋，炸……」唐二蛋蹲到地上，用力抱住自己的頭。

「好了好了，別想了，什麼都別想了，把人像給我。」海琇把碧玉雕像緊緊握在手中，又拉住唐二蛋的手，輕言細語地安慰。

「好妳個小賤人！光天化日之下，竟然私會野漢子，真是沒教養！」秦四太太凶悍高揚的聲音從夾道一端響起，帶著濃重粗糙的回聲在夾道裡飄蕩。

海琇大驚，趕緊鬆開唐二蛋的手，循著聲音朝夾道一端看去。守在夾道那端的桃韻已被婆子摁住了，秦四太太一臉陰沈的興奮，帶著幾人進到裡面捉姦。秦姨娘的下人在夾道一頭探頭探腦，海琳則正在入口指手劃腳地斥責海琇的不貞與不堪。

「疼……」唐二蛋雙手抱頭，身體蜷縮，跪在地上。

「唐二蛋，你怎麼樣？你堅持一下，我這就去請大夫。」海琇見唐二蛋疼得倒在地上打滾，慌得手忙腳亂，顧不上理會秦四太太等人。

「小賤人，妳也真夠無情無義的，被抓了就想丟下妳的姦夫自己跑。」秦四太太帶著下人把夾道堵得嚴實，其中有兩個還是海琳從國公府帶來的婆子。

「滾開！」海琇擔心唐二蛋的病情，要去叫人，卻被秦四太太一把拉住。

「小騷貨，妳偷漢子還敢耍橫，看我怎麼收拾妳！妳敢調理我們一家，看我不把妳和妳娘都送到寺廟裡！」秦四太太死死抓住海琇，兩人廝打在一起。

「竹修，快去請大夫，快去——」海琇對著夾道另一端高喊。

沒聽到夾道另一端傳來回音，海琇鬆了口氣。竹修是忠心機靈的，想必一看到這邊鬧起來就去叫人了，現在府裡一盤散沙，亂七八糟，能幫她的只有盧嬤嬤。

海琇被秦四太太用力拉扯，踉蹌幾步，差點摔倒，人像從她的袖袋裡掉了出來。秦四太太看到晶瑩滑潤的美玉，眼珠子都快掉出來，趕緊搶到手中。

「你們私相授受，這就是贓物，這……」秦四太太的話沒說完，就被唐二蛋一把掐住了脖子，掐得她連氣都喘不過來，緊緊抓著玉石人像的手也鬆開了。

「唐二蛋，你的頭不疼了？」

唐二蛋看了海琇一眼，目光不再呆滯愣怔，而是變得陌生凶狠。他一手撿起玉石人像，仔細看了看，另一隻手則掐著秦四太太沒放鬆，掐得她面色青紫、眼珠突出。跟秦四太太一起來的下人見唐二蛋凶殘冷酷，都嚇得往後退去。海琇冷冷看著她們，不管這些奴才是誰家的，都要以狠厲的手段打發了才行。

海琇從唐二蛋手裡拿過玉石人像，柔聲說：「快放開她，別鬧出人命，聽話。」

唐二蛋鬆開秦四太太，沒等她喘過氣來，又一把提起她，扔到了房頂上。秦四太太的身體重重摔下，「咚」的一聲巨響，砸得磚瓦掉落，慘叫聲響起。

秦四太太在房頂上喘氣抽搐，又見唐二蛋輕輕飛上去，當即就嚇昏了。唐二蛋狠狠把她踹下來，正好砸在幾名下人身上，驚叫聲響成了一片。秦四太太昏死過去，唐二蛋又帶著一身煞氣逼近那些下人，被海琇攔住了。

「我記住你們了，你們現在求閻王爺保佑你們來世投個好胎還不晚。」海琇沈著臉，陰冷的聲音從她的齒間滑出來。「把王氏弄醒，一會兒找你們算帳。」

「姑娘，我什麼都沒看見、沒有……」有人跪地求饒，其他人趕緊追隨附和。

海琇冷哼一聲，轉向唐二蛋。她失望了，唐二蛋還是一副呆樣，正愣愣地看著她。她緩了一口氣，拿過玉石人像衝唐二蛋晃了晃，安慰一笑。

「姑娘別怕她們，盧嬤嬤來了。」竹修的喊聲傳來，她在給海琇報信。

「唐二蛋，你快走。」

「寶貝。」唐二蛋把布袋遞給海琇，大概怕給她找麻煩，想了想又提著布袋跑了。

盧嬤嬤帶了許多丫頭婆子走進夾道，四下看了看，沒看到「姦夫」，冷厲的目光落到秦四太太等人身上。跟秦四太太一起來捉姦的人見盧嬤嬤要翻臉，都不約而同向後退。秦四太太被幾口唾沫吐醒了，疼得渾身顫抖，連聲呻吟。

「把她們關起來等候發落，我先回去歇一會兒。」海琇沒多說，直接回房。

海琇回到臥房，先把玉石人像收好，洗漱更衣之後，靠坐在軟榻上沈思。

知道唐二蛋來和她見面的人不少，她不可能把那些人的嘴全堵住，何況王氏受傷不輕，於公於私，她都要給秦家人一個說法，而且還不能敷衍了事。

「荷風呢？」

「回姑娘，桃韻受傷了，荷風姊姊去看她，順便探聽消息。」

海琇以最舒服的姿勢躺在軟榻上，拿出玉石人像仔細看。唐二蛋明明是想把她現在的模樣雕成人像送給她，以示友好和感謝，卻雕成了程汶錦的模樣，這說明程汶錦已銘刻在唐二蛋最深層的記憶裡，成了涵蓋一切美好的綜合形象。

唐二蛋曾說她和程汶錦都是他的媳婦，這傻小子，夠貪心的。憑他現在的心智，估計都不清楚媳婦是什麼，之所以這麼說，估計也源於他心底的深層記憶。

起初，葉姨娘要把她許配給唐二蛋，唐二蛋很排斥，甚至想打她；後來在他最淳樸的意識裡發現了她的善良，又把她當成媳婦，送她禮物表示喜歡。由此可見，相比程汶錦，她是後來者，這傻小子倒是來者不拒。

她做程汶錦十八年，曾愛慕范成白，最後和一個人渣成了親，對唐二蛋其人毫無印象。唐二蛋說程汶錦是他媳婦，聽起來好笑，估計是他一廂情願。唐二蛋的深層記憶裡究竟有什麼，連他自己都捋不清，外人就更一無所知了。

「姑娘，奴婢把桃韻接回來了。」荷風進來回話。「桃韻傷得不重，都是皮外傷，已上藥包紮，奴婢讓她回房休息了。桃韻說三姑娘的奶娘從身後突然扼住她的脖子，逼她寫證詞，證明姑娘與人偷情，她不寫，這才挨了打。」

只給海琳和她的大丫頭灌苦藥，倒把她的奶娘忽略了。或許灌苦藥的招數太過綿軟，對海琳主僕根本沒起到威懾的作用，看來是該對她們出狠招了——這就叫「不作不死」。

「讓葉姨娘院子裡的管事杜婆子把三姑娘主僕趕出去，不管她們去何處。杜婆子一家的身契在我手裡，她要是不聽令，馬上找人牙子把他們一家全賣了。」

荷風趕緊去傳話，一刻鐘的工夫就回來了，還給她帶回了新消息。

秦四太太傷得不輕，一直昏迷，大夫來了才把她弄醒。她身上除了十幾處輕重不一的皮外傷，還折了兩處腿骨、一處臂骨、三根肋骨，腳踝骨錯位，血把衣服都浸透。她正在秦姨娘房裡養傷，秦姨娘派人給海誠送信去了。

秦姨娘和朱嬤嬤的病都好了，都能處理事了，這可是秦四太太受傷的功勞。

「盧嬤嬤呢？」

「奴婢回來的時候，她正和朱嬤嬤審問同王氏一起進夾道的下人。」

海琇冷哼一聲，說：「別審了，每人三十大板，是我們府上的就發賣了，不是我們府上的就趕出去。跟她們再強調一遍，這宅子是太太的，房契在我手裡。」

「奴婢這就去傳話。」

小半個時辰之後，荷風才回來，臉色很不好。

海琇輕輕一笑。「說吧！誰又出了么蛾子？姑娘給妳做主。」

荷風嘆了口氣，回道：「跟秦四太太一起進夾道的六個婆子，有兩個是伺候三姑娘的，有兩個是秦姨娘的人，另外兩個是秦家的奴才。奴婢傳了姑娘的話，三姑娘和秦姨娘就都鬧開了，秦家人也嚎哭吵鬧。朱嬤嬤說法不責眾，也不同意姑娘的做法，說等老爺回來再審她們；尤其是三姑娘，說話比奴才、婆子都難聽，氣得盧嬤嬤渾身哆嗦。朱嬤嬤又說，秦四太太傷得很重，我們再鬧下去會更麻煩。」

朱嬤嬤是聰明人，做事還算公道，不忠心於她，但代表的是海誠的態度。

海琇也知道事情鬧大了，此時，她真有些後悔。昨天要是聽秦姨娘的，出銀子把秦家人打發走，就不會給某些人可乘之機。她想收拾秦姨娘，就不想向秦家人示弱，這才鬧到這種地步，現在再要安撫、打發秦家人，一千兩銀子遠遠不夠。

善財難捨，這是大多數人的通病，說白了還是不夠圓滑聰明。

面臨困境，海琇的頭腦反而清醒了，她反覆思索這些日子發生的事，深刻地檢討了自己。周氏不在府裡，她不能再失去海誠的護佑，好在還有迴旋的餘地。

「荷風，妳把朱嬤嬤的身契找出來，連同秦姨娘院子裡那兩個婆子的身契一併拿去，讓朱嬤嬤處置。三姑娘主僕必須趕出去，若有人阻攔，一起趕走；至於秦家那兩婆子都受了傷，就讓她們留下來，畢竟是客，讓秦姨娘一起請醫問藥。」

朱嬤嬤說得很對，法不責眾，那就分別對待，各個擊破。把朱嬤嬤的身契給她並不是還她自由身，而是讓她分清輕重，知道自己再體面也只是個奴才。

她收拾了葉姨娘母女就已觸怒了國公府老太太，對海琳就是再忍讓客氣也無法挽回，她又何必委屈自己？對她態度強硬也是她為將來報仇發出的信號。

海琇想了想，又說：「荷風，妳跟朱嬤嬤說清楚，若是老爺回來責怪我，我就把這座宅子賣了，和太太一起到寺裡修行。唐二蛋是我的救命恩人，他給我帶來了太太的消息，我和他見面有什麼不對？是那些無恥之人欺人太甚了。」

很快，荷風就讓一個小丫頭帶來了最新的消息。朱嬤嬤看到自己的身契，跪地大哭，被人勸起之後，就叫來人牙子把秦姨娘院子裡的兩個婆子帶走了。盧嬤嬤要趕走海琳主僕，她沒阻攔，藉口去看秦四太太，遠遠躲開了。

秦姨娘見海琇態度強硬，也沒說什麼。她很清楚，事到如今，秦四太太這一身的傷才是她的「王牌」，兩個婆子只是小卒，捨了也沒什麼大不了。

小丫頭怯怯地說：「三姑娘罵得很難聽，罵姑娘，還罵太太，她的奶娘和奴才挨打，她都氣瘋了。二姑娘一直勸慰她，說一會兒讓人給她們包一間客棧。」

「這倒提醒我了，妳的話傳得不錯，妳叫什麼名字？」

「回姑娘，奴婢叫柳皮，乾娘起的。」

「去跟妳乾娘說以後妳叫柳依，從今天起，在我院子裡伺候。」

小丫頭喜極而泣，趕緊跪地行禮。「多謝姑娘賜名，多謝姑娘。」

「起來吧！我還有事讓妳做。」海琇想了想，又說：「跟帳房的李管事說，讓他把羅州城的客棧旅館全包下來。讓他盯好了，除了他，海家誰敢訂客棧就直接打回來，包民宅也不行，反正太太有的是銀子，就讓他可勁兒花。」

周氏用銀子把她砸得昏頭轉向，她不用銀子給周氏拉仇恨，就對不起老母了。

海琳身邊有丫頭、奶娘和教養嬤嬤，有她們護著，被趕出去還不算絕路，可要是未出閣的姑娘在街頭流落一夜，許多事就說不清了，貼身奴才的命也就到頭。

該打的打，該賣的賣，該趕的趕，府裡終於安靜了。海琇跟盧嬤嬤和幾個丫頭商量好如何應對接下來的事，又給周氏寫了信，心裡這才踏實了一些。

第九章　故人相見

第二天午後，朱嬤嬤來傳話，說海誠回府了，叫她到書房去。

聽說海誠回來了，海琇就是有應對之策也禁不住頭大。盧嬤嬤也緊張，但還壓得住陣腳，她一邊安慰海琇，一邊讓人去打聽周氏是否有回信。

海誠的書房在前院，是一座獨立的院子，頗為清靜簡樸。此時，院子的大門虛掩著，四周都靜悄悄的，連守門的小廝也不見了蹤影。

海琇見四下無人，就省略了通傳的環節，直接帶丫頭進去。院子裡也空無一人，她很納悶，她讓竹修和荷風守在門口，一個人進了正房。聽到書房裡間傳出翻書的聲音，她心裡稍稍安定，就推開門走了進去。

「父……」

看清站在書桌前翻書的人，海琇愣住了。霎時，她的心劇烈跳動，人也感覺到輕飄飄的眩暈。她下意識地握緊雙手，貝齒緊咬下唇，強迫自己冷靜下來。可她失敗了，驚慌失措不可抑制地流露出來，她的內心也經歷了猛烈的衝擊。

范成白一襲青衫，背手而立，淡雅的姿態猶如在早春曠野裡的青楊。他俊逸的面龐以及周身充溢的勃勃生機，卻也隱含著不盡人意的清寒與傲氣。

故人再相遇，他還是他，而她早已換了軀殼。她不止一次想像過再見范成白會是什麼情景，她以為自己會很淡定，可真見到了，卻難以控制情緒。

「海四姑娘？」范成白靜靜注視她，眼底流露出淡淡的笑意。

「是。」海琇的聲音輕而細，她想讓自己放鬆，卻又一次緊張得差點窒息。喜歡范成白嗎？無疑，答案是肯定的，但那是在她不知道真相之前。只是，即使知道范成白是害她的禍首，她也恨不起來。

「妳認識我？」范成白臉上笑意漸濃，恰到好處地掩飾了他的惆悵和傷感。

「我……不認識。」聽到熟悉的聲音，海琇慢慢冷靜下來。

「妳很怕我？」

「不、不怕，只是敬畏范大人。」海琇說完這句話，趕緊捂住了嘴。

「妳不認識我，難道也不怕我是壞人？何況妳若真不認識我，又怎麼知道我就是范大人？」范成白清明的眼底透出幾分戲弄嘻然的意味。

不管是落魄學子，還是御前寵臣，范成白眉宇間都有一股軒昂傲然之氣，可此時的他注視著眼前的自己，眼底竟充斥著痞氣，讓海琇很不適應。

「怎麼？被我問得無話可說了？想跟我打架？」

「打架？」海琇嘴角彎起淺笑。「小女子不好此道，沒興趣。」

「還好妳不好此道，打人可以假手於下人，否則非顛覆了閨閣不可。」范成白露出一個誇張的笑容。「海大人一進羅州城，這告妳狀的人就沒斷，現在估計被人叫去索賠了。我見妳人氣這麼高，還以為妳很好鬥呢，看來是我多心了。不過，妳肯定有麻煩了，激起眾憤，海大人必須要給眾人一個交代。」

「那又怎麼樣？」海琇輕哼一聲，無所謂的倨傲之氣流於言表。她不再是清高風雅的才女程汶錦，而是出身商戶的周氏之女，人們評價周氏精明幹練、心直口快，也不是好相與的，女兒隨母可不能改變。

「妳不怕？」范成白一本正經，好像事態很嚴重一樣。

海琇挑了挑嘴角。「我怕什麼？哼！」

「妳是聰明人，我只想給妳指條明路。」

「多謝。」海琇衝范成白深施一禮。「那好吧，請范大人提條件。」

「我幫妳指明路，妳讓我提條件，可見妳心之公平，我只好勉為其難。」

海琇暗恨范成白狡詐虛偽，明明有所圖，還故作清高，讓人不由生厭。

「你說吧！」

「我想知道河神是怎麼點化妳的？妳若實言相告，我就……」

「沒得談了，河神囑咐我不得向任何人透露被點化的細節，我答應了，若告訴你便是褻瀆神靈。」海琇神秘一笑。「連我父親都不知詳情，我會跟你說嗎？」

范成白並不在乎海琇出言相拒。「妳不告訴海大人，但會告訴我，因為……」

「下官家事繁瑣，讓大人久等了，還請大人恕罪。」海誠進到書房，滿臉陪笑地向范成白行禮致歉，看到海琇也在書房，他當即就沈下了臉。

海琇不以為然，裝作沒看到海誠面色不愉。她這次惹下的麻煩確實不小，海誠肯定會罰她，但如果海誠對她的懲罰過重，超出她的底限，她也有後招。周氏在寺裡待得太安逸，也該拉出來揚威了；再說，不是還有范成白要給她指明路嗎？

「跪下。」海誠拿起一疊紙，披頭就向海琇扔去。「看看妳做的好事。」

海琇很痛快地跪下了，但身體挺得很直，臉上也沒有認錯討饒的意思。她打開那卷紙，看到上面寫滿密密麻麻、端正清秀的字跡，是海珂的手筆。紙上的內容是海琇的罪名，羅列了足有十條之多，看來海珂還真是下了功夫。

「老爺讓我看這個，不怕我知道是誰寫的，然後有針對性地狡辯嗎？」海琇不再稱海誠為父親，她把那疊紙放在桌子上，又說：「煩請老爺把這些罪名一一說給我聽，哪怕是沾上一點邊兒，或是誣告得不過分，我就都認罪，任憑老爺處罰。」

「妳……」海誠氣得咬牙，因范成白在場，他不便發作。

范成白坐在書桌前，專心致志地看書，好像已忽略了海琇和海誠的存在。海琇見海誠怒氣正盛，就將求援的目光投向了范成白，希望能繼續交易。看到范成白翻開她給海誠畫的羅夫河支流草圖，她的心一陣狂跳，雙手不由輕顫。

觸到海琇求解圍的目光，范成白狡黠一笑，眼底的精光別有意味。

「俗話說養子不教如養驢，養女不教如養豬，海大人為教養女兒真是操碎了心啊！海四姑娘是自強自重之人，不會甘心淪落與豬狗為伍，定會對海大人的嚴厲教誨感激涕零。」范成白的聲音溫和低沈，說出的話卻極有分量，也極其惡毒。

這是什麼狗屁說辭？不是存心火上澆油嗎？

海琇真想對范成白破口大罵，把兩輩子不曾說過的粗話、髒話一起砸向他。

海誠的隱怒全被范成白轉化成明火。「逆女！看看妳都做了什麼事——把堂姊趕出家門，致使她流落街頭；還待客無禮，傷人如此之重！我不重罰妳難息眾怒！」

「老爺怎麼不問事情的起因和經過？只看有心之人蓄意搜羅的結果，不給我說話的機會，這公道嗎？」海琇狠狠瞪了范成白一眼，又說：「老爺既然想拿二姑娘強加的罪名懲罰我，認為這樣才能平息她們的怒氣，我毫無怨言。只是范大人在場，讓他看到老爺這樣處理家事，他會不會誤會老爺平日就這麼斷案？」

「妳、妳……」海誠被女兒斥問，顏面掃地，氣得直咬牙。

「不會，本官幾年之前就認識海大人，很清楚他的品性官聲。」范成白晦暗一笑，搖頭道：「四姑娘的誅心之言真讓人生畏呀！」

海琇知道自己挑釁了海誠的底限，見他怒不可遏，好在尚未發作，她趕緊轉變了策略。她跪爬到海誠腳下，雙手掩面，嚶嚶哭泣，訴說自己天大的委屈。

一個人強悍沒錯，遇到不利的局面懂得示弱才是真聰明。

海誠指著海琇，跺腳嘆氣。「妳、妳怎麼變成了這樣？真讓為父失望至極。」

海琇重重抽泣幾聲，哽咽道：「我怎麼變成這樣，父親真不清楚嗎？外出遊玩，我被五妹妹推下河，好在河神眼明心慈，才保住了我這條命；被救之後，葉姨娘竟然以妾室之身給我強訂婚事，還辱罵我的母親，我若不言不語不反駁、默默忍受，還有活路嗎？秦家人登門，我熱忱招待，可秦四太太張口閉口嚷著要休了我母親，把秦姨娘扶正，還要侵吞霸佔我母親的私產嫁妝，這些……」

「住嘴！」海誠一拳重重砸在桌子上。

「父親為什麼不讓我說？是怕被范大人恥笑嗎？還是怕外人知道實情影響您的才名？二姑娘這份罪狀迴避了根本問題，老爺還想和稀泥把事情壓下去嗎？」

海誠抬手要打海琇，正好范成白遞來一杯熱茶，他順手就接住了。

「清官難斷家務事，尤其是自家事，海大人消消氣，四姑娘也別強了。」范成白說了一堆不疼不癢的淡話，看向海琇的目光難掩幸災樂禍。

「讓范大人見笑了，下官……」

海琇拋給范成白一個挑釁的眼神，冷笑問：「為官者總以清官難斷家務事為推託之辭，是否表示百姓家裡出了天大的事也不能經官了？」

「海大人，我這麼說了嗎？」

「范大人確實沒有直言。」海琇不等海誠回答，接著說：「聽說范大人是精明務實、勇於任事的好官，小女子懇請范大人來斷我們府上的家務事，為朱州府的官員樹立榜樣。范大人若是推託此事，小女子也不勉強，以後也避口不談。」

「琇兒，妳太不懂規矩了。」

范成白的嘴角挑起耐人尋味的笑容，他沒答應，也沒反對，只是靜靜翻看羅夫河支流的草圖。海誠瞪了海琇一眼，剛要開口，就見隨從急匆匆進來。

「什麼事？」

「回老爺，秦大人讓老爺馬上過去，說他們已商量好平息眾怒的條件，若老爺不答應，他就一把火將宅子燒了，一雪他家人在咱們家受到的侮辱！」

「秦大人有什麼條件，說給本官聽聽。」范成白先開口了。

隨從得到海誠應允之後，才說：「秦大人先提了三個條件，還說等他考慮好還會提出其他要求。第一，他讓老爺今天就寫休書把太太休了，擇日把秦姨娘扶正；第二，把四姑娘貶為庶女，打一頓，送到廟裡修行；第三，他讓老爺把這座宅子賠給秦家，如此秦四太太挨打的事他就不追究了。」

海誠愣了一下，連句客氣話都沒跟范成白說，就氣沖沖甩門而去。

秦奮能提出這樣的條件，不只說明他不可理喻，還顯露出他的愚蠢至極，只要有一點腦子的人也不會答應他，何況海誠為官多年，今日又有上峰在府。

秦家認為周氏不配，讓人休妻還說得過去，可明目張膽謀奪人產業就太荒唐、太放肆了。

海琇替海誠氣憤、無奈且為難，卻也有幾分幸災樂禍。秦家不只是秦姨娘的娘家，還是海誠的外家，雖說妾室的娘家不算親戚，卻也打斷骨頭連著筋。他們貪婪無理、要求過分，直接衝擊海誠的顏面，海誠想偏袒他們都不成了。

第十章　清官斷案

盧嬤嬤急匆匆進來，扶起海琇。「姑娘別怕，奴婢已派人去請太太回府了。」

「昨天已送過信，她要是想回府，早回來了，我看她是不想回來蹚這池渾水。」

「這……」盧嬤嬤心裡也沒了底。

海琇衝范成白燦爛一笑，說：「嬤嬤不用擔心，有范大人在，太太是否回府都干係不大。范大人是清官，不管多麼複雜的家事，他都能公斷。」

「海四姑娘過獎了，范某惶恐。」范成白語氣淡淡，聽不出任何情緒。

「彼此有益，為什麼要惶恐？」

「這麼說海四姑娘是準備接受我為妳指的明路？」

「我不會失信於人，更不會失信於神，河神點化之事不可與凡人說，還請大人換個交換條件。不是我存心藏私，而是不想讓神靈怪罪，禍及無辜。」海琇語氣鄭重，接受范成白指引。有了這座靠山，總比自己單打獨鬥更具優勢。

「四姑娘恐怕誤會了，從妳進來到現在，我可主動說過要跟妳交換條件嗎？」

「那倒沒有。」海琇掐了掐額頭，尷尬訕笑。

「是妳太想當然了。」范成白把草圖推到海琇面前。「妳戒心極強，警惕性高又善防備，想必以前受過慘重的傷害。不說海大人與秦家人有親，且說他們是客，妳的所作所為就有違待客之道，不管讓誰公斷，妳的錯處都更多一些。」

海琇心虛了，但氣勢不減。「那又怎麼樣？是他們欺我在先。」

范成白微微一笑，問：「妳可知道秦大人為什麼會提出那麼無理的要求？」

「不知道。」海琇的回答很坦誠。

「別看秦大人的官階只是從七品知縣，又是在朱州府管轄之下，他在京中可比我臉面大得多。」范成面帶嘲笑，微微搖頭，語氣泛酸。「秦大人同母異父的姊姊高氏原是鑲親王的外室，育有一子一女。一年前，鑲親王把她接進王府，現在都是上了皇家玉牒的側妃了。高氏對秦大人很關照，鑲親王府這棵大樹自是樹蔭廣博。」

「難怪。」海琇撇了撇嘴。

范成白看不起秦奮靠裙帶關係上位，還張狂放肆，這很正常。可范成白提到鑲親王府那拈酸神態就讓海琇不解了，難道鑲親王奪他所愛了？想到這一點，海琇忽然明白，鑲親王世子蕭梓璘曾是他的假想敵，他為此付出了死別的代價。

「范大人為什麼要把秦奮的背景告訴我？」海琇別有意味一笑，沒等范成白回答，就走到另一張書桌旁，拿起紅墨筆，竟然寫起了狀紙。

「怕妳想歪，也想讓妳對皇權心生敬畏。」

海琇凝思片刻，真誠道謝。「大人提點，小女子畢生難忘。」

范成白微微一笑。「妳寫完了嗎？我想去看看秦大人，麻煩海四姑娘引路。」

「范大人這是答應接下我的案子嗎？請大人提條件，我不想欠人情。」

「海四姑娘是性情中人，希望妳年深日久，仍不改初心。」

「范大人此言差矣，年深日久人會變老，心能不改嗎？有時候保持自己的心性會吃大虧，與其以後悔恨交加，我認為改變更有利。」比如說她，現在若還是程汶錦的性情，重生到海家會被折騰得更慘，還不知道怎麼死呢。

范成白深思之後，拿過海琇畫的羅夫河支流草圖，說：「給我畫一份，把羅夫河在朱州府乃至西南省的支流及主要河道、幹流都畫上，注解盡可能詳細。范某到朱州府任職，第一重任就是治理羅夫河，還請四姑娘多多幫忙。四姑娘可以把畫圖當成我的條件，也可以當成為治理羅夫河盡的心，他日范某自當重謝。」

海琇連考慮的時間都省了，很爽快地點頭答應。就算范成白不以此為條件，只要他提出來，她也會答應。做為被這方水土養育過的人，她為治理羅夫河盡心理所當然。

范成白看出海琇心裡所想，躬身抱拳，給她行半禮致謝。

書房通往內院的路不長，兩人走在前面，一路沈默，連時光都沈靜了。

秦姨娘居住的院子不大，倒也整齊乾淨，修葺得清雅別致。只是此時，除了海家人，秦家幾十號人也擠進了這座院子，都亂成一鍋粥了，哪還有潔淨雅致可尋？

秦奮義憤填膺，正高聲譴責海琇無禮、不貞、狠毒，斥責海誠，並逼迫他對處置海琇一事表態。秦家上下有秦奮撐腰，都同仇敵愾，吵鬧叫罵不止。

海琳主僕露宿街頭一夜半天，水米未進，甚是狼狽。如今她們吃飽喝足，也不休息，就加入了聲討海琇的行列，把海老太太及海家祖宗都搬出來當靠山了。

看到秦家人及海琳主僕鬧了起來，秦姨娘沒乘機對海琇落井下石，她藉口身體不適躲到屋裡看熱鬧了。海珂搜羅了罪證交給海誠，也悄無聲息地充當了看客。

海誠被這麼多人圍攻，早已昏頭轉向，顧頭難顧尾，根本不像這府上的主人。他向這解釋，跟那個道歉，安撫了這邊，又勸慰那邊，著實辛苦難受。即使這樣，秦奮及其家人和海琳主僕也不買帳，非逼著海誠馬上處置海琇。

論官職，秦奮沒海誠高，但他以海誠的舅舅自居，擺出了長輩的氣勢；海琳的奶娘是海老太太的丫頭，對海誠表面恭敬，實際根本不把他放在眼裡。

別看海誠是羅州的父母官，官聲、官威都不錯，面對這些人，他也只能示弱服軟。秦四太太被打成重傷，他覺得理虧，在他們面前就矮了一頭。

「真是欺人太甚。」海琇氣得緊咬牙關。

海誠沒有應他們的要求處置了海琇，這是對女兒的回護，因此才受他們的鳥氣。海琇對此心存感激，也因海誠的示弱忍讓而氣憤不已。

「難得有機會大開眼界。」范成白以淡漠的語氣說出嘲弄促狹的淡話。

「能讓范大人大開眼界，敝府深感榮幸，可開眼界也是要付出代價的。」

「悉聽尊便。」范成白的聲音柔和動聽，令海琇一時恍然。

海琇心裡有了底，交代了丫頭幾句，大步走進院子，高聲道：「蔑視王法、侮辱官員、不懂禮數、不通規矩，真是一群無恥、無賴之徒。」

海誠看到海琇，大聲呵斥。「妳來幹什麼？還不快回去跪地面壁，領罰思過。」

海琇知道海誠要趕她走，是想護著她不被這些人謾罵欺侮，不想讓她目睹這場爭端，可她的想法恰恰相反，她不會逃避，還要跟這些人一較長短。

「秦大人，這就是四姑娘，就是她與人私會，被秦四太太發現，又讓姦夫把秦四太太打成了重傷。」向秦奮辱罵海琇的人是海琳的奶娘吳嬤嬤。

海誠指著吳嬤嬤怒斥。「妳這奴才胡說八道、辱沒主子，該當何罪！」

「奴婢是老太太的奴才，眼裡只有老太太這主子，二老爺不知道嗎？昨天的事證人不少，秦姨娘和二姑娘也親眼所見，奴婢沒胡說。」吳嬤嬤輕哼一聲，退到秦奮身後，低聲說：「二老爺一向偏寵偏信，真難為秦姨娘和二姑娘了。」

秦奮本來就沒什麼肚量和氣節，又是貪婪且自作聰明的小人，最怕別人不把他當回事。昨天，他讓妻子帶家眷到海誠府上，就是想擺擺舅老太爺的威風，白吃白住，再撈好處。不承想便宜沒討到，秦四太太還差點丟了命，又惹下一堆爛事。

他憋了一肚子氣，就想拿這件事做筏子，逼海誠答應他的無理要求。可他們爭論吵鬧了半天，軟硬兼施，海誠卻沒有半點要屈服的意思，這令秦奮很氣憤，此刻又看到海琇堂而皇之出現，還斥責他們，他頓時暴跳如雷，破口大罵。

海琇見吳嬤嬤輕蔑海誠，又鼓動挑事，氣急了，指著吳嬤嬤罵道：「我不管妳是誰的狗奴才，在我的宅子裡生事，我就要嚴懲。荷風，把婆子們的身契全拿來，今天她們不把三姑娘主僕打一頓趕出去，我把她們全賣到玉礦為奴。管事和小廝的身契也一併拿來，有人到我們府上鬧事，他們竟還護衛，一樣都打罰發賣了。」

「是，姑娘！」

下人中原有忠於周氏的，一直跟在盧嬤嬤身邊聽候調遣；還有一些下人另有主子或是沒有主子，就想躲在一邊看熱鬧，直到海琇發狠點了名，要來真的，下人們都害怕了。盧嬤嬤趁熱打鐵斥喝了一番，那些婆子都爭先恐後動手了。

海誠正跟范成白說話，海琇要再次把海琳主僕趕出去，他不置可否。海琳害怕起來，暗怨吳嬤嬤掐尖要強生事，事到如今，除了哭，她也沒招了。

「小賤人，妳真是無法無天了！」秦奮消停了一會兒，又指著海琇怒罵。

海琇狠啐了秦奮一口，斥罵道：「你讓大家看看你是什麼熊樣子？即將出任一縣之首的人竟如內宅粗婦一樣，一點威儀也沒有。你不分青紅皂白、不知是非曲直，又貪婪成性，靠裙帶關係上位的官要都是你這副德行，朝廷真是倒大楣了。」

打人不打臉，罵人不揭短，這是古今的忌諱，海琇卻犯忌了。

秦奮被揭了老底，氣得差點吐血，他要對海琇動手，卻被幾名管事擋住，便污言穢語罵起來。他開罵了，他的妾室子女也不含糊，個個爭先恐後地叫罵。

海琇衝秦奮呸了一口唾沫，高聲喊道：「人呢？還愣著幹什麼？」

「在後面，正等姑娘吩咐呢。」答話的人是范成白，聲音很洪亮。

海琇叫的是盧嬤嬤，范成白卻接上了話，在場的人聽到答覆都愣了神。看到海誠引著范成白走過來，秦奮瞠目結舌，秦家人的叫罵聲也戛然而止。

今上看重范成白，連鑲親王都要給他幾分臉面，秦奮當然不敢造次。他趾高氣揚的神態不復存在，換了一副諂媚恭敬的神態，上前陪笑問安。不等范成白詢問，他就講述了事情的來龍去脈，並一再強調他舅太爺的身分。

海誠嘆了口氣，說：「琇兒，別把三姑娘主僕趕出去，等過些日子為父派人送她們回京，她們流露街頭也會影響妳的名聲，何必殺敵一千、自損八百？」

「多謝父親教誨，女兒明白了。不趕她們出府可以，她們蔑視主子、有違規矩，懲罰不能免。」海琇給盧嬤嬤使了眼色，讓婆子把海琳主僕帶下去。

「父親，女兒給范大人遞了血狀，我與秦家人的糾葛就請他來處理吧！」

范成白拿過海琇寫的狀紙，聞了聞，點頭道：「果然是血書，好濃的雞血腥味，海四姑娘真是有心。秦大人，本官接了狀紙，就不得不做出公正的裁定。」

「多謝范大人。」海琇恭恭敬敬給范成白行了禮。

秦奮擠出幾絲笑容。「下官定會遵從大人的裁定。」

范成白揶揄一笑，問：「海大人還有什麼話要說嗎？」

海誠鬆了口氣，施禮道：「全憑大人做主。」

「私闖民宅、以客欺主、誣衊生事都不對，打人更不對，何況把人打得這麼重，沒有一個穩妥的說法肯定不行。這件案子要斷是很好斷的，但你們雙方各執一辭，對質起來恐怕要傷了你們親戚間的臉面，本官因此很為難。」

「請大人秉公處理。」海誠開口就說明他已不顧忌與秦家人的親戚關係了。

秦奮面露訕色，吸了幾口氣，也沒說出什麼，只狠狠地瞪了海琇幾眼。秦姨娘坐不住了，趕緊出來，挽著海珂往海誠身邊靠，表明了她們母女的態度。

范成白點點頭，又問：「誰打傷秦四太太？」

海琇回道：「打傷秦四太太的是我的救命恩人，一個心智不全的漁夫。我母親為感謝他救我，送了他一些銀錢藥材，他也替我母親給我送過信件財物。那日他來府上，是我母親讓他給我送來了一百兩赤足金，用於救濟因水患受災的百姓，秦四太太看到布袋裡的金子，就說我與他私會，還帶下人來捉姦。他本是憨直的傻人，聽秦四太太信口胡說，一時衝動才動手打人，要知道事情會鬧到這種地步，我當時就是把那一百兩金子給了秦四太太、不惹上是非也心甘情願。」

在場的聰明人從海琇這番話聽出了多重意思，沈默的目光都落到了范成白身上。而包括秦奮在內的秦家眾人聽海琇說「把那一百兩金子給了秦四太太」就雙眼放光了，至於海琇這番話到底要表達什麼意思，他們都選擇性地忽略了。

范成白衝海琇點了點頭，煞有介事問：「那一百兩金子呢？」

「又被唐小子帶走了，許多奴才都看到他提著裝金子的布袋離開了。他被秦四太太等人這麼一鬧嚇壞了，又知道打傷了人犯了大錯，就……」

「這麼大筆的金子怎麼能讓外人隨便傳送？」秦奮瞪了海琇一眼，又瞪向海誠。此時，他眼底的怨怒、憤恨已消失殆盡，換成了恨鐵不成鋼的心疼和無奈。

「我都來兩個時辰了，怎麼沒人跟我提這件事？你們心裡都想什麼呢？」秦奮開始一臉懊惱地埋怨秦家人，就好像要到他手裡的金子被人截走了一樣。

秦奮愣了片刻，又轉向海誠。「你還不趕緊派人去抓那個漁夫，把金子追回來？別看那漁夫是傻子，他的家人、鄉鄰可不傻，我看這金子是保不住了。」

「那些金子是救濟災民的，萬萬不能丟，要是被唐小子的鄉鄰騙了去，還不如……」海琇掃了秦家人一眼，轉向海誠，說：「女兒沒遇到過這樣的事，這幾日都昏了頭，女兒現在就帶人去找唐小子要金子，府上的事請父親做主處理。」

「妳去吧！多帶些人手。」海誠對海琇的話半信半疑，但此時只得讓她離開。

海琇向范成白行了禮，滿含狡黠的眼睛一睜一閉就達成了共識。賠償秦家人銀子海琇認了，賠多少由范成白定，賠得多，范成白肯定會付出相對的代價。

一刻鐘之後，海琇已坐在羅州城最好、最大的酒樓包廂裡。現在還沒到吃飯的時候，但海琇想好好吃一頓，壓驚也罷，慶賀也罷。

又過了半個時辰，盧嬤嬤派人給她送來消息，說案子審完了。海誠讓秦家人住進了官府罰沒的一座宅子，不收租金，讓他們一家今天就搬過去。他們賠償秦家五百兩銀子，又給了秦家人一些藥材、布疋、糧食，讓他們安家之用。

只賠了秦家五百兩銀子，比海琇預期的少了一半，可見范成白用了心。她這幾天操的心、費的力、挨的罵、受的辱遠不是五百兩銀子能彌補的。跟秦家的較量中，她勝得並不爽利，幸好借此事打壓了秦姨娘母女，也算她的收穫了。

晚秋夜涼，霜濃露重。

清風劃過樹梢，泛黃的葉片嘩嘩作響，為秋夜平添了幾分凝重的寒意。

海琇衣衫單薄，跪在書房的院子裡，聽到風響，就忍不住渾身發抖。

她惹了事，海誠要罰盧嬤嬤，她自願代盧嬤嬤領罰，到現在都跪半個時辰了。她的下人要陪她一起受罰，都被她嚴令趕走，她想一個人冷靜地思考一番。

也不知跪了多久，終於跪到書房的燈亮起來，隨後門打開了。看到海琇一個人跪在院子裡，海誠陰沈的臉慢慢融化，逸出一聲長嘆。

「父親，女兒知錯了。」海琇可不想再跪著，趕緊認錯說好話。

「知道錯在哪兒了嗎？」海誠銜海琇抬了抬手。

海琇乘機起來，活動了一下僵麻的雙腿，哽咽說：「請父親明示。」

「妳同妳母親一樣率真氣盛，眼裡不揉一點沙子，不知忍字為上；行事好強向上，不善斟酌反覆，不給自己留退路。妳母親人不錯、心也好，可因她的脾氣，這些年卻吃了不少虧。妳無須圓潤乖滑、八面玲瓏，但也不要像妳母親。」

「女兒記下了，多謝父親教誨。」海琇頓了頓，又道：「父親對母親的評價很中肯，也知道她的脾氣，為什麼就不肯退一步，讓她回府一家團聚呢？」

海誠給海琇披上了披風，領她進到屋裡，輕嘆說：「還是那句話，妳母親若不想待在寺裡修行，憑她的性子，誰還能強迫她不成？為父跟妳直說，秦氏、葉氏和府裡老太太那些手段招數還不夠看的呢！能奈何她嗎？」

海琇也想到是周氏自願待在寺裡，打著修行的幌子躲清靜，把女兒留在府中當擋箭牌。她雖對周氏心存怨懟，但畢竟是母女，有著血脈親情牽連，她還是希望周氏回府。

知道了海誠的態度，她就可以去遊說周氏，非把她那自私的娘扯進這渾水不可。

「聽父親這麼說，女兒心裡就有底了。」

海誠點點頭，遲疑片刻，問：「妳母親真讓唐小子送來一百兩金子救濟受災的百姓嗎？妳母親是心善敞快之人，對身處危難之人施以援手的確符合她的性情。妳今天匆匆忙忙去找唐小子，金子找回來了吧？范大人也惦記著呢。」

搬起石頭砸自己的腳，自己設了套兒套住了別人也套住了自己。海琇暗暗咧嘴，要知道這一百兩金子這麼好用，連范成白都惦記上了，她何必多費周折？到這節骨眼兒，她也只好硬著頭皮承認金子已經要回來了。

「要回來就好，就按妳母親的意思辦吧！」

「好。」海琇告訴自己不用心疼，反正金子是周氏的，就當替周氏行善積德了。

跟海誠就治河的問題討論了許久，夜深人靜，她才回房休息。躺在舒適柔軟的雕花大床上，她久不能眠，心思輾轉間想通了許多事，心裡豁然開朗。

第十一章　決定救人

第二天一早，海誠去衙門之前，把朱嬤嬤連同府裡的大小管事都叫到了書房。他一再強調朱嬤嬤身體不好，囑咐她好生休息，並讓海琇和盧嬤嬤協同朱嬤嬤一起管家，言明人事安排和財務支出都由海琇主理，賞罰也由她來決定。

朱嬤嬤很失落，海誠一再安慰她，她也沒說什麼。葉姨娘被禁了足，海璃有傷在身，沒有能力和心思爭管家大權了。秦姨娘母女得知海誠的決定，只能咬牙，秦姨娘還邊哭邊罵，在心裡都把秦奮一家啃得體無完膚了。

改了一些舊例，肅清了不良習氣，調整了下人的崗位，一番整頓之後，府裡風氣煥然一新。海琇從朱嬤嬤手裡接過帳本和一部分對牌，心裡踏實了。

「我想挑個日子去看看太太，不知道什麼時候適合？」海琇故意問盧嬤嬤。

「難為姑娘對太太一片孝心，姑娘把手頭的事安排妥當就去吧！九月大祭河神的日子快到了，祭拜的地方離莊子不遠，姑娘可以先去散散心。」

「我得河神點化開竅，心中感恩，確實該去祭拜一番。我手頭上沒有要緊的事了，讓丫頭們收拾行裝，我明天就出城，先去莊子裡住上幾天。」

盧嬤嬤點頭應是，讓丫頭們準備出門的行裝用品，又和海琇交接了一些瑣事。

荷風遞給海琇一本黃曆，笑問：「姑娘知道後天是什麼日子嗎？」後天正是大祭河神的日子呢！

海琇看了一眼黃曆，身體卻顫慄起來，抓住桌子才漸漸平穩。她的心好像被一雙冰冷的大手緊緊握住，寒涼得都快窒息，臉色也變得蒼白。荷風看到她的異樣，問了幾句，不等她回答，就跑出去找盧嬤嬤了。

到後天，程汶錦母子就死了三十五日，五七之祭一般都會辦得極為隆重，只是，與蘇家往來的賓客中，又有誰會真心哀悼他們？逝者如斯，可憐程汶錦如花年紀就成了牌位。

盧嬤嬤進來時，海琇已恢復如常，只是面色清冷了幾分。她拒絕了盧嬤嬤請醫診治的安排，只說自己這幾日累得心力憔悴，想先好好休息一日。一覺醒來，荷風見她恢復如常，才告訴她大祭河神需七天，後天是第一天，最熱鬧。

海琇暗暗搖頭。一個日子都能觸動她心底的隱秘，對於短暫的前生，她還有太多的放不下。

第二天午睡醒來，海琇主僕收拾完畢，啟程去了莊子。莊子在羅州城北，有四十里的距離，北去的大道一路暢通，最多一個時辰就能到。

「所在車馬行人全部就地停下，給運送祭品的車輛讓路。」兩匹快馬疾馳而來，馬上的人一路大喊，有停得慢的馬車，還被他們抽響鞭子，怒罵了一頓。

海琇正在車上閉目養神，聽到叫喊聲，又見馬車停下，才睜開眼，活動了一下四肢。竹修將車簾掀開一道縫，偷偷向外張望，低聲跟她們說外面的情況。

「離莊子還有多遠？」

「還有三、四里吧！從這邊望去，都可以看到莊子的後山了。」

現在已日影偏西，不知這押運祭品的車要走多久？別耽誤得太晚才好。

「姑娘，您看那輛車上的祭品。」

三輛敞篷馬車從她們的車旁駛過，每輛車上都裝有幾個鐵籠子，鐵籠裡關的竟然是孩童！這些孩子男女都有，也就五、六歲的年紀，他們被綁在鐵籠裡，嘴也被堵上了，只瞪著一雙驚恐的眼睛茫然地看著鐵籠外的世界。

這些孩子是祭拜河神的祭品？海琇全身一顫，心一陣陣揪疼。

日落西山，她們主僕到達莊子，淡淡的夜色籠罩著天地間的一景一物，寧靜而莊重，海琇的心卻如同驚濤湧動，連馮大娘母子熱情的問候都懶於應對了。

「姑娘這是怎麼了？」馮大娘輕聲詢問。

「我們來的路上遇到運送祭品的車隊，那些祭品是明天祭拜河神用的。」荷風跟馮大娘婆媳說了要用孩童做祭品祭拜河神之事。

「真是作孽呀！這幫遭天殺的！」馮大娘拍著大腿唏噓呵罵了一番。「往年祭拜河神的祭品都是牲畜，今年怎麼換成孩童了？姑娘先歇歇，老奴去打聽打聽。」

「以往沒用孩童當祭品？今年才用？」海琇面露驚疑，看到馮大娘點頭，她沈吟片刻，說：「我給老爺寫封信，大娘派人連夜送進城，務必面呈老爺。」

馮大娘點頭應聲，給海琇倒了杯熱茶後，便出去安排。不多時，飯菜端了進來，海琇卻沒有半點胃口，孩子們驚恐無助的眼神已映入她的腦海，每每想起都心如刀割。

前世，那個可悲的前世，她被小孟氏毒死，她的孩子被蘇宏佑摔死時，她痛徹心腑，也像那些孩子們一樣驚恐無助。不管歷經幾世、相隔多遠，當時的絕望和恐懼已烙進了她靈魂深處，擺脫不掉。

她當時沒有能力救自己的孩子，悔恨、愧疚從前世延續到今生，午夜夢迴，她常常痛到無法呼吸。她決定救那些被當祭品的孩子！不管多麼艱難，她都要試一試，這樣，她才沒有遺憾，不會愧疚，也能減輕她前世的痛苦。

她把自己的決定告訴了丫頭們，丫頭們都很支持，眾人積極地出謀劃策。她讓馮勇去找唐二蛋，在這裡，聽話、有本事且全心全意幫她的人只有唐二蛋了。

沒想到馮勇卻帶回了讓她失望的消息。唐二蛋沒在船上，老唐頭說好幾天不見他了，還鬱悶地說他呆乎乎地很可能走丟了，再也回不來了。

馮大娘母子聽說海琇要救那些孩子，都很擔憂，怕危及她的安危。馮勇建議她一早回城去找海誠，馮大娘卻說祭拜河神由官府主持，海誠應該知道此事。

「用童男童女祭拜河神的事都傳開了，奴才去打聽時聽到好多人議論。年年祭拜河神，季季不落空，可還是災情不斷。有人說羅夫河沿岸的百姓心不誠、祭品不豐盛，河神不滿意，這才洪災不斷。還說華南省有個地方用七童男、七童女祭拜了一次，已接連三年風調雨順，別的地方都想仿效呢。」

「河神是慈悲之神，若用童男童女取悅河神就能求來風調雨順，河神豈不成了妖魔鬼怪？我不相信，官府怎麼可能縱容此類事件發生？」

「奴才聽說今年籌辦儀式的洛氏族長提出用童男童女祭拜，被當時的石林縣知縣否決，為此兩人還鬧了矛盾。前幾天，石林縣的新任知縣到任，他同意用孩童祭拜。」

「石林縣的新任知縣？」一是秦奮，是他同意的！海琇恨得咬牙。

秦奮到石林縣上任才幾天，還沒與上一任知縣交接完畢，就同意喪心病狂的提議，真是可惡至極。他此舉是想拉攏那些族老，為他這知縣積攢人脈。人們都知道他是海誠的舅舅，卻不知道兩家已結怨，他這麼做，不聲不響就把海誠拉下了水，萬一將來事發，海誠是晚輩，又是上司，獲罪肯定比他重。

海琇跟馮大娘母子說明秦奮此舉會危及海誠，馮大娘母子一聽自家老爺有可能被連累，都支持她救人。他們商量了許久，也沒想出最適合的辦法，只能當天見機行事。海琇讓馮勇再派人去打聽明天祭拜的事，又給周氏送了消息。

一夜翻來覆去，夢在前生今世穿梭，海琇睡得很不踏實。聽到鼓響，她睜開眼，見天已泛亮，想到今天還有大事要做，她趕緊起床收拾。

聽說馮勇一大早便去了祭拜河神的地方打探消息，海琇主僕用過早飯，也和馮大娘一起趕去。來報信的人追上她們，說衙門有事，海誠不來參加祭拜，海琇的心微微一鬆。有海誠在，她雖有了依靠，卻也多了束縛，放不開手腳。

巳時初刻，海琇等人趕到祭拜的地方，看到岸上、船上都擠滿了人。秦奮同幾個錦衣華服的男子站在高臺上，正俯視寬闊的河面，親熱交談。

馮勇擠到海琇面前，說：「姑娘來得正好，今年祭拜河神與往年不同，獅舞擂鼓全免，第一項就是把童男童女沈入河底，供奉給河神，馬上就開始了。」

看來秦奮等人對用童男童女祭拜河神心裡也沒底，他們怕鬧起來難以收場，就把供奉童男童女改成了第一項，想儘量避免突發的變故。

「吉時到，祭拜開始，呈上第一道祭品——」

十幾個身穿紅衣的大漢每人推著一輛獨輪車往岸邊走去，車上裝有鐵籠，孩童就裝在鐵籠裡。到了岸邊，大漢把鐵籠卸下來，抬到沈重且簡陋的竹筏上。

河岸上的民眾看到這一幕，頓時鴉雀無聲，都伸長脖子張望。人群偶爾產生騷動，但很快又歸於沈寂了，面對即將消逝的幼小生命，反對的聲音已微弱不堪。

「姑娘，怎麼辦？要不我們……」

海琇堅定地搖了搖頭。「我已有辦法，妳們不用擔心。」

紅衣大漢登上裝有石塊的小船，解開拴竹筏的粗繩，準備聽號令送竹筏入水。

「鼓起，送祭品下水，請河神享用。」

「住手！」海琇朝岸邊跑去，她白色的帷帽、素色的衣衫成為岸上獨特的風景。她登上岸邊的高臺，高聲說：「我是羅州海知州的女兒，就是我意外落水，得河神點化，開了靈竅！昨夜河神曾託夢於我，說祂不喜歡以童男童女做祭品，若濫殺無辜、謀害幼弱生命，必得報應，引來更大的災禍！」

海知州家的嫡小姐因落水得河神點化的事早已傳得人盡皆知，看到她此時出現在河邊，帶來了河神旨意，人們都議論紛紛，人群也騷動起來。

「放了他們，這是河神的旨意，誰敢違抗？」海琇威嚴冷厲的目光看向那十幾名大漢，又以冷酷輕蔑的目光睥睨站在高臺上的秦奮等人。

身材高大健壯的漢子們被她的言辭、目光震住，像被施了定身法一樣一動也不動，人群也都安靜下來。人們都害怕河神報應，畢竟這些孩子是無辜的。

「把鐵籠搬上岸，放了他們，別讓我再說第三遍。」

馮勇帶著小廝、隨從過來，丫頭婆子也跟上來，這些下人更襯托出海琇的氣勢。

「哪裡來的瘋女子？竟敢胡言亂語、干擾祭拜！」一聲厲喝自高臺上響起。

六名男子從高臺上快步下來，氣勢洶洶直奔海琇主僕而來。帶頭的是一位五、六十歲的老者，看向海琇的目光陰沈氣憤，與他同來的人也都怒氣沖沖。秦奮沒和這些人一起過來，海琇猜出他們是今年主持祭拜的洛氏家族族長和長老。

海琇迎上去，衝老者等人行了禮，客氣地說：「我是羅州城海知州……」

「我不管妳是誰！」洛氏族長大發雷霆，指著海琇罵道：「妳這妖女擾亂祭拜、妖言惑眾、褻瀆河神威嚴，罪不可恕！妳要是識相就趕緊滾開，否則老夫就下令把妳一起扔到河裡，就算海知州在這裡，也不敢阻攔。」

海琇敬他們年長，本想客氣些，沒想到卻挨了一頓罵，看來這些人不會買她的帳，她冷笑道：「沒想到您一把年紀，心腸歹毒不說，脾氣還不小。」

「臭丫頭，妳好大的膽子！妳知道妳在跟誰說話嗎？」一個中年男子站到老者前面，衝海琇咬牙怒哼。「這位是洛氏一族的族長、清平王的叔叔，別說是海誠，就是現任柱國公海朝見了，也要行禮請安，妳算什麼東西？」

洛家是開國太后的娘家，開國太后不想外戚干政，便把洛氏一族送到偏僻的西南省，賜王爵，封號清平。西南省以清平王府為尊，也就是洛家的地盤，雖說今上對清平王及洛氏一族恩寵不厚，但西南省的官員都會給洛家幾分面子。

想必海誠已知道秦奮夥同洛氏族人拿孩童祭拜河神之事，才藉故不來參加祭拜；范成白也沒來，他們都是秦奮的上司，也都在暗中看秦奮恣意表現。

「原來這為老不尊、放肆開罵的人是清平王的叔叔？你們用孩童祭河神清平王知道嗎？你們打著他的幌子，就沒想到朝廷知道這件事會如何評議？」

「妳、妳、妳……」洛氏族長被海琇氣得鬍子直顫，都說不出話了。

中年男子趕緊扶住老者，喝令道：「來人，把這妖女以及她帶來的人都趕出祭場、關押起來，等祭拜完畢，再以衝撞河神之罪，另行懲罰。」

「把我趕出祭場？哼哼！那就要看看你們有沒有那本事了。」海琇本來心裡沒了底，但此時看到唐二蛋在人群裡衝她招手，她踏實了，又一次堅定心志。

海琇並沒有足夠的把握救下這些孩子，但有唐二蛋，她能搗亂祭拜，只要激起民眾的憤恨，官府便不能再冷眼旁觀，這些孩子也就得救了。

「你們如此祭拜河神，只會給河神招致罵名和罪孽。你們不是說我衝撞了河神、要得懲罰嗎？那好，咱們都向河神剖陳對方的過錯，看河神懲罰誰？」

海琇衝人群揮了揮手，面朝河面，口中唸唸有詞。她剛唸了不到半盞茶的工夫，扶著洛氏族長的中年男子就在沒人推、沒人碰、沒人靠近他的情況下，踉蹌幾步，摔了一個大跟斗；緊接著，洛氏族長又飛出幾步遠，趴到了地上。

這般情景入目，人們都驚呆了，喧囂的祭場又一次陷入沈寂。

看來唐二蛋不傻了，她只是幾句話、一個動作，他隔山打牛的功夫就派上了用場，竟然還配合得如此默契！

「快放了那些孩子，再讓河神動怒，就不是讓你們栽個跟斗那麼簡單了。」海琇趁熱打鐵，又慷慨陳詞一番，立刻引來了眾多支援的聲音。

人們看到洛氏族長和中年男子無緣無故摔倒，以為河神顯靈，自然信了海琇。

「你……」洛氏族長被人攙扶起來，氣勢弱了許多。

「放人，你們沒聽到嗎？」海琇衝看管孩童的大漢喊道。

「洛氏一族出錢、出力、出人祭拜河神，也是為羅夫河沿岸的百姓謀福利。」秦奮威風凜凜地走過來，連笑容都透著官腔，冠冕堂皇的話令海琇厭惡至極。

「秦大人說得對，我們洛氏一族祭拜河神都是為了羅夫河沿岸的百姓。」

「海四姑娘年幼無知，誤解了洛氏一族的好心，族長大人大量，別跟她一般計較才是。」秦奮陰惻惻的目光看向海琇。「用孩童祭拜河神以求風調雨順不只是洛氏一族所為，官府和其他幾大家族都知道，也都同意。海四姑娘突然跳出來就讓他們放了那些孩童，又不知用什麼邪法教訓了他們，這麼做不好吧？」

「我可不會邪法，秦大人高抬我了。敢問秦大人希望怎麼做才好？」海琇知道秦奮恨透了她，不會放過今天這懲治她的機會，她試探詢問是想讓秦奮開條件，金銀能擺平的事對她來說不叫事，周氏的金銀都沒地方安置，也該敗敗了。

「那十幾名孩童年紀尚幼，不能做祭品，這是我的要求。」

「海四姑娘的要求提得好。」秦奮眼神陰鷙，給洛氏族長使了眼色。

洛氏族長會意點頭。「憑妳幾句廢話、一招邪法就能改變西南省幾大家族決定的事？妳把我們的體面威嚴置於何處？」他眼底陰光一閃，冷哼道：「不用孩童做祭品也行，妳有要求，我們也有條件，只怕妳做不到。」

「說吧！你不說出來怎麼知道我做不到？」

秦奮衝海琇揮了揮手。「海四姑娘，他們的條件妳不可能答應，想救這些孩童不過是妳頭腦一熱，真給妳機會讓妳選擇，妳肯定就怕了。趕緊回去吧！洛氏族長看本官的情面，不會難為妳，妳不認本官為親戚，本官也不跟妳一般見識。」

「你們還沒說，怎麼知道我不答應？」海琇語氣堅定，就想跟他們一較長短。

「既然妳這麼執拗，老夫就直說了。」洛氏族長輕咳一聲，說：「要想讓我放過這些孩童，除非妳代替他們，成為此次祭拜河神的祭品。妳妖言惑眾衝撞祭禮，我們就是把妳抓起來扔到河裡，海知州也無話可說。」

好陰毒！海琇沒想到秦奮夥同洛氏族長給她設下了這樣的圈套，是她輕敵了。

第十二章 二次相救

「來人，把這個妖女抓起來，先綁上石頭再扔到河裡。」

秦奮陰陰一笑。「海四姑娘，妳也別怪洛氏族長不講情面，這些孩童都是洛家簽了死契的奴才，他們的性命本就握在主子手裡。」

「姑娘。」馮大娘把海琇護到身後，擋住來抓她的大漢。

海琇淡然一笑，鎮定地說：「放了那些孩童，我答應你們的條件。」

在場的每一個人，包括秦奮和洛氏族長等人，聽到海琇的回答，都很吃驚。隨後，人群騷動，唏噓感嘆之聲此起彼伏，而秦奮和洛氏族長等人則露出奸計得逞的陰笑。海琇冷哼一聲，臉上沒有半點猶疑恐懼，大步朝河岸走去。

「姑娘，妳別、別中了他們的奸計，姑娘……」

「快，快派人給老爺和太太送消息，就說有人要害姑娘。」

洛氏族長下令大漢把海琇沈河，根本不在乎海誠知道會怎麼樣。洛氏一族有清平王府這座靠山，洛氏族長等人又無官無職，朝廷知道也奈何不了他們。

秦奮見海琇毫不畏懼，一副慷慨赴死的模樣，不禁膽怯了。海琇是官宦人家的女兒，他是朝廷官員，又是海誠的下屬，這件事鬧開、鬧大，第一個倒楣的就是他。

他為了結交洛氏一族，答應用孩童祭拜河神，這件事傳到朝堂，他定會被彈劾，到時候，還不知道鑲親王會不會保他？他的烏紗帽沒準就要掉了。

海琇慷慨赴死，只是想從氣勢上壓住秦奮和洛氏族長等人，但她心裡就沒有那麼平靜了。拿自己重生的生命去換十幾個孩童的命，沒有值與不值的比較，若是倒回去讓她重選一次，她也會這樣做，然而害怕也是她本能的反應。

「海四姑娘，老夫再問妳一遍，妳真願意用妳的性命換洛家那十四個家奴的性命？」洛氏族長的語氣陰森低沈。海琇膽敢挑釁洛氏一族，膽敢對他無禮，他就要讓她付出慘重的代價，但他必須鄭重詢問一遍，讓所有人都聽清楚。

「姑娘，讓奴婢當祭品，換這些孩童的性命吧！」荷風上前表示自願代替海琇。聽她表了態，竹修和桃韻也都擠到前面，言明願意做祭品。

「我願意，放了那些孩童。」海琇的語氣更加鎮定沈穩。伸頭挨一刀，縮頭也要挨一刀，她現在就是說不願意、膽怯了，洛家也不會放過她。

「好，海四姑娘有膽色，妳沈入水中，我就放了他們，連身契都賞了他們。」

幾名大漢將一個嶄新的竹筏拖入水中，綁在小船上，又把一個大號的鐵籠推到竹筏上，打開蓋子，裝入隨祭的物品，其中一個大漢衝洛氏族長點了點頭。

「海四姑娘，請吧！」

海琇來到碼頭上，立刻有婆子跟上來取代了那些大漢。她們圍住海琇，不由分說就把她抬起來，塞進了鐵籠，又上了鎖。
「姑娘——」荷風等丫頭被人壓制，眼睜睜看海琇上了竹筏，只能放聲哭泣。
海琇在鐵籠裡只能彎著腰，她乾脆坐下，竹筏清涼沁體，她的心卻是火熱沸騰。孩童們得救了，正跪在岸邊給她磕頭，為她哭泣祈禱。圍觀的民眾中有人哽咽，有人嘆息，也有人跪倒在地，為她灑下了一把淚。
綁住竹筏的繩索被砍斷，竹筏斷開與碼頭的聯繫，朝深水區飄移。綁在竹筏上的石灰袋子被水浸透，竹筏慢慢往下沈，清涼的河水淹沒了鐵籠，海琇拚命掙扎，只能抓住鐵籠，她嗆了水，死亡似乎真的逼近了。
突然，她感覺有人托了鐵籠一把，她被頂出水面，深深吸了一口氣。她的雙臂伸出鐵籠，緊緊抓住散落的竹筏，才稍稍安定，就聽到水下傳來打鬥聲。
血染紅了河水，濃郁的血腥氣交織著河水的腥氣襲來，令海琇窒息作嘔。她一時鬆懈，漩渦襲來，抓在她手裡的竹筏飄走了，她的身體再次同鐵籠一起沈入水裡。
此時，一雙強勁有力的臂膀抓住鐵籠，用力一甩，她又浮出水面，緩了一口氣。
「唐二蛋？」看清水裡的人，海琇喜極而泣。
「找死，去死。」唐二蛋一手托著鐵籠，一手撥水，雙腳踹向襲擊者。
海琇知道和唐二蛋打鬥的人是洛氏族長派來的，他們想置她於死地，又怕她沈到水底還有生機，就派了水性極好的高手在水中要直接送她入鬼門關。

唐二蛋要托住鐵籠，還要應付襲擊，非常吃力。海琇見他受了傷，不想讓他因救自己而喪命，就推開了他的手。鐵籠迅速下沈，她連嗆了幾口水，越是掙扎身體就越發沈重，看到唐二蛋拖著幾條血水朝她游來，她欣慰一笑後，失去了知覺。

「琇兒、琇兒，妳醒醒，快醒醒……」

隱隱約約聽到有人叫自己，聲音低沈而動聽，卻很陌生。海琇心頭一熱，吸了一口新鮮的空氣，想睜開眼看看，可無論如何也睜不開。

她感覺自己身體輕盈飄浮，雙手去抓，沒有抓到鐵籠，卻抓住了一雙溫熱的手。她已經脫離了鐵籠的圈禁，可人還浸在冰涼的水裡，心神仍處於游離狀態。

「琇兒、琇兒，對不起。」濕透的身體帶著溫熱緊緊抱住了她，令海琇如同著陸一般踏實了。「琇兒，今生今世，我不會再辜負妳，不會再丟下妳，不會……」

海琇聽到這番深情的表白，感覺很奇怪，強烈的好奇化成力量，她一下子就睜開了眼。

抱著她的人是唐二蛋，只見他的眼睛靈動明亮，充滿了悔恨。

唐二蛋的眼神告訴海琇，他不傻了，他恢復了。可海琇傻了，她不明白唐二蛋的深情告白緣何而起？難道唐二蛋曾經跟原主相愛，又被迫分離？

不可能！海琇馬上否認了自己荒唐的想法。唐二蛋之前一直呆傻，而原主還不滿十三歲。

「你……」海琇連活命都顧不上想了，她腦子裡已充滿了成堆的疑問。

又有幾名襲擊者攻上來，這回他們主攻的目標是海琇。唐二蛋一把將海琇托出水面，又把浮在水面殘破的竹筏踹給她，轉身就跟那些襲擊者打到了一起。海琇浮出水面深吸了一口氣，卻沒抓住竹筏，人又沈到了水裡，昏了過去。

海琇從昏迷中醒來，已是五天之後。又一次經歷生死，乍一醒來，她感覺心中坦然、思維清晰，一點也沒有劫後餘生的緊張與恐懼。

「姑娘，您醒了？」荷風捂著胸口鬆了一口氣，又給海琇端來了藥。

「我餓了，想吃點東西再喝藥。」

荷風臉上綻放笑容，趕緊讓小丫頭給廚房傳話，又給馮大娘等人報了信。海琇這幾天躺得骨軟筋麻，剛清醒了就想起身，出去舒展一番。

站在窗前，看到莊子裡漸濃的秋色，海琇不禁感慨長嘆。金染秋菊，楓葉流丹，總有迷人的秋景沈澱在她前世今生的記憶裡，此時最為深刻。眼前的景色或平實、或美好、或凋零、或盎然，都緣於人心。此時，她看蕭索蒼黃的秋色亦有生機勃勃的迷人之態，是因為她心中充滿了雀躍歡愉。

馮大娘一臉喜色進來。「奴婢派人往寺裡和府裡送了信，告知姑娘醒了，也好讓太太和老爺放心。這幾天，他們一天都要派人來問幾次，都為姑娘擔著心呢。」

「擔著心？呵呵，我醒了沒看到他們的身影，這幾天，他們也沒親自來看看我，他們對我不聞不問，是不是真的擔心，誰知道？」

「老爺公務在身，又因姑娘救人的事跟洛氏一族和清平王府對上，別說范大人，連西南省的巡撫和總督都驚動了，老爺這次必要為姑娘討個說法。」

海琇點點頭，又問：「太太呢？我又一次差點死掉，她怎麼也不露面？」

「太太她……」馮大娘尷尬一笑。

「哦，我知道了，太太正在佛前為我祈福，大娘是不是想這麼說？」

丫頭端來飯菜，緩解了馮大娘的尷尬，她趕緊岔開話題，親自服侍海琇吃飯。

白粥、青菜、素餃、菌湯，飯菜以清淡為主，花樣卻不少，色香味俱全。海琇餓雖餓，一想到父母這些天都沒來看她，又沒胃口了。她強忍滿心委屈，勉強吃了一些，又倒在床上，蒙頭睡覺，想起她沈入水中的情景，她又一下子坐起來。

在水中，她半昏半醒時，唐二蛋緊緊抱著她，說對不起她，今生再也不辜負她之類的話。彼時，他的神情、他的目光、他的姿勢，都是在深情告白。

此時，她回憶得越清楚，心裡就越迷糊。之前，唐二蛋曾把他親手雕刻的程汶錦雕像送給她，還傻乎乎地說她和程汶錦都是他媳婦。當時，她以為沒有受傷之前的唐二蛋是程汶錦的仰慕者之一，心底有印象，就胡亂叫媳婦佔便宜；在水中，處於清醒狀態的唐二蛋叫著「琇兒」表白真心，這又是怎麼回事？

「姑娘睡醒了？」荷風又拿來藥丸讓海琇吃，說是周氏派人送來的。

「我沒睡著，妳坐下，跟我說說我沈入水底之後的事。」

荷風坐在腳踏上，輕聲說：「姑娘剛沈入水底，文嬤嬤就帶人來了。她讓人下水救姑娘，被洛氏一族的人阻撓，都打了起來，老爺和范大人隨後趕來才制止了他們。老爺和洛氏族長理論，洛氏族長說姑娘自願捨己救人，死了也與他們無關。范大人斥責他，說要請清平王爺來，洛家人才不那麼猖狂。文嬤嬤帶人把姑娘救上來，送回莊子，就回寺裡向太太覆命了。奴婢幾人跟姑娘回來時，老爺還在和洛家人吵，聽說現在都吵到西南省首府，請總督大人公斷了。」

「文嬤嬤帶人救了我？沒有別人了嗎？」

「沒有啊！有什麼不對嗎？」

海琇搖了搖頭，沒說唐二蛋救她的事，又忍不住擔心。「荷風，我昏迷不醒這幾天，唐二蛋來找過我嗎？我那晚找他，老唐頭說他可能走丟了，我很擔心。」

文嬤嬤帶人救她時到底遇沒遇到唐二蛋？抑或把實際是唐二蛋救她的事隱瞞了呢？難道唐二蛋為了救她，被那些人害了？想到這種可能，她頓時心跳如擂鼓。

「荷風，妳派人去問問老唐頭，唐二蛋回來了沒有，我還真擔心他走丟了？」

「奴婢這就叫人去問。」荷風走到門口，又轉頭說：「姑娘救人當天，洛家就派人把那些孩童送到莊子來，他們的身契也一併送來了。馮勇大哥將他們安排在莊子後面的花舍裡，好吃好喝地供養，說是等姑娘醒了再安置他們。」

「知道了，妳去吧！」

一個時辰之後，荷風帶一名小廝來回話。小廝去了老唐頭的漁船，卻沒見過老唐頭和唐二蛋，只跟鄰居打聽了一些消息。鄰居說唐二蛋前幾天帶了一身的傷回來，把老唐頭嚇壞了，老唐頭擔心唐二蛋惹了事，想把他送到山裡的遠房表親家躲幾天，沒想到他們在進山時遇到山石滑落，唐二蛋為救老唐頭被石頭砸破了頭，昏死過去。現如今老唐頭託鄰居幫忙賣掉漁船，想換得一些銀錢給唐二蛋治傷。

海琇鬆了口氣。「荷風，讓馮勇去給老唐頭送五十兩銀子。」

唐二蛋為救她受傷不輕，又因救老唐頭被石頭砸破了頭，也是霉運不斷。海琇為他揪著心，想去看看他，又不知道他在哪裡，越想越擔心。

又過了兩天，海琇活動自如了，也知道唐二蛋在石林縣城的醫館治傷，就想親自去看他。他們趕到醫館時已是晌午，看到老唐頭在醫館門口哭泣，海琇的心一下子提到了上嗓。難道唐二蛋重傷不治——去了？

「走啦走啦，不是死了，是離開了。」一名老大夫衝老唐頭嘆息了一番，又搖頭說：「他家那小子剛送來時憨乎乎的，不管問什麼，他最多回答三個字。今早起來，我看他像變了一個人，那臉陰得都快滴出水來。他趁他爹睡覺，把他爹身上的銀子全拿走了，還警告我敢多嘴就拆了我的醫館，我看他像是中邪了。」

海琇滿心擔憂。「你沒問他要去哪裡嗎？」

「我哪敢多問？唉！你們是來看他的？他爹還欠我五兩銀子，要還不上……」

沒等海琇吩咐，荷風就給老大夫拿了五兩銀子，又給了老唐頭幾兩銀子。聽老唐頭嘮叨了不少關於唐二蛋的事，卻也沒什麼有用的資訊，海琇主僕只得又回了莊子。

一路上，海琇都很沈默，反覆想著老大夫的話。唐二蛋突然像變了個人，說明他恢復了，想起了以前的事。他拿了銀子不辭而別，到底去了哪裡？是回家了嗎？那又何必走得如此匆忙？都沒跟一直在醫館照顧他的老頭說一聲。

回到莊子，聽說唐二蛋並沒有來莊子裡找她，海琇滿心失落。她的牽掛只是自作多情，他連在一起生活了近一年的義父恩人都丟下了，怎麼可能想著她？

「姑娘，您救下的孩子想見您，馮大娘也想問怎麼安置他們。」

「明天再說。」海琇的心被失望、埋怨填滿了，實在沒心情管別的事。她回到臥房倒頭便睡，腦海裡全都是唐二蛋的身影，抹不去、揮不掉。

第十三章　結交密友

睡睡醒醒，直到第二天日上三竿，海琇才起來。她在床邊坐了許久，想了很多，最後搖頭一笑。

唐二蛋不辭而別，或許就是最好的道別方式，又或許他在記起從前的時候就把她遺忘了，是她藏著一腦子疑問，放不下。

唐二蛋會不會回來、會不會解開她滿心的疑團，這些還是順其自然為好，強求沒有意義。就算以後兩人再見時形同陌路，那也是此生緣法，她應該要想開並接受。

海琇去看了那十四名孩童，他們之中最大的八歲，最小的五歲，劫後餘生，他們的精神還不錯。

他們給海琇磕頭拜謝，又在馮大娘引導下自報姓名、年齡、家鄉。這些問題就兩個年紀稍大的女孩能完整回答出來，其餘都回答不全，還有一個閉口不答。

拒不回答的是個男孩，七、八歲的年紀，身材瘦弱，皮膚黝黑。他下意識地保護其中一個女孩，眼底充滿警惕，看向海琇這救命恩人的目光隱含敵意。

「你們是烏什寨的人吧？怎麼會被弄來做祭品？」海琇笑吟吟地打量著與這個男孩靠得很近的兩男三女，對他們的仇怨警戒視而不見。

烏什寨原是西南省的苗人建立的國家，本朝開國時被滅。一百多年來，烏什國殘餘力量屢次起事，與官府衝突不斷。後來朝廷對他們由鎮壓改為安撫，並把他們的勢力範圍改名烏什寨，讓他們自治，鼓勵漢人與他們友好相處。

「我們是烏什寨的人又怎麼樣？你們漢人陰險狠毒，把我們……」那個男孩惡狠狠盯著海琇，剛要說出原由，就被他護衛的女孩制止了。

海琇聳肩一笑，吩咐馮大娘把他們帶到另一所院子安置。除了六名烏什寨的孩童，另外八名都是西南省人氏，有的是被親人賣的，有的是被拐賣的。馮大娘問了他們的想法，他們或是不認識家，或是不想回去，就都留下了。

「那兩個年紀大的女孩我帶走，其他人都留在莊子學規矩、做零活。」

「姑、姑娘不會再把我們賣了吧？」一個女孩怯生生問。

「府上和莊子裡都缺人手，你們不犯錯，就不會賣你們。」

「妳這個陰險的漢人是不是要把我們賣了？」烏什寨男孩高聲呵問。

海琇微微冷笑。「我這個陰險的漢人確實想把你們賣了，若讓人知道你們是烏什寨的人，恐怕沒人敢買。洛家看來是被騙了，否則倒貼他們銀子，他們也不敢把你們當祭品。活該我霉運不斷，才把你們這燙手的山芋接到手裡，自找麻煩。」

「什麼意思？妳到底想怎麼處置我們？」

「就你對救命恩人這種態度，誰不怕被反咬一口？誰還敢善待你們？你們先安安分分待在莊子裡，我會報到官府，你們等候官府安置。」

烏什寨男孩剛要說話，被女孩攔住，瞪了一眼，立即就老實了。海琇看出那個不言不語、不驚不慌的女孩身分尊貴，也不說破，只對她善意一笑。

那女孩給海琇行了標準的烏什寨禮，跟她借紙筆，要給家人寫信，並求海琇派人替她送信，還懇求海琇先別把他們送到官府，海琇答應了。她回房之後立刻給海誠寫信說明情況，雖不把烏什寨孩童交給官府，卻也得要讓海誠知道才行。

海琇讓人把信送走，好不容易閒了下來。此刻，少女的歡聲笑語從後窗傳來，伴隨著嘻鬧聲，令海琇好奇地朝窗外望去。

兩個十二、三歲的女孩鮮衣歡顏，帶著丫頭爬花牆來到海琇的後院，撿落在桔樹上的風箏。看到樹梢上還掛著幾個橙黃色的桔子，那女孩又要爬樹摘桔子。

看到荷風進來，海琇問：「她們是誰家的姑娘？怎麼玩得這麼歡脫？」

她前生死得淒慘，重生之後，她滿心算計、步步為營，只怕自己一不小心再步前世的後塵。因此，她忽略了現在的海琇還只是一個十二、三歲的女孩，也沒有豆蔻年華的歡快。仔細想想，重生一世，倒比前世活得更累了。

「穿紅衣的是蘇大人府上的姑娘，穿黃衣的是洛家的一位姑娘。她們來我們莊子裡撿風箏，蘇家莊子的管事嬤嬤已和馮大娘打過招呼了。聽馮大娘說蘇家的莊子與我們相鄰，雖說只有一百畝，種的都是花樹草木，可漂亮了。」

「蘇家？哪個蘇家？」

「奴婢聽說蘇大人是京城人氏，是錦鄉侯……」

海琇剛端起一杯熱茶，聽荷風說出「錦鄉侯」三個字，周身一顫，茶灑了一身，杯子也落地摔碎了。荷風嚇到，趕緊替她收拾，又讓人去拿燙傷藥。

「別驚動馮大娘，我沒事，塗些藥就好了，沒想到茶盞這麼燙手。」海琇身上、手上被燙了幾塊，鮮豔豔的紅，可她卻感覺不到火燒火燎的疼。

錦鄉侯蘇乘有一個庶出弟弟蘇泰，帶家眷在外地為官六、七年了。她和蘇宏佑成親，只有蘇泰的長子帶禮物回京賀喜，不知程汶錦去世，蘇泰一家有沒有回京？

蘇泰和海誠同為庶子，兩人的嫡母人品性情截然不同，以至於兩人一個後宅安寧，一個主母離家修行。兩人同一年科舉，同一年到西南省為官，都從知縣做起；如今，蘇泰已是正四品知府，海誠還在從五品知州的位置熬年限。

海誠資歷不淺、官聲不錯，勤勞政務、克己愛民比蘇泰猶甚，官階卻差了兩等，看來內宅安定對男人的仕途、事業也有很大的影響。

「八姑娘，樹這麼高，妳千萬別爬，萬一摔下來，讓人家主人怎麼說？」

「呸呸呸，臭丫頭，烏鴉嘴。」蘇灩罵了丫頭一頓，但也真不敢爬樹了。

「姑娘要真想摘桔子，奴婢就去跟這家莊子的馮大娘借個梯子。」

「好好好，妳們幾個都跟著去抬梯子，有洛芯姊姊和她的丫頭跟我留在這裡就好。還愣著幹什麼？快去，聽說海家嫡姑娘也在莊子裡，怎麼就不出來玩呢？」

「誰像妳一樣？玩起來像個瘋丫頭，海家姑娘嫻淑貞靜，才不會亂跑瘋玩。」

「嫻淑貞靜？打死我也不信。聽說海家嫡姑娘比她母親還有手段，把內宅整頓得井井有條，姨娘姊妹都服服帖帖。她要是嫻淑貞靜，敢捨命救那十幾名孩童的命嗎？」蘇灩說起海琇，語氣飽含熱情，又透出滿滿的崇拜。

海琇淡淡一笑，又微微一嘆，對於別人公道的評價和認可，她感激且感動。

「洛姊姊，妳怎麼不說話？對了，洛姊姊，我說的那件事妳信不信？」

洛芯笑問：「哪件事？妳整天說個不停，誰知道妳指哪一件？」

「我們侯府裡的三嫂生下了男孩，那孩子突發急病死了。三嫂急火攻心，產後血崩，沒救回來。不過，那孩子明明斷氣都好長時間了，又被我四姊給發現、救回來了。我哥哥來信說那孩子現在養在老太太房裡，身體很好，特別可愛。」

海琇聞言，又一杯熱茶不小心灑到了她身上，荷風都嚇壞了，她卻無動於衷。蘇灩的話令她心潮起伏，她表面反而沒有反應。

「姑娘，您到底怎麼了？哪裡不舒服？怎麼……」

「我沒事，妳先出去，我想靜一靜，不用妳伺候我更衣。」

荷風一步三回頭，來到門外，跟蓮霜和桃韻說了海琇的反常表現。三個丫頭一致認為她撞了邪，爭著去給馮大娘報信，要請仙婆給她跳神驅邪。

海琇靜靜看著茶水浸透她的裙衫，水滴捲著茶葉滾落到床上。突然，被水燙過的地方傳來了熱辣辣的疼痛，蘇灩和洛芯談論程汶錦的話好像飄到了九霄雲外。她們說話聲隱約可聞，她感覺自己循著聲音跑去，一下子又聽得很清楚了。

馮大娘過來時，發現海琇昏迷，狠狠責罵了幾個丫頭，又是請醫問藥，又是請仙跳神，直到日影西移，海琇才幽幽醒轉。入夜，馮大娘等人確定她神志恢復正常、身體無大礙，這才放心離開。

程汶錦的孩子還活著！她前世還留下了至親骨肉在這世上，這對她來說是天大的驚喜，有什麼比血脈的延續更讓人心動呢？縱是前生，她也感受至深。她必須以海四姑娘的身分活出尊榮，這樣才能給生於虎狼之地的孩子護衛一二。

次日，她讓人準備了兩筐上好的蜜桔，親自帶丫頭送到蘇家的莊子。蘇灩聽說海家嫡姑娘帶桔子登門，覺得不好意思，熱情地接待了她。蘇家姑娘和海家姊妹本就認識，初到西南省時，還曾一起讀書玩耍。三年前蘇泰晉升為曆州府知府，帶家眷去上任，兩家姑娘還依依惜別，一晃眼也有幾年不見了。

蘇灩又讓人請來了洛家、劉家幾位姑娘，同海琇一起在莊子玩笑嬉戲。這些姑娘中，海琇最喜歡洛芯，兩人性子沈靜，也能湊在一起；蘇灩總是歡快地說個不停，另外幾位姑娘或沈悶，或嫻靜，和蘇灩對比鮮明。

「海姊姊，妳家莊子摘的金桔都賣出去了嗎？不是我想要金桔，是我府上的四姊姊想用西南省特產的金桔入藥、釀酒、做蜜餞，我想給她買上幾筐送回京城。」

「不用買，我送妳，別說幾筐，就是幾十筐也是有的。妳跟府上的四姑娘說，我也喜歡金桔釀的酒、做的蜜餞，回頭讓她給我們送一些過來。」海琇得知蘇瀅救了她前世的孩子，滿心感激，想以贈物往來與她結交為友。

「我舅舅過幾天要往京城運送西南省的特產，給蘇四姑娘送金桔可以搭他的船，我代為牽線，不收船費使用，金桔釀的酒、做的蜜餞也要有我一份。」洛芯為她們提供船運便利，要分一份也理所當然，還能使三個人的關係更親密。

幾位姑娘在莊子玩到日頭偏西，僕從丫頭催促，這才各自回家。蘇灩留洛芯在莊子裡過夜，洛芯答應了，但她想要住在海家的莊子裡，和海琇一起。

「海姊姊，我也要住到妳家的莊子裡，和妳們一起秉燭長談。後天我母親在花莊辦賞菊宴，聽說她請了你們家二姑娘、三姑娘來赴宴。聽說海二姑娘才高八斗，以西南程汶錦自居，我們得好好準備，不能被她壓得毫無還擊之力。」

西南程汶錦？海珂可真有意思，但願等待她的不是天妒紅顏、天妒才女。

前世，她認識的世家名媛、高門閨秀不少，卻沒有一個能交心的密友。小孟氏總囑咐她少跟外面的女孩們來往，原因就是她才情樣貌太過突出，怕那些女孩生出嫉妒之心，給她招來禍事，會傷了她，甚至毀了她的名聲。

她對小孟氏言聽計從，對諸如此類的混話也沒產生過疑問。現在想來，那時候的她雖才學滿腹，卻無知至極，被害慘死倒成了必然的結局。

鳳凰涅槃，死而後生。她相信自己這一世會活出輝煌，把仇人踩在腳下。攜恨而歸，她必要素手翻天、快意恩仇，為自己、為親人爭一份富貴安康。

海琇幾人回到莊子，正好碰到文嬷嬷派來傳話的人。那人說周氏的大哥這兩天要來羅州談幾筆生意，周氏要陪她大哥到處走走，讓海琇晚些日子再去看她。

「我這段日子接連落水兩次，濕寒入體，我很想念太太，可是身體不爭氣，只能勞煩太太抽出誦經的時間來看我了。」

打發走文嬷嬷派來的人，海琇促狹一笑。她決定跟周氏強到底，反正自己現在名聲在外，結交了閨中密友，又有周氏給的大把金銀，沒親娘照顧反而逍遙自在。

馮大娘得知蘇灩和洛芯今晚要同海琇一起住到莊子裡，微微皺眉，給海琇使了眼色。海琇親自把蘇灩和洛芯安頓好，才找了藉口去見馮大娘。

「老爺和蘇大人原先私交不錯，剛到西南省，我們家同蘇家往來頗為緊密。自太太去了廟裡，蘇家同我們家的關係就淡了，蘇大人升遷之後，兩家也斷了聯繫。依老奴看，蘇夫人並不喜歡蘇八姑娘和姑娘交好，姑娘參加賞菊會要留個心眼兒。」

海琇微微一怔。「我記下了，大娘放心就是。」

翌日，蘇灩起身後就回莊子安排宴會事宜，海琇和洛芯用過早飯又耽擱半晌才過去。她們到達時，蘇夫人邀請的閨秀別說離得近的，連海珂和海琳都來了。

蘇夫人對來客都很熱情，談笑風生、親切和藹，但海琇仍隱隱感覺到她的疏離和排斥。幸而馮大娘昨晚提點過她兩家的關係，海琇有心理準備，也就不放在心上了。

在海琳的大力推崇、極力配合之下，海珂的才情得以充分發揮，這對堂姊妹輕而易舉地成為了賽詩會的亮點。可惜海琳太想當然，非挑釁海琇，想讓她出醜。海琇越是謙虛推讓，海琳越是得寸進尺，非讓她吟詩做詞，成為她們展示才華的犧牲品。

結果，海珂這素有西南省程汶錦之名的才女失算也失敗了。

不管是吟詩做對還是曲詞歌賦，她都被身體裡有著真正程汶錦靈魂的海四姑娘比得零亂成泥輾作塵。海珂的臉色青一陣、紅一陣，臊得直找地縫，海琳則是直接欲哭無淚了。

海琇不想跟她們衝突太甚，讓人看海家姊妹的笑話，賞菊會還沒結束，她就找了藉口回了莊子。如今她有許多事要謀劃，不再是那個自以為驚豔了時光的閒人。

海琇剛到莊子門口，就見馮勇和兩名小管事走過來，正高聲議論著老唐頭。她想起唐二蛋，心中益發失落，乾脆停住腳步，問他們發生了什麼事？

「姑娘還沒聽說吧？老唐頭可是有大造化了，昨天他被一輛四駕的馬車接走，還有四名身穿鎧甲的人護衛，說是要接他去享清福。他臨走前就跟保長要了戶籍路引，家什、漁船、莊戶都不要了，便宜了左鄰右舍。」

「誰派人來接他的？」海琇想到應該是唐二蛋，故意這麼問。

「老唐頭跟誰也沒明說，不過話裡話外人們都聽出來了，那些人是唐二蛋派來的。這唐二蛋原是有錢人家的少爺，老唐頭救了他的命，他這是報恩。」

海琇淡淡一笑，沒再說什麼，馮管事等人也以為她只是當閒話聽罷了。海琇掩飾得很好，即使心裡失落千丈、翻江倒海，卻一點兒也沒顯現在臉上。

唐二蛋派人接走了他的救命恩人老唐頭，就了卻了對這個地方全部的牽掛和念想。至於自己，只是個被唐二蛋救了幾次的人，人家是付出者，又何必再記掛她呢？

凡事想清楚了，即使事實讓人一時難以接受，也感覺輕鬆了不少。作為海知州家的嫡小姐，她已歸屬了這片土地，跟唐二蛋這短暫的過客不一樣。因唐二蛋而產生的謎團，因他不辭而別而塌陷的心房，相信很快就會因時間流逝，而沈澱在記憶的深處。

人總要同過去揮手闊別，多少年後開啟記憶，也只是會心一笑。

西南省通往京城的官道上，秋色籠罩，黃花遍野。

幾十名黑衣人騎著健馬前呼後擁，中間一輛六駕的馬車平穩奔馳。後面有兩騎疾馳而來，追上他們，馬車則放慢速度，與他們平行。

「回主子，屬下等人已接到老唐頭，很快就能趕上，主子是否要見？」

「不必了，帶他回京城，先安頓在莊子上，讓人好生伺候。」低沈淡漠的聲音從馬車裡傳來，聲調不高，卻極有分量，冷酷狠厲的黑衣人個個俯首貼耳。

「是，主子。」

「傳令京城和西南的暗衛聯手調查周氏及周家，事無鉅細，全部稟報。」

「屬下遵命。敢問主子還調查海誠嗎？」

「海家人也配皇朝最精銳的暗衛去調查？太高抬他們了。」馬車上的人冷哼兩聲。「調查周氏，撕掉她修行的幌子、偽裝的面紗，揭開她最真實的面目。」

「是，主子。」

「還有……」馬車裡的人沈默了一會兒，輕嘆道：「算了，以後再說吧！」

兩名黑衣人領命而去，輕車快馬再次疾馳飛奔，騰起茫茫煙塵，瀰漫了天地。

第十四章　好人好報

一夜輾轉難眠。海琇想清了很多事，也決定了許多事，天剛濛濛泛亮，她就睡不著了。她沒驚動丫頭，悄悄起床，簡單收拾之後，想出去透口氣。沒想到才打開房門，就見到門外蹲著一名年輕男子，男子回頭看她，嚇得她驚叫出聲。

「唐二蛋，你怎麼……」

「多謝主子賜名。」年輕男子轉過身，給海琇跪地行禮。

這男子不是唐二蛋，只是身形樣貌和唐二蛋有幾分像，呆勁兒更像。男子稱她為主子，她隨口叫出的名字，他卻當成是她賜下的名字，感激之情溢於言表。

「你是誰？怎麼一大早蹲在我院子裡？要是讓人看到會把你當賊抓的。」

「我是唐二蛋，主子剛才賜的名字。我一大早蹲在這裡是為了認主，就憑莊子裡的莊丁，根本不可能抓到我。主子要想知道更多，就跟我親自去看看。」

沒等海琇反應過來，男子就抖開一件披風，把她裹住，提著她跳上房頂，飛奔而去。海琇被他提著凌空而起，不知道要去哪裡，卻沒有害怕。

這人喜歡「唐二蛋」這個名字，還稱她為主子，唐二蛋真是後繼有人，好笑至極。

海琇被男子扛在肩上，跟隨男子起伏跳躍，一路飛奔。就在她被顛得頭昏腦脹、兩眼泛黑、幾欲嘔吐的時候，男子終於停住了腳。

「這麼麻利就把人捉來了，不錯、不錯，烏狗，你越來越能幹了。」一個帶著幾分痞氣、聽上去還有些稚嫩的聲音伴隨著很用力的鼓掌聲傳來。

「人給你。」男子把海琇放到地上，彎腰把披風解開，又站直身體，鄭重地說：「以後不許再叫我烏狗，我有名字了，你要記住，否則……」

「好好好，我怕你還不行？對了，你的新名字叫什麼？誰給你取的？難道這世間還有比我水準更高的人？不會是這臭丫頭吧？烏狗，你敢重色輕主？」

終於落地了。海琇捂著胸口吸一口氣，感覺頭腦清醒了一些，才慢慢平復急促的心跳。她抬起頭，不期然地看到一張臉出現在她眼前，不由得尖叫出聲。

近距離看她的是一個十五、六歲的少年，正是剛才跟那個把她帶來的男子說話的人。

少年面色白淨、五官俊美，身上穿著花裡胡哨的奇裝異服，打扮不像漢人。他衝海琇眨眼一笑，眉宇間透出濃郁的邪魅之氣，仔細一看，竟流露了幾分妖嬈。

「長得不錯，就是嫩了些。烏狗，你說是先姦後殺，還是先殺後姦？」少年圍著海琇轉來轉去，想把自己表現得像一個壞人，表情動作都很誇張。

「以後不許叫我烏狗，我已經有名字了，我叫唐二蛋，記住。」

天知道海琇只是順口一叫，沒想到碰著一個傻的，竟然應下這名字。唐二蛋這名字很好聽嗎？還有人爭著要叫，真是奇葩。

「烏狗，我們現在正討論對她是殺還是姦的問題，不要提你的新名字。」少年見男子瞪大了眼，忙道：「好吧好吧！以後我叫你唐二蛋，對了，烏狗……」

海琇忍俊不禁。這兩人一個精靈古怪，一個憨誠耿直，一樣不著調，大清早就給足了她驚喜。

「好吧！我最後叫你一次烏狗，你說怎麼收拾她？」

新任唐二蛋冷哼一聲。「別裝蛋了，說正事吧！」

「烏狗，你們漢人真沒意思，自己願意叫蛋，卻說別人裝蛋。」少年衝海琇呲了呲牙。

「烏狗，我外祖母讓你跟我也有五年了，我烏蘭察算是你主子吧？這些年，我為了給你取名字簡直絞盡腦汁，烏鴉、烏雀、烏貓、烏蛤蟆這些名字不好聽，也是我一番心血呀！你有了新主子、新名字就不認我了，真讓我傷心。」

「哈哈哈哈……」海琇想不笑都不行了。

「笑什麼？臭丫頭，妳再笑信不信我……」烏蘭察衝海琇晃了晃彎刀，觸到海琇毫無懼意的目光，他乾笑道：「妳信不信我把自己砍了？妳不許心疼。」

「你把自己大卸八塊，我要是有半點心疼，我就跟你姓。」

烏蘭察揪住新任唐二蛋，怒問：「她還有沒有人性？我、我要砍自己她居然不心疼？還有，她要跟我姓，這倒不錯，我給她取名叫烏雞怎麼樣？烏雞這麼好聽的名字那個臭丫頭竟然不喜歡，我就把這個好名字送給這個臭丫頭。」

海琇無語，也不敢再開口，她現在都叫烏雞了，再說話還不知道要叫什麼？

「烏雞，我跟妳說正事。烏狗，你把我抓她來的原因告訴她。」

「不許叫我烏狗，再叫我宰了你。」

「你敢宰了我？我怎麼說也是你半個主子。」

一刀一劍相擊在一起，兩個奇葩男頓時成了兩隻烏眼雞。

「老寨主沒說我是你的奴才，她只說誰救了聖女的命，誰就是我的主子。你再耽誤我辦正事，信不信我把你抓回去丟進馬蜂窩。」

「你敢提馬蜂窩？你再提馬蜂窩，我就……」

「你們別再吵了，趕緊派人把那六名烏什寨孩童接走，我不想再浪費糧食。」

「妳都知道了？唉！跟聰明人打交道真沒意思。不過妳說得不對，我不會把他們接走，而是換走，用烏狗換。他們不是浪費妳的糧食，而是在給妳積攢寶石珍珠。妳聽不懂這句話？真笨，他們吃妳多少糧食，我就給妳多少寶石珍珠。」

海琇被烏蘭察的話嚇了一跳。她當時救人也只是依心行事，沒想過能有什麼回報。六名孩童換一個武藝高強的成年男子，算是感恩，這就行了，但六個小孩能吃多少糧食，也值得烏蘭察回贈珍珠寶石？他們怎麼就不多吃點呢？

「怎麼交換都行，我答應，時候不早，你們快把我送回去，要是讓莊子裡的人知道我不見了，會有麻煩。」海琇話音一落，就被披風罩住，身體離地而起。

他們降落的方位是莊子後面的桔園，時候尚早，園子一個人都沒有。海琇在地上趴了片刻，才搖搖晃晃站起來，調整呼吸，辨認方向。

「你別叫唐二蛋了，這名字有人叫了，你要是願意姓唐的話，就叫唐融。」

「唐融？好，多謝主子。」

「你回去吧！提醒烏蘭察別失信，早點來接人。」

「他不會失信的。」唐融話音落下，人已飛到兩丈之外。

海琇回來得正好，丫頭們正到處找她，還沒驚動馮大娘。她隨手摘了一把野花，裝出早起散步的樣子，隨口編了理由，糊弄過去了。

到了擺早飯的時間，丫頭催促她回去。她哪兒還顧得上吃飯？她要去看她的「珍珠寶石」。如今，怎麼讓那些孩童多吃、再多吃一些，成了她最操心的問題。吃她多少糧食就送她多少珍珠寶石，那她捨命救他們，也為他們費了不少心，是不是可以折合成金銀？

果然，人的貪心也會隨著慾望的滿足步步升高。天地良心，她當時救人時只是為人立世的善念，根本沒想過會得到多少回報——當然，有回報再好不過。

很快，今天、馬上，她就不用再花周氏的銀子，想想都揚眉吐氣。她的寒病也好了，可以上山去看周氏，砸她老娘一身寶石，看誰敢不服！

吃過早飯，海琇先給海誠寫了信，說清烏什寨人把那六名孩童接走的事；又交代馮大娘安排人小心接待，把那些孩童收拾妥當，等人來接。

巳時正刻，烏蘭察、唐融及幾名衣飾奇異的女子來到莊子。之前海琇已交代了馮大娘母子，他們一到，無須通報，馮勇就把他們帶到了安置孩童們的院子。

「敢問貴客光臨寒舍有何貴幹？」海琇假裝不認識他們。

烏蘭察詭詐一笑，挑起長眉，問：「妳不認識我們了？我們為何而來妳也忘記了？想必我欠妳一千兩金子、寶石珍珠若干之事妳也忘了吧？」

海琇真想咬自己的舌頭，有事說事不好嗎？裝什麼蛋呢？重生一世，她不想再做高雅清貴的才女，要想活得實誠些，就不能視金銀財寶為俗物了。

「我想起來了，你們是烏什寨的朋友。小女子近日身體不適，頭昏眼花，怠慢了貴客，還請貴客多多包涵。你要是不提欠我金銀珍寶的事，我還真忘了，由此可見，烏什寨的朋友也是實誠之人，你們若要奉還，我卻之不恭。」

烏蘭察撇了撇嘴，朝孩童們待的屋子走去。「烏雞，滾出來，算了，妳別叫烏雞了，我把烏雞這名字送給了一個比妳還狡猾的女人，妳們是物以類聚。」

屋子裡沒有動靜，兩個婆子打開門，才看到那六名孩童就在門口。他們把一個女孩擋在身後，以年紀較大的男孩為首，都滿眼警戒地看著烏蘭察。

海琇心中生疑，趕緊讓婆子關上房門，又一臉警惕地看著烏蘭察。烏什寨人也看出海琇懷疑起他們的身分和來意，無奈得很，烏蘭察更是仰天長嘆。

「是真的，同父同母親妹妹，那些人是侍女和小護法。」唐融向海琇解釋道。

海琇相信唐融。「那你們就讓他們放下防備，他們與你們相認，我才能讓你們把他們帶走。烏什寨人本就仇視漢人，我不能再惡化關係。」

「我從不仇視漢人，除了我的親人，烏蘭姬除外，我跟烏狗最要好。」烏蘭察冷哼一聲，又說：「烏蘭姬仇視漢人，若讓她當了聖女，將來做了寨主，肯定要跟漢人打仗，那時候，你們會恨死她，會後悔怎麼當時沒把她扔進河裡餵王八。」

海琇看出她救回來的孩童中有一個女孩身分尊貴，卻沒想到這女孩竟然是烏什寨聖女，將來會成為寨主。好在她對這些孩童不錯，沒在他們心中埋下更多仇恨。

「烏蘭姬，妳快出來吧！是老寨主讓我們來接妳回去的。妳因烏蘭察而離家出走，吃了那麼多苦，老寨主已罰過他了，妳先消消氣吧！」

「外祖母有沒有答應將來讓我做寨主，讓烏蘭察做大護法供我驅使？她若是不答應，我就不回去，他們若讓烏蘭察統領烏什寨，我就死給他們看。」

烏蘭察咬牙切齒，拔出彎刀就要往屋裡衝，被唐融緊緊拉住了。屋裡保護烏蘭姬的六名孩童也拉開了架式，看樣子頗有要和烏蘭察決一死戰的意味。

原來如此！海琇得知烏蘭姬離家出走的前因後果，不禁搖頭。她原以為爭權奪利是男人們的事，女人們只是在內宅爭風吃醋，以求男人寵愛，現在看來是她眼界太低了，烏蘭姬才六歲，比她這個重生之後的人野心要大得多。

不知與烏蘭察一同前來的幾名女子怎麼勸說的，也不知烏蘭察怎麼答應的，總之烏蘭姬答應回烏什寨，馬上就走。這讓海琇鬆了一口氣，烏蘭姬其人她可奉陪不起。

馮大娘的帳本上記錄著烏蘭姬等人自被安頓在莊子裡以來的吃食消耗及一干用度。海琇沒仔細看有多少，也不想弄虛作假，就直接交給了烏蘭察。就這些微不足道的使用花費為海琇換來了一袋寶石、一袋珍珠、一袋瑪瑙，成色上好的玉石一車，名貴藥材皮草若干，還有一千兩金子。

「烏狗，你留下吧！以後她就是你的主子，我送他們回去就來找你玩。」烏蘭察衝海琇擠了擠眼，接過烏蘭姬六人的身契，付之一炬，又拿出一枚雕有鳳凰的墨玉玉珮交給海琇，說是能讓唐融聽命的寶物，讓海琇妥善保管。

唐融很高興，向烏蘭察道了謝，又和其他人道別，接受他們的恭賀。馮大娘聽說烏蘭察要把唐融送與海琇為奴，本想拒絕，看了看海琇臉色之後才沒說什麼。

「姑娘，奴婢聽說烏公子一行這次回烏什寨要從東南方向的官道走，官道正好從太谷山腳下經過。太太就在太谷山裡的寺廟修行，姑娘可以讓他們……」

「我們去看看太太，讓他們帶我們一程。」

荷風本想說能讓他們捎信，沒想到海琇要同他們一起走，上山去看周氏。海琇是爽利之人，馬上讓荷風去收拾，讓唐融做好準備，同她們一起帶金銀珠寶上山。

聽說海琇要與烏蘭察等人同路去蘭若寺，馮大娘剛要開口，就被海琇堵了回去。唐融和烏蘭察都很高興，他們兩人打鬧了幾年，要分開也會彼此留戀。

海琇得了烏什寨貴重的厚禮，回禮也很大方，果蔬糧食裝了滿滿十車。荷風和海琇坐車，唐融趕車，烏蘭察安排好車駕，又回來與他們一道。

一路上，烏蘭察總打趣唐融，還不時戲弄海琇主僕一番。唐融話不多，也不與烏蘭察爭吵，但他只要回應都能弄得烏蘭察無話可接。

很快，他們就到了太谷山腳下，唐融和烏蘭察揮手作別，又約定了下次相見的時間。

第十五章　母女相見

上山的路還很長，海琇算著時間充裕，就到路邊的茶肆歇腳喝茶，閒坐無事，海琇就問起了唐融的生平。雖然她出於直覺地信任唐融，卻也想對他能有多些瞭解。

「你四歲被烏什寨寨主所救，之後就一直待在烏什寨嗎？」海琇聽說唐融四歲時被人拐賣，差點喪命，現在連父母家鄉都記不清了，心裡很難過。

「怎麼可能總待在寨子裡呢？我十二歲就跟老寨主山南海北遊歷辦事，前年還去過京城呢。」唐融喝了口茶，又說：「烏蘭察讓我給妳做三年僕人，三年之後我就是自由身了。到時候，我就去找我父母，在他們膝下盡盡孝道。」

海琇重重點頭。「我會盡力幫你。」

休息了小半個時辰，海琇主僕啟程上山。從官道到寺裡的山路相對平坦，車馬走起來並不吃力，只用了一個多時辰就到了蘭若寺門口。

周氏修行的蘭若寺，建在太谷山次主峰的頂部，建成幾十年了，殿堂樓閣依舊莊嚴巍峨。蘭若寺的香火並不旺，常年幽深寂靜，很適合清修。

有知客僧迎上來行佛禮，高誦佛號。「敢問三位施主是禮佛還是找人？」

海琇微笑還禮。「我此來蘭若寺是要進香，只是路途耽擱，到達貴寺天已過午。明天正逢吉日，我想明日朝拜，煩請師父安排我們在寺中食宿。」

荷風接到海琇的眼色示意，趕緊從車裡端出裝滿銀錠的托盤，呈給知客僧。

知客僧掃了托盤一眼，沒接，眼底閃過耐人尋味的笑容。「三位施主裡面請。」丫頭們從車上拿下隨身行李，馬車就由小沙彌牽著去了後門。知客僧領著他們從側門進到寺院，讓小沙彌帶他們到寺廟後院的客房休息。

「姑娘，我們來蘭若寺為什麼不實說是來找太太？」

「我想給太太一個驚喜。」

周氏在蘭若寺修行五年多了，自來了寺院，就沒再回府。這五年，原主也沒來過寺裡，只在莊子裡見過周氏兩次，每一次都不歡而散。在原主的記憶裡，周氏是什麼樣子早已沒了鮮明的影像，只是個模糊的影子，眉目不清。

雖說在寺院修行，周氏在府裡、莊子裡和鋪子裡都安插了得用的心腹。葉姨娘和秦姨娘平時貪些小錢、做些小動作，無傷根本，她也不在乎。海四姑娘被葉姨娘許配給了唐二蛋觸動了周氏的底限，正好海琇也有小試牛刀之心，母女二人一拍即合，隔空合作，一併收拾了葉姨娘、秦姨娘及那些背主不長眼的奴才。

關於周氏，海琇有很多問題想不通，比唐二蛋留給她的疑團還多。今日來蘭若寺，與其想給周氏驚喜，不如說她想給自己驚喜。

「姑娘先休息吧，一會兒再去看太太，奴婢把給太太的禮物準備好。」

海琇點點頭。「蘭若寺的客院很大，房間也多，想必借住的人不少，不知太太住在哪裡？唐融，你去蘭若寺內外探查一番，最好畫一張草圖給我。」

「好，我馬上去。」唐融走到門口，又轉頭說：「蘭若寺的後山種有成片的丹桂樹，這客院東部還有十幾株黃色的秋海棠，都正是花季，妳可以去看看。」

「你……」海琇見唐融對蘭若寺很熟悉，剛想問他，卻見他轉身飛走了。

日影西移，晚霞漫天，橙色的光輝籠罩寺廟，一派遠離世俗的寧靜祥和。

海琇想看秋海棠在黃昏綻放的美景，休息了一會兒，就和荷風去賞花了。

蘭若寺雖是佛家清淨之地，這客院卻修得別具洞天。偌大的客院內散落著七、八座小院，還有甬道和花房，院落之間種滿花草。長廊兩側植滿薔薇樹，周邊亭臺樓閣、小橋流水，清朗風雅，景色別致，倒像是名門大家的內宅後院。

「姑娘，奴婢忘記把裝禮物的錦盒鎖到櫃子裡了。」

「妳回去安置，我在這邊的涼亭等妳。」

客院裡除了灑掃收拾的婆子，還有幾個小沙彌不時走動傳話，他們都低聲細語，輕手輕腳。小院裡都住了人，卻無喧譁之聲，整座客院都很安靜。海琇在涼亭裡坐了一會兒，感覺無聊，就沿著長廊往東走。

清雅甜香隨風氤氳繚繞，沁人心脾，令她心神一震。長廊盡頭，幾株淡黃色的秋海棠花正肆意盛放，即使深秋風涼，嬌豔的枝頭仍有蜂飛蝶繞。這麼鮮豔嬌嫩的海棠花，若剪幾枝插瓶，定能點亮簡約暗淡的居室。

海琇加快腳步，沿著長廊朝那片秋海棠走去，邊走邊合計怎麼插瓶最好。她走到長廊盡頭，剛要摘花，就聽到海棠花掩映的涼亭裡有人說話。

說話的是一男一女，面對海琇的是一個青衣男子，三十幾歲，面白鬚短，年紀不小仍五官俊朗；女子背對海琇，看不清臉，但見她衣飾奢華精緻。

「你在蘭若寺住了五、六年，這座廟還是太小，留不住你這樣的神。」女子的語氣故作輕鬆，卻充滿濃濃的惆悵，還有軟綿綿的拈酸醋意。

「在蘭若寺這幾年，遠離名利爭端，是我平生過得最平靜、最悠閒、最安穩的日子。我幾經深思熟慮，才決定離開，也是情非得已，妳又何必奚落於我？這麼說只會傷害妳我的情分。」男子的語調溫柔，又充滿無奈落寞。

「既然你心意已決，就要走得痛快坦蕩，義無反顧。我是自私的人，你想要的我不能給，又想把你羈絆在身旁，若誤了你的大好前程，我也會自責不已。」

「我的前程十幾年前就沒了，只是我心未冷、血未乾，滿腔抱負還在，一旦有施展的機會，我不會錯過。范成白是天下人唾棄的奸賊，若在十年前，任他金銀堆積如山，也休想把我吳明舉招至麾下。現在情況不同，我江湖零落多年，見慣世態炎涼，他有意招攬於我，我必須乘機入仕。」

海琇很吃驚，她輕輕撥開花葉，看向說話的男子。此人竟然是江東才子吳明舉？程琛的師弟，程汶錦的師叔，當今皇上欽點的探花郎。

吳明舉出身貧寒，一朝高中，天下揚名，滿腔熱血想要報效朝廷。廢太子以聯姻方式要把他招至幕中，他拒絕了，又上書彈劾廢太子及安國公一派的種種惡行，結果，他被削了功名、除了官職，差點丟了性命。適逢朝廷大赦，他才終離牢獄，從此銷聲匿跡。如今范成白拋出橄欖枝，也是他施展才華的一條捷徑。

「恨不相逢未嫁時，我支持你的選擇，也希望范姓奸賊能善待你。」

「謝謝妳。」吳明舉握住女子的手，把她拉入懷中，動情擁抱。

原來這女子已為人婦，他們這算什麼？背夫通姦？勾搭有夫之婦？海琇正想得入神，突然有人拍她的肩膀，她一聲尖叫，驚動了海棠花中的男女。

海琇害怕不已，因撞破姦情被滅口的橋段不只出現在話本裡，現實中也屢見不鮮。是誰這麼缺德在背後突然拍她，這不是存心讓她暴露嗎？當她看清站在她背後的人居然是笑容狡黠的范大奸賊，她又一次口不由心地叫出了聲。要是讓私會的男女看到他們，第一個倒楣的肯定是她，范大奸賊這不是存心坑她嗎？

「是誰？出來。」女子語氣冷冽，推開海棠花枝朝長廊走來。

「人家過來了，妳跑不掉了，等著被收拾吧！」范成白幸災樂禍，快步離開。

正當海琇愣怔之際，唐融輕盈的身影穿過長廊，一把提起了她。就在他們要飛走之前，唐融得海琇眼神暗示，一腳把范成白踹了回去。范成白踉蹌後退，抓住欄杆才站穩了身子。

看到吳明舉朝他走來，他無處可藏，一臉訕笑，硬著頭皮抱拳問安。海琇被唐融帶到長廊上面，正好居高臨下看好戲，還不會被人發現。

吳明舉和范成白都很尷尬，兩人隨意攀談了幾句，還中斷了兩次。女子得知偷窺他們的人是范成白，就悄悄退回了涼亭，抄小道往客院中間的院落走去。女子走上長廊、回頭看吳明舉時，恰巧被海琇看清了臉。

范成白果然是奸賊本色，頗有巧言令色的本事，寥寥數句就化解了他和吳明舉之間的尷尬。吳明舉對他撞破姦情忽略不計，還出賣節操，對他畢恭畢敬。吳明舉和范成白漫步長廊，談笑風生，看上去如故舊一般親切。

他們的背影消失在長廊的盡頭，唐融才把海琇送下來，又折了幾枝開得最好的海棠花送給她。海琇驚豔海棠花在霜露中盛放的美豔，卻仍悶悶不樂。

她一直在想那個與吳明舉私會的女子，想他們之間的對話，越想心裡越彆扭。

荷風快步走來，輕聲問：「姑娘臉色不好，發生了什麼事？」

唐融笑了笑，說：「有嬌豔的海棠花映襯，她臉色好與不好都很正常。」

海琇衝唐融輕嘆一笑，又問荷風。「妳怎麼去了這麼久？」

荷風努了努嘴。「馮大娘來了，正在姑娘房裡和文嬤嬤說話呢。」

「我以為她會派人抄小路先我們一步來報信呢，沒想到她親自來了，還故意落到我們後面。真是人老成精，兩面做忠僕。」海琇長舒一口氣，忽然想通了許多事。她今日上山是想給周氏一個驚喜，沒想到無意間會收獲周氏送上的「驚喜」。

「姑娘快回去吧！馮大娘說一會兒陪姑娘去見太太。」

儘管現在這軀殼靈魂已換，血肉之軀仍和周氏骨血親情割不斷。身體本能地想去親近周氏，可她心裡彆扭，身和心也就產生了強烈的矛盾。她在自身的矛盾中反覆思慮，越想越難受，就感覺心好像破了一個洞，透風漏雨，冷暖交加。

「姑娘，要不明天……」

海琇長舒一口氣。「不用，我們回去。」

見到馮大娘和文嬤嬤，海琇屏退荷風和唐融，沒等她們問，就把她剛才在海棠花間看到男女私會之事跟她們說，並一再強調那男子叫吳明舉。

馮大娘和文嬤嬤都低下頭，面色沈肅，誰也不出聲，這確認了海琇的猜想。

「遺憾的是我沒看清他們的臉，只聽聲音，知道男子叫吳明舉。」

文嬤嬤乾笑幾聲，說：「姑娘年紀也不小了，以後再碰到那種事或是那樣的場合，應該及早躲開，免得吵嚷出去，把姑娘捲入其中，沒得影響了清名。」

「多謝嬤嬤教誨，我記住了，煩請二位帶我去見太太吧！」

文嬤嬤想和海琇多說幾句，被馮大娘以眼色制止了。海琇在莊子裡住了這些日子，馮大娘對她的瞭解遠多於文嬤嬤，海琇聰明，有些話說得太明反而沒意思。

客院正中有一座三進的院落，坐北朝南，方位極正，修建構造與其他小院明顯不同。深秋時節，院內仍葉翠花濃，馥郁芬芳，裝飾修葺更是奢華大氣。

「原來秋海棠還是這座院子裡開得最盛，五顏六色更是喜人，不像一味黃色那麼單調。」海琇進到院子，看到盛開的秋海棠，毫不客氣地折了幾枝。

馮大娘和文嬤嬤聽海琇提到黃色秋海棠，互看一眼，臉色很不自然。海琇心裡竄火，可現在還不是發作的時候，她必須隱忍，等見到周氏再說。周氏打著清修的幌子，在蘭若寺住了五年有餘，她實際做了些什麼，她的心腹下人哪個不知道？她們全力遮掩，海琇也識時務，不想馬上撕下這塊遮羞布。

把兒子丟在京城，把女兒扔在府裡，沒有至親護佑，年幼的兒女日子能好過嗎？可周氏卻在寺廟躲清閒，閒得無聊，還弄出風月事調解心情，真是輕鬆愜意。

周氏嫁給海誠本身就是海老太太為貶低海誠的詭計，海誠因娶商家女而被人嘲笑，兩人感情淡漠可想而知。可現在她已有兒有女，就算不拿女子從一而終的規矩要求她，她也沒盡到為人妻、為人母的本分，難道心中真無愧疚？

「姑娘進去吧！太太正等您呢。」

海琇來到正房門口，看著那兩扇虛掩的門，竟有些膽怯。她推了幾次才把門打開，落日的餘暉鋪灑進房間，精緻的器物與霞光交相輝映。房間正中的軟榻上，衣飾華貴的女子半坐半躺，正瞇著眼睛看向自己。

「太太，姑娘來了。」

「知道了，妳們都下去吧！」

下人們都出去了，海琇仍站在門口，要單獨面對周氏，她緊張且難過。

「不是說被河神點化了嗎？怎麼還是一副木呆呆、傻乎乎的模樣？」周氏打量了海琇幾眼。

「不聲不響跑來，就是想讓我看妳發呆？」

「又呆又傻不好嗎？別人說什麼就信什麼，不懷疑，就不會給自己和別人找麻煩。太太此時若說自己被逼捨下兒女、夫君來蘭若寺修行，我也會信的。」

「妳會信嗎？那妳真是傻透了，無可救藥。那種假話沒半點水準，估計連唐二蛋都不信，妳居然說妳會信，是存心說假話，還是要埋汰河神的一片苦心呢？」

「什麼都不是，我就是無藥可救了，太太高興嗎？」海琇的語氣滿含怨懟。

「無藥可救未必是壞事，別傻站著了，坐下說話。」周氏在笑，笑得很無奈。

海琇坐到繡墩上，平靜了一會兒，不像剛進門時那麼難受、緊張，卻也還是無話可說。有些話到了嘴邊，她怕說出來變了味，更會傷心，還不如不說。

沈默了一會兒，周氏笑了笑，問：「妳到蘭若寺找我，就是要悶坐不言嗎？」

「分開的時間太長，再親的人也會變得陌生，我不知道該跟太太說什麼。」

「那倒也是。」周氏臉上流露出感傷與悲愴。

海琇淡淡一笑。「其實不說話也好，無聲勝有聲，一切盡在不言中。」

「妳今天說得足夠多了，以往跟我待三天都說不出這麼多的話。既然來了，就在寺裡多待幾天，慢慢熟悉了，少不了說話的機會。」

「恐怕要讓太太失望了，我明天就要回羅州城，還有好多事要做呢。父親讓朱嬤嬤和盧嬤嬤協助我掌家，我這個扛大旗的人出來許多天了，想必也有不少事等著我處理。我來看太太別無他意，知道太太過得不錯，我也就放心了。」

周氏輕嘆一聲。「妳就沒什麼要問的？」

「問什麼？」來之前，海琇有滿心疑團，到了蘭若寺，所見所聞多了，心中謎團有增無減。可她此時什麼都不想問，問得清楚明白，倒不如一無所知輕鬆自在。至於周氏和吳明舉的事，還是裝作不知道最好，不光彩的事知道多了反而會更尷尬。

「問妳想知道的，比如我為什麼相中唐二蛋，答應把妳嫁給他當媳婦？」

「為什麼？」海琇粉面飛紅，想不問都不行。那次在夾道裡，唐二蛋管她叫媳婦，還說是周氏答應的。現在唐二蛋不辭而別，看她怎麼答覆。

「因為你們倆先前一樣呆傻，妳被河神點化變得聰明了，說不定唐二蛋會有奇遇，也變成人精，你們倆就更般配了。相信我，好事極有可能落到妳身上。」

「好事？哼！您答應唐二蛋的時候，他還傻呢，您能肯定他會有奇遇？若是他成不了人精，怎麼養活妻兒老小？太太別說我俗氣，這是實實在在的問題。」海琇羞得滿面通紅，仍硬著頭皮開了口，就是想讓周氏氣短。

「就算他不能恢復如常也不錯，他模樣英俊、身體好、武功高，傻乎乎地聽話。再說了，他何必要能養活妻兒老小？他若是娶了妳……」

「那誰來養活？難道讓我……」

「我呀！」周氏眉宇間充斥著得意之色。「等妳嫁人，我在京城給妳置兩座宅子，再陪送妳兩座玉礦、十間鋪子、十個莊子，給妳幾萬兩銀子壓箱底。別說妳會經營，就是有一天維持不下去了，把產業變賣也夠保證一輩子的吃喝。」

海琇被周氏的財力驚到了，感嘆周氏的大方，卻不想再繼續這個話題，挑嘴一笑，說：「別再說那些不著邊際的事了，我現在只想問問什麼時候吃晚飯？」

「寺廟裡有過午不食的戒律，我來蘭若寺五年多，只遵守了這一條。」周氏是率直爽朗之人，不刻意遮掩，倒令海琇感到了真誠。

「知道了。」海琇暗自慶幸，好在唐融把馮大娘送給烏蘭察的點心扣下了兩盒，這回派上用場了。入鄉尚隨俗，進了寺院就要遵循戒律，哪怕只是做做樣子。

第十六章 舊時恩怨

「天又黑了，妳坐到大炕上來，暖和。我去叫人掌燈。」

「太太請便。」海琇心裡納悶，難道寺院裡天黑掌燈也需要格外交代嗎？

院子裡亮起了燈光，隨風飄動的昏黃燭火照進了房間。海琇打開門，正碰到文嬤嬤帶丫頭進來掌燈，數根蠟燭點燃，把房間裡照得如同白晝。

「姑娘可能不知道，太太若入夜不寫信、不看帳，屋裡從來不掌燈。」

「為什麼？」

「太太說在黑暗的房間裡，她感覺安靜踏實，便於思考，也能不被光亮叨擾。」

與其說想在黑暗中安靜思考，不如說想讓一顆浮躁的心在黑暗中沈靜下來。周氏喜歡黑暗，只能說明她心事沈重，又不想敞開心扉，才養成不喜光明的怪異習慣。

海琇注視著跳躍的燭火，心中暗嘆，又問：「太太去哪兒了呢？」

「太太出去了，沒說去哪兒，她只說姑娘怕黑，讓多點蠟燭。」文嬤嬤愣了片刻，又說：「姑娘好不容易來了，就多住幾天，太太嘴上不說，心裡很惦念姑娘呢。大舅老爺昨天去了石林郡玉礦，明天回來，姑娘也該見見才是。」

「我想明天回羅州城，見不見大舅老爺又有何妨？」

「當然有，大舅老爺昨天剛到石林縣，就花十萬兩銀子買了……」

海琇衝文嬤嬤擺了擺手，說：「我明天不回羅州城了，其實府裡也沒什麼事。」文嬤嬤連忙點頭，心中暗嘆，姑娘確實被河神點化精明了，也貪財了。

「我去找太太。」海琇覺得自己過於殷勤，暗罵自己變成了無骨氣的守財奴。

「不用找我，來了。」

聽到周氏的聲音，丫頭趕緊打開門，把端著托盤的周氏迎進來。托盤上有一只大碗，碗上蓋著蓋子，周氏親自把托盤放到案几上，又小心翼翼揭開蓋子。大碗裡是熱騰騰的麵條，正冒出沁人心脾的香氣；潔白柔軟的麵條被濃白的湯汁浸泡，麵條上蓋著幾片新鮮的菜葉，還有兩個煎得金黃的荷包蛋。

海琇本來就餓，又被麵條的香味刺激，肚子不爭氣地叫了兩聲。

「趁熱吃吧！」周氏遞給海琇一雙筷子，見海琇發愣，又說：「門房的火爐主要煮茶用，火太慢，好半天才煮熟這鍋麵。我讓人給妳的丫頭和隨從各送去了一碗，他們都比妳結實，就給他們一人一個煎蛋，給妳煎了兩個。」

「多謝太太。」海琇道謝的聲音很低，語氣中飽含酸澀感傷。

「姑娘快吃吧！這麵條是太太親手做的，連洗菜、煎蛋都不讓奴婢們插手。」

「好……」海琇咬著嘴唇，不知該說什麼，眼淚在眼圈裡直打轉。

周氏遞給海琇一塊手帕，說：「妳看，這香氣都把眼淚薰出來了，快擦擦。」

被周氏說破了，海琇不再強忍，放任淚水成串地流了出來。反正周氏也說了，這眼淚是被麵條的香氣薰出來的，跟感動還有那麼一點愧疚扯不上關係。海琇擦濕了一塊手帕，總算把眼淚擦乾，麵條的溫度也適合了，可以痛快大吃。

周氏去煮麵之前若告訴海琇，海琇肯定會阻攔她，這樣既浪費時間，又多費唇舌，不如直接把麵條煮好了端上來再說更實在、更直接。

海琇很給周氏面子，一炷香的工夫就把麵條吃完，湯也喝淨。

「吃飽了？」

「飽了，娘煮的麵條真香。」海琇管周氏叫娘自然而然，沒有半點牽強。

周氏愣了一下，才微笑道：「一碗麵條能有多香？妳餓了，才覺得好吃。寺院有過午不食的規矩，我院子裡沒有吃食，這些麵條還是昨天吳明舉留下的。」

聽周氏主動提起吳明舉，海琇不知道該說什麼，只低頭看著碗發呆。

「娘，聽文嬤嬤說大舅舅來了，來做大生意。」

「什麼大生意？十萬兩銀子的買賣而已。」周氏看著海琇，眼底的笑意格外溫柔。「他不只為生意而來，他還要在蘭若寺辦一場盛大的法會；法會三天後開始，齊聚天下得道的僧尼，連做七天水陸道場。」

「這麼隆重？舅舅要為誰做法事？」

「法會的正日子是十月初十，這一天是妳大舅舅的生辰、蘭若寺落成的日子，也是妳外祖母剃度出家和去世的日子。做七天水陸道場就是要為妳外祖母祈求往生福德，為周家後人祈求富足順遂、和悅如意，更要普渡眾生、消災解難。」

海琇聽得有些迷糊，也聽出了其中的蹊蹺。「大舅舅的生日和蘭若寺落成的日子，還有外祖母去世的日子居然是同一天？這蘭若寺……」

「蘭若寺原是周家的私家寺廟，妳外祖母出家後才對香客信徒開放。」

只聽說寺廟有皇家的，從未聽說還有私家的，海琇暗嘆自己長了見識。海老太太等人逼周氏來蘭若寺修行，這跟讓她回娘家有什麼區別？

周氏沈默半晌，握住海琇的手，說：「十月初十還是妳外祖母和那個人成親的日子，是妳大舅、二舅還有我永遠都不想提起、但必須銘記在心的日子。」

「娘，我還是不明白。」海琇想讓周氏說得更詳細，捏著手指撒嬌。

「好，娘說給妳聽。」周氏輕輕拍了拍海琇的手，說：「頭年的十月初十，妳外祖母同那人天地為證、拈草為香成了親，發現懷孕之後，就開始籌備修建蘭若寺。蘭若寺落成，妳大舅舅出生，這就是第二年了。妳大舅舅二十歲那年的十月初十，妳外祖母在蘭若寺剃度出家；又過了兩年，還是那一天，她圓寂了。」

不聽還好，聽完周氏這番話，海琇感覺自己心中的謎團如雨後春筍般破土而出。她想問清楚，又怕事關長輩的秘密，周氏不願意回答，還空惹周氏傷心。

「想問什麼就痛痛快快問，別悶在心裡自己瞎想。妳性子還是不夠敞亮，有話不直說，很像妳父親，妳哥哥也像他，話不多，小心眼兒倒不少。」

海琇乾笑幾聲，問：「娘所說的那人是外祖父嗎？」

「別叫他外祖父，他不配，自他拋棄我們，我們兄妹就沒他這個父親了。」

「為什麼？」問出這麼簡單的問題，海琇心裡格外難受。

周氏挑起海琇額前的劉海，輕嘆道：「妳外祖母原和別人有婚約，最後不成，還被男方侮辱，她一氣之下，就和那人私訂終身。那人當時是謀逆案犯之身，兩人隱姓埋名來到西南省，成了親，貿易經營，想在這裡相守一世。就在我七歲那年，那個人領回一名岳姓女子，說是他表妹，要納為妾室。妳外祖母很吃驚，一查才知道那人和岳氏早有首尾，妳外祖母盛怒之下便把他們趕出家門。

「三年後，那人帶著岳氏和他們的孩子落魄地回來，妳外祖母想到他三年來音訊全無，沒讓他進門，只提出和離，還分了他們不少錢財產業。沒想到他們並不知足，勾結生意對頭向妳外祖母的產業下手，害得妳外祖母損失慘重，還坐了一年的牢獄。妳外祖母強忍傷痛，苦心經營三年，才把損失彌補回來，我們和那人也就徹底斷了來往。」

「禽獸不如！愚不可及！」海琇挑嘴冷哼，對那人的蔑視遠遠多於憤恨。為了外面的女子拋妻棄子，還對自己的妻兒拆臺下毒手，毫無人性可言，像他那麼愚蠢的人，就是分給他再多的錢財產業，最終也只會落得落魄淒慘的結局。

「妳說得對，他的愚蠢遠遠大於他的可惡，他害人害己，不得善終。」周氏咬牙嘆氣，又說：「妳外祖母坐牢之後，妳兩個舅舅要救妳外祖母，還要經營生意，到處奔波，那時候我就像妳這麼大，聽說他在江東，我就去找他了。被他趕出來之後，我流落街頭，差點死在路上，吳明舉救了我，聽說我們家的事，他替我寫狀紙、找證據，還求他師父疏通關係，折騰了半年，才救出妳外祖母。妳外祖母要把我許配給吳明舉，他師父也同意了，他卻說想等他高中再定親。」

「後來呢？」海琇對這問題很感興趣，以身相許報答救命之恩再正常不過。

「他高中狀元時，我正替妳外祖母守孝，剛一年，他答應了要等我。沒想到我剛出孝，他就因彈劾廢太子一派坐了牢，我嫁給妳父親，就是想透過勛貴的人脈搭救他。他出獄時，妳都三歲了，我跟他也注定此生無緣。」

海琇想起前世、想起范成白，有情無緣、有緣無分令她格外傷感。豆大淚珠落到茶盞裡，蕩起圈圈漣漪，伴著一聲聲長嘆，氤氳了俊臉明眸。

「我都不在意了，妳這麼傷心幹什麼？」

「娘就在廟裡住著吧！別回府了，府裡有我，誰也掀不起風浪，也別讓吳叔叔去伺候范奸賊了，周家家大業大，誰還敢委屈他不成？」

周氏摸著海琇的頭，搖頭一笑。「他蹉跎了這些年，有機會施展抱負，該珍惜才是。明知有緣無分，就不能成為他的牽絆，何況我還有你們兄妹。妳外祖母臨終時跟我說了兩句話——第一，不要全心全意愛一個男人，那樣會害了自己；第二，不要和甘心做妾的女人較真，不值，給她們點好處，就當把剩菜剩飯餵狗了。」

海琇重重點頭。有些話雖然粗俗，卻話糙理不糙，葉姨娘、秦姨娘之流不管有多麼強硬的後臺，多麼自命清高惹男人憐愛，她們都是妾，她們的子女都是庶出；還有葉玉柔，既然願意去做妾，那就做一輩子妾好了。

「娘，故事還沒講完呢。」

「還有什麼故事？」

「那人和岳氏的結局怎麼樣？應該很慘吧？」

「那人死了，妳外祖母圓寂的第二年，他就去世了；岳氏和她的子女一直在江東，靠著妳外祖母給的產業，花著害人得來的銀子，日子過得還算富足。我到了西南省，就沒再關注過他們的消息，他們是死是活與我們無關。」

「不該讓他們有好日子過，有朝一日遇上，也是冤家仇敵。」

周氏嘆氣道：「別再感慨了，時候不早，妳該回房休息了。我們三天後在寺裡做水陸道場，來的人肯定不少，妳明天別回羅州城了。」

「我聽娘的。」

文嬷嬷讓丫頭帶上全新的鋪蓋，和她一起把海琇送回了小院。她重新給海琇鋪了床，裡外檢查了一遍，又囑咐了荷風幾人後才回去。

第十七章　交換條件

海琇正躺在床上胡思亂想，聽到有人敲窗子，嚇了一跳。她叫了荷風幾聲也沒反應，只好硬著頭皮詢問。得知窗外是唐融，有事找她，才緩解她的恐懼。

「什麼事？」

「穿上衣服，穿暖些，帶妳出去玩。」

沒容海琇拒絕，窗子就被摘了下來，夜風呼呼而入。海琇正無睡意，很爽快地答應了。唐融將窗子重新安上，等海琇穿好衣服，就推窗而入，帶她飛了出去。

「唐融，你要帶我去哪兒？」

「妳想去哪兒？」

「要不我們去看范奸賊，就是今天被你踹了一腳的人。」

「我剛從他那裡回來，他正和姓吳的喝酒閒聊，說的都是朝廷隱秘之事，聽得我頭都大了。」唐融對范成白沒興趣，但被海琇斥責一番，只得乖乖去了。

幾次起落跳躍，兩人來到秋海棠花掩映著的一座小院，直接上了房頂。海琇裹著披風坐好，唐融揭開了幾塊瓦片，透出昏黃的燈光來，寬大的軟榻正中擺著一張案几，案上羅列著茶果酒菜。范成白和吳明舉面對而坐，正高談闊論，兩人都面紅耳赤，顯然喝了不少，卻仍在推杯換盞。

「我現在功名已除，恐怕恢復無望，難得大人不忌諱，肯用我，我定不遺餘力替大人謀劃，為大人登堂入閣獻微薄之力。」吳明舉一臉慷慨激昂之色。

「吳師叔叫我大人，是想折殺我嗎？我們有同鄉之誼，又是同門，如此太生分了。要不這樣，吳師叔在人前叫我大人，獨處時就叫我的表字成宜。」

「好好好，成宜，難得你還認我這個師叔。當年我坐了牢，就在他的遊說之下被逐出師門，徹底斷了我的後路。我從牢獄裡出來，有家不能回，連在父母墳前添一抔土、掬一把淚都心有餘悸，箇中苦楚不是誰都能體會的。」

「他行徑陰暗、心術卑鄙、品性無恥，偏偏要裝出遺世清高，掩蓋他道貌岸然的嘴臉。他害師叔十餘載虛度，令師叔憤恨多年；害他的女兒芳華早逝，我也恨他入骨。有朝一日，我必要撕開他風雅的畫皮，讓他醜惡的嘴臉現於人前。」

海琇聽到范成白的話，心裡一顫，某種想法閃過腦海。她身體震顫，緊緊抓住唐融的胳膊，唐融為難地咧了咧嘴，示意海琇盡快平靜，聽他們接下來的話。

「他害他的女兒？是大孟氏……」

「對，就是大孟氏所出的嫡長女。」

短短兩句話，海琇就知道他們所說的那個卑鄙無恥的人，正是她前世的父親——程琛。

程琛是吳明舉的師兄，是范成白的師父，與范成白還有義父義子的情分，沒想到這兩個人卻恨毒了他？程琛究竟做過什麼，才會招來同門弟子深重的仇怨，海琇不得而知。

前世，那場風聞天下、才子雲集的賽詩會上，范成白怕蕭梓璘勝出，夥同程文釵設計，想讓蕭梓璘出局；而程文釵又和小孟氏勾結，設下局中局，讓范成白也出了局。結果，蘇宏佑勝出，程汶錦嫁到蘇家不到一年就死了。

這其中有程琛什麼事呢？范成白為什麼說是程琛害得程汶錦芳華早逝呢？縱使程琛治家不嚴，才會讓小孟氏有可乘之機，但除此之外，難道他也參與其中了？

「成宜，我聽說你與錦兒青梅竹馬，怎麼……」

范成白衝吳明舉擺手，又猛喝了一杯酒，嗆得他連聲咳嗽。「若當年不是他說要把錦兒許配於我，我就是傾慕再深，也不敢生出戀慕之心。沒想到他出爾反爾，一面拿錦兒當誘餌釣住我，一面又把錦兒當成籌碼結交廢太子。他知道錦兒有心於我，並不貪戀廢太子許諾的榮華富貴，才會讓小孟氏設下圈套，施毒計害了錦兒。」

唐融見海琇臉色煞白，身體輕顫，趕緊背著她飛躍而去，落到東院的海棠樹下。花香令海琇作嘔，她乾嘔了幾聲，沒吐出食物殘渣，卻吐出了一口血。唐融趕緊扶她坐下，運氣幫她壓制翻湧的氣血，引導氣血歸經。

一刻鐘之後，海琇才平靜下來，軟軟地靠著樹，連睜眼的力氣都沒有了。她腦海裡思潮翻湧，想昏睡過去，在睡夢中忘記，可思慮卻停不下來。

前世，小孟氏對她很是疼愛，事事為她考慮，做足了慈母的樣子，可她總覺得跟小孟氏隔了一層，親近不起來，有心事反而喜歡跟程琛說，更信任這個父親。她及笄後的一段日子，程琛總跟她說起廢太子，感嘆皇家的萬丈榮光。

起初，她並沒有放在心上，後來她聽出了端倪，這才明確拒絕了程琛，又表明了對范成白的心意。程琛沒有強迫她，還允諾若范成白高中，就讓她嫁給他，可范成白高中後，沒人提起他們的親事，她還以為是小孟氏掣肘……

現在看來，許多事都不像她想的那麼簡單，她慘痛地死去，又替別人活著，這才慢慢想明白了。

可惜現在為時已晚，她已不是前世的她，縱然手伸得再長，也無法撥正曾經的錯誤。可恨范成白、可憐范成白，生害人之心，最終禍害了自己。

「回去吧，妳要是凍病了，我會難過的。」

海琇黯然一笑，問：「你難過什麼？我就是死了又有幾個人傷心？」

「我會傷心，傷心欲絕，因為我不想再回到烏蘭察身邊。」

聽唐融前半段話，海琇心裡舒服了一些，難得有人為她傷心欲絕，可聽完他的後半句話，海琇差點咬掉自己的舌頭，恨自己活得失敗，氣極反笑了。

「笑了就好，別傷心了，我送妳回房。」

躺到床上，海琇給自己壓上厚厚的被子，一動不動，好像被禁錮一樣。她回憶范成白和吳明舉說的話，梳理前世種種，一夜未眠。

第二天，周氏見她雙眼紅腫，眼下一片烏青，以為她擇床沒睡好，讓人給她煎了安神湯，喝了再睡一會兒。想到今生有錢財傍身，慈母還在，父親也是實誠之人，她的心頓時敞亮了。她很快睡著，一覺醒來，已是午後。

「荷風，妳去問問是不是給我留飯了，寺院有過午不食的戒律，別……」

「姑娘放心，太太惦記著呢。怕姑娘吃不慣寺裡的飯菜，太太讓人備了素齋全席，就等姑娘睡醒了開席呢。」荷風邊說邊伺候海琇起床，很快就收拾妥當。

海琇開心一笑，隨即輕聲一嘆，愣了一會兒，眼底就溢出了淚水。荷風靜靜地在一旁侍立，不詢問，也不勸說，看著她哭，不時給她遞帕子。

「妳知道我為什麼哭嗎？」海琇哭夠了，給自己找臺階下，才問荷風。

「姑娘莫不是嫌太太打算分給您的家財太少？」荷風小心翼翼地問話，見海琇沒反應，又說：「太太要分三成家財給姑娘做嫁妝確實不少了，聽文嬤嬤說，就算沒產出，這些家財足夠養活一個百口之家七、八十年了，這得多少銀子呀？少爺就是得五、六成家財，姑娘也不要爭，將來咱們家還要靠少爺頂門立戶呢；再說咱們家還有兩位庶出姑娘，說不定將來還要添姑娘和少爺，太太也要分得公允才……」

「荷風，我在問妳我為什麼哭，妳回答的是什麼？」

「難道姑娘不是嫌太太給您……」

海琇重重坐在床上，嘆氣道：「我原以為妳是個聰明的，現在看來是我傻了。」

看到她哭，荷風就以為跟周氏的家財分配有關，這是多麼想當然的聯繫。這能怨荷風嗎？追根尋源，恐怕就是她這段時間給人的印象太世俗。

周氏分配家財一事，肯定是文嬤嬤和馮大娘說時，讓荷風無意間聽到了。這倒給她提了醒，要不，她都忘記京城還有一個一母同胞的親哥哥了。海琇沈思了一會兒，讓荷風準備筆墨，她要忍餓給海岩寫封信，訴一訴兄妹割不斷的親情。

寫好信，海琇去找文嬤嬤，想不驚動周氏而把信送到海岩手裡。周氏是有謀略算計之人，她把海岩一個人留在柱國公府五、六年，能沒有妥善安排嗎？

「姑娘讓太太好等，太太有事，等不及，先吃了一些就去見客了。飯菜都在爐子上溫著呢，姑娘隨時都能傳飯，連晚飯都留出來了。」

飯菜端上來，雖是素齋，卻也豐盛精緻，色香味俱全。文嬤嬤親自布菜，海琇吃得很是盡興，她邊吃邊跟文嬤嬤說話，早把食不言的規矩拋到腦後。

「回姑娘，有一位范先生求見太太。」

「太太沒在，讓他改天再來；還有，妳提醒他拜訪女眷須提前遞帖子，這是禮數，別讓人誤會他不懂禮法。」海琇不想見范成白，想起他心裡就彆扭。

「范先生說若太太有事，見姑娘也是一樣的。」傳話的丫頭見海琇皺眉，忙說：「他說姑娘曾欠他一份人情，若姑娘不見他，說不定會後悔。」

「讓他在門房裡等著。」海琇知道范成白陰損，不敢生硬拒絕。

吃完飯，海琇又歇了半晌，才慢慢悠悠地去見范成白。她剛到門口，范成白就迎了出來，手裡捧著幾枝鮮豔的秋海棠花。

「這幾枝海棠花漂亮嗎？」

「再漂亮的花也會枯萎，范大人登門拜訪就為問這等無聊閒事？」

范成白尷尬一笑。「當然不是，我有一件至關重要的事要跟姑娘說。」

「說吧！」鬥智鬥勇鬥心機，她都不是范成白的對手。

范成白晃著手裡的海棠花，慢騰騰在房間裡挪步，卻一言不發。海琇等得不耐煩了，催促他有事快說。

許久，范成白才輕嘆一聲。「范某此來是有求於姑娘。」

「一盞茶的時間，說不清我就走，我欠您的人情也不作數了。」

「給范某畫支流圖的事姑娘沒忘吧？」

「您不提我倒忘了，我記得當時您和我有交易條件，您替我擺平秦家人，我給您畫羅夫河支流圖。有交易在先，我就不欠您人情了，現下范大人又找我來要人情債，這從何說起？登門是客，我敬重您，既然來了，就說明來意吧！」

「其實也沒什麼，范某此來是想看看上回請四姑娘畫的羅夫河支流圖進度如何了？西南省下轄八府十六州，縣鎮數百個，照姑娘的畫法和速度，兩個月的時間應當能畫好……」范成白見海琇面帶冷笑，不反駁也不答腔，倒有幾分不好意思。

「請范大人接著說。」

「確實還有一件事。」范成白決定忽略海琇的冷臉。「我想見見烏什寨少主，煩請姑娘代為引薦。此次祭拜河神，差點把烏什寨孩童當成祭品，激化了漢人與苗人的矛盾，此事若不及時化解，積怨愈深，對兩族的百姓都不好。」

海琇輕哼一聲，問：「敢問范大人想見烏什寨少主化解矛盾是受誰之託？我差點成了河神的祭品，我父親為給我討公道費盡周折，敢問范大人誰會給我一個公道？那些主張用童男童女祭河神的人不受懲罰，范大人認為說得過去嗎？」

洛氏家族提出用童男童女祭河神，十四名孩童也是他們買來的，只是沒想到會買到烏什寨人。秦奮為了得到洛家的支持，在任上站穩腳跟，竟然支持洛家的荒唐提議。現如今民怨沸騰，烏什寨人又虎視眈眈，事情鬧得難以收場，他們又想託范成白出面調解，范成白要給清平王和鑲親王面子，只好硬著頭皮來找她。

「清平王府屬洛氏一脈，秦奮又有鑲親王府這個後臺，范大人替他們辦好這件事，不知有什麼好處？」海琇彈飛一片落花，眼底滿是氣惱。

范成白微微一笑。「西南省八府十六州，若是改成九府十五州，轄區佈局會更好。海四姑娘是聰明人，我話一出口，妳就應該猜到我的下文了。」

前朝，羅州一直是府城，比現在管轄的範圍還要大一些。本朝開國，為防御苗人作亂，朝廷重新劃分州府，縮小羅州轄區，改府為州。如今，以烏什寨為首的苗人政權越來越認可漢人文化，連文字、語言、貨幣都漢化了，羅州是州是府對化解種族矛盾起不到多大作用，但若改州為府，對治理羅夫河意義重大。

海琇很滿意范成白帶來的消息。「聖旨到達羅州七日之內，我為大人引薦烏什寨少主烏蘭察，就在蘭若寺見面。我所說的聖旨，一道是羅州改州為府的聖旨，另一道是我父親升任知府的聖旨，既然是交換條件，自然缺一不可。被洛家買來的孩童中，有一個是烏什寨聖女，亦可能是未來的寨主；可前年烏什寨改為立男子為寨主，這兩兄妹因寨主之位失和，范大人還需注意內部矛盾，慎重行事。」

范成白衝海琇抱拳致謝。「這兩道聖旨半個月之內必到，請四姑娘放心，另外西南省府也會表彰四姑娘捨己救人的義舉，范某再次感謝四姑娘提醒。」

「范大人不必客氣，請回吧！」海琇不想跟范成白多說，她怕自己忍不住就想問他程汶錦被害的內幕。那些話哪怕有半句出口，精明如范成白，定會生疑。

「海四姑娘請留步。」范成白再次衝海琇抱拳。「畫羅夫河西南省支流圖的事還請海四姑娘多多費心，范某要這樣的圖是想全省聯合治河，造福黎民百姓。」

「飯要一口一口吃，事要一件一件辦，離明年羅夫河桃花汛期還有半年，范大人不必著急。畫羅夫河朱州府支流圖是我答應大人的，先做完這件事再議其他。」

「好，范某敬候海四姑娘佳音。」

范成白離開之後，海琇在門房坐了一會兒，才回到正房。周氏正坐在臨窗大炕上和文嬤嬷說話，這令海琇很吃驚。周氏怎麼進到正房的？

「我從東側角門進來的。」母女連心，周氏一句話就解開了海琇的疑問。「我接到消息，說妳正在門房和范大人見面。我說得很隱晦吧？我怕打擾你們，就繞了一圈，從東邊側門進來。我還在大門口安排了人，不允許任何人從門房經過。」

「多餘。」被親娘當著下人的面打趣，海琇氣惱又羞愧。

「范大人剛過弱冠之年就任朱州府知府了，妳爹見到他都要行禮，真是窩囊；聽說他還是皇上面前的紅人，那些王公大臣都賣他的面子，真真厲害。你們說我要是有個這樣的女婿，是不是以後回到柱國公府就能橫著走了？」

「橫著走的是螃蟹，您還少幾隻爪子，再加兩隻鉗子才像。」

先是覺得她和唐二蛋合適，現在又覺得范成白是中意人選，周氏這是在給女兒挑女婿嗎？在海琇看來，周氏純粹是想滿足自己的「獵豔」之心。

周氏沈下臉，斥道：「妳這是在對妳娘說話嗎？我要是像國公府裡的老太婆那樣，肯定罵妳的規矩禮數都學到狗肚子裡去了！哼，事實上她什麼規矩禮數都不懂！」

海琇坐到炕邊，拉著周氏的手，陪笑道：「娘和她不是一路人，也不會像她那麼說話。娘別生氣了，我有好消息要告訴你們，還是關乎我們全家的好消息。」

「什麼好消息？」周氏趕緊詢問，其他人也都睜大眼睛等答案。

「嘿嘿……」海琇坐到炕上，雙臂抱腿笑而不答，賣起了關子。

「一萬兩銀子。」周氏很認真地伸出一根手指。

海琇高興得差點蹦起來，向周氏伸出一根手指確認之後，才說：「范大人說羅州要改州為府，我父親要升任知府了，聖旨最晚半個月就能到。」

丫頭婆子都很高興，唯獨周氏撇嘴冷哼。「我還當什麼好事呢？一萬兩銀子給妳做嫁妝，妳成親前一晚，給妳壓到箱底，娘說話算話。」

「您……」原來不是現在給，海琇只確認了數目，沒確認時間，被周氏小坑了一把。還有，這一萬兩銀子是不是算到她那三成嫁妝，還要好好問問周氏。

重活一世，變得貪財小氣、俗不可耐，海琇反而覺得自己充實而快樂。

第十八章 母女親近

海琇正和周氏等人商量接到聖旨該如何放賞，就有婆子來傳話，說范成白又來了，在門房等她。海琇納悶且不悅。范成白離開才一個時辰，怎麼又回來了？

「此時天冷風涼，范大人有話快說。」海琇走進門房，開門見山，連基本禮節都省略了。「我希望范大人跟我談家國百姓的大事，其他恕不奉陪。」

范成白衝海琇抱拳一笑，說：「羅夫河流經西南、中南、華南三省，是我朝南部最長的河流。百餘年來，羅夫河災情不斷，以西南、華南兩省最為嚴重，為治理羅夫河，朝廷也投入了大量的人力物力，歷任官員都把治河視為首任，但成效始終不大。我來西南省之前跟皇上保證過，不把羅夫河治理好，我誓不回京城。」

「那就別回去了，西南省四季如春，風景不錯。」

「海四姑娘說笑了，范某孤身一人，到哪裡都無所謂，不回京城是范某為治理羅夫河強加的籌碼，范某來西南省是為民做官，可不想被籌碼套牢。」

海琇有感於范成白的真摯，微笑道：「范大人想讓小女子做什麼就直說吧！」

「不瞞海四姑娘，范某剛到西南省，看到四姑娘畫的羅夫河支流圖，就六百里加急遞到了工部，工部又呈給了皇上。剛才，范某收到皇上的加急聖諭，他讓把羅夫河流經三省的支流圖全畫出來，交由工部精通治理河道的官員研究，想出根治羅夫河的辦法。范某也知道這強人所難，可聖諭已下，不可更改。」

海琇皺起眉頭，沈思了一會兒，說：「只畫羅夫河流經西南省的支流圖，預計需要兩個月。若把羅夫河在中南省、華南省的支流全畫上，至少需要半年的時間，而且這半年時間我只能畫一份，若您需要幾份，只能請人臨摹仿畫。」

皇上發話了，借海琇一百個膽子也不敢拒絕，她可不想再重生一次了。為朝廷做一些力所能及的事，海琇還是很樂意的，但要把實際情況跟范成白說明。

「多謝姑娘。」范成白見海琇答應了，鄭重施禮。「姑娘需要什麼，儘管跟范某說，若不方便，跟海大人說也是一樣的。我已讓人去準備羅夫河流經西南省全境的相關記載及地圖，很快就會備齊送來。我回朱州府後就會向西南省總督稟報，讓他去函和中南、華南兩省總督說明此事，相必兩省資料很快就會送過來。」

海琇想了想，說：「把記載羅夫河流經西南省全境的書籍、地圖都送到蘭若寺，除此之外，還需官府提供最好的紙張筆墨，以便支流圖長久保存。」

「我馬上讓人去準備，盡可能兩天之內全部備齊送來。」范成白鬆了口氣，又說：「姑娘為官府繪圖、為家國百姓盡心，范某會呈報朝廷，賞賜自不會少。另外，官府會給為姑娘幫忙的下人發薪俸，錢不多，只是一點心意。」

海琇點點頭，揶揄道：「難得范大人不居功，小女很欣慰。」

官府不給她發薪俸，只給畫了一個大餅、一片梅樹，她當然要諷刺范成白了。

「這話怎麼說？」范成白有些尷尬，說：「羅州是羅夫河流域災情較為嚴重的地方，若把羅州治理好，海大人自是大功一件，到時候知府之位恐怕……」

行了行了，大餅已經夠大了，別再加了，海琇擺了擺手，打斷了范成白的話。

「范某承海四姑娘的人情，若姑娘他日有求於我，我願隨時效勞。」

「既然范大人如此真誠，小女子也無須再客氣。」海琇深吸一口氣。「小女子聽說范大人與江東才女程汶錦淵源頗深，就想瞭解一些與她相關的逸事。小女子的二姊對程姑娘仰慕有加，小女子想與二姊破冰交好，就想投其所好，請范大人賜教。」

「海四姑娘的問題太廣，范某不知該怎麼回答？」范成白表情淡漠且平靜。

「不急，等范大人想好再回答也不遲，大人請便。」海琇見范成白沒要走的打算，就轉身離開了門房，連句告辭的話都沒說。海珂仰慕程汶錦不是秘密，她自認談起程汶錦的理由編得恰如其分，希望范成白不會發現端倪。

范成白目送海琇的身影走遠，又看了看手中的羅夫河草圖，眸光中多了幾分深色。他從不拒絕談起程汶錦，只是跟不同的對象該談些什麼還需他多費些心思。

回到正房，海琇跟周氏說明范成白所求之事，又藉口準備畫圖事宜就匆匆離開了。既然她沒管住自己的嘴，還是向范成白問起了程汶錦，就要想想以後該如何面對范成白了。

傍晚時分，周氏來看海琇，給她拿來了許多衣服首飾，都是周氏的，且多數都沒上過身。海琇來蘭若寺來得匆忙，帶的衣物不多，天又涼了，正好用得上。

「先穿這件披風試試。」周氏挑了一件湖藍色金絲絨面繡粉黃兩色薔薇花披風，親自給海琇繫好，端詳一番，嘖嘖稱讚，下人們更是讚不絕口。

原主身材高䠷，身體也英挺健美，不像前世的她那麼柔弱飄逸。這件披風是金絲絨面料，極致華美，又不失嬌俏清雅，穿在她身上恰到好處。

「這件披風是用從番邦船來的精緻面料縫製而成，妳外祖母留給我，我一直沒機會穿。現在朝廷與番邦的貿易受限，連宮裡都很難找到這麼好的面料了。」

「真好看，謝謝娘。」成為海四姑娘之後，海琇很少照鏡子，即使每天對鏡梳妝，她也儘量不去看鏡子中的人，不是嫌棄，而是害怕，怕一看夢就醒了。

「妳喜歡就好。」周氏輕嘆一聲，說：「先前妳總怨我出身商家，沒見識、沒學問，不能把妳生得漂漂亮亮。現在妳大了，懂事了，娘真的很欣慰。」

海琇挽住周氏的手，一本正經說：「娘欣慰才好，生氣就不對了，人家都說童言無忌，小孩子的一句話，還是自己女兒的無心之言，娘都要記著，要是真遇到算計娘的人，娘不知會氣成什麼樣呢？氣壞了身體多不值。」

「姑娘說得對，是太太小氣了。」文嬤嬤也跟著打趣。

「好好好，是我錯了，是我不對，是我小家子氣。妳爹還有國公府那群人嫌我出身商戶之家，身分低微，給了我不少氣受，我根本不計較，我們家有的是銀子，他們就是再高貴，哪一個看到我的衣飾穿戴不眼紅心酸？他們是外人，我不高興了就用銀子砸他們，但我無法接受我的兒女也輕視我，嫌棄我一身銅臭。」

「娘，我……」海琇靠在周氏肩膀上，輕聲哽咽。

「好了，別哭了，咱們接著看衣服首飾。」

「女兒年幼不懂事，人云亦云，嫌棄自己的親娘，真是傻透了。娘親大人有大量，別跟我一般計較，親生母女，骨肉親情，哪有隔夜仇呀？」

「姑娘說得真好。」

「小丫頭，學得油嘴滑舌。」周氏把海琇攬在懷裡，感嘆說：「妳哥哥若是像妳現在這麼懂事，不再嫌棄我，我就是跟國公府撕破臉，也把他接過來。」

「哥哥是我們二房的嫡長子，本該跟在父親身邊受教，娘想把他接過來，為什麼還要和國公府翻臉？」海琇第一次正面問起國公府的事，只希望答案別讓她難受。

文嬤嬤微笑說：「姑娘有所不知，我們家的少爺不分嫡庶，七歲之後，都由國公爺帶在身邊教養，老爺和太太想把三少爺帶到西南省，國公爺不同意。太太這些年大把的銀子往京城送，看在錢的面子，國公爺也會格外關照少爺。」

柱國公本就不是正經人，就因為他年輕時貪色失誤，導致父兄戰死，連世襲的爵位都丟了，他這樣的人能把子孫教好嗎？只能說是上樑不正下樑歪罷了。

「我給他的孝敬銀子一年比一年多，但我每次寫信都會提醒他，若老虔婆敢對我兒子下毒手，我就豁出臉面拚個魚死網破，誰也別想過安生日子了。」

海琇聽出她們話裡隱含的意思，問道：「祖父非把哥哥留在國公府教養，娘還要給孝敬銀子，我怎麼聽著不對味呀？難道娘還得賄賂祖父，他才善待哥哥？」

周氏拍了拍海琇的手。「我們家不對味的事多著呢，柱國公府與別的家族不一樣，越來越不入流，怨不得別人。這些話妳別跟妳父親說，也別瞎想。」

「娘放心，女兒記下了。」

馮大娘悄聲進來，回道：「太太，蘇知府的家眷今晚下榻蘭若寺。」

周氏微微一愣，笑道：「好事，有人在寺裡下榻，不是給我送銀子嗎？客院這麼多空房子，恰逢這場法會，真該回收些銀子供給寺內開支。」

海琇很佩服周氏的經營之道，潛移默化中，前世唾棄的東西此時已視為至寶。

周氏給文嬤嬤使了眼色，又拉著海琇看她帶來的衣物首飾，講述與這些東西有關的往事。文嬤嬤回來，衝周氏點了點頭，周氏才停下來。

「琇兒，娘跟妳說件事。」周氏攬著海琇的肩膀，接過文嬤嬤遞來的陳舊香囊。「同蘇知府一家一起來西南省的路上，娘一不小心就把妳許配給了蘇家的二公子。後來，娘和蘇夫人鬧了些不愉快，斷了來往，兩家再也沒談起過這門親事。這香囊裡的玉珮是信物，娘交給妳處理，這門親事……」

「退掉。」海琇的回答簡單而爽快。她跟蘇瀟私交不錯，這並不代表她認可蘇家的家風、中意蘇家的男子。蘇灩的二哥蘇宏仁雖年少得志，才名廣傳，但海琇絕不會接受這個人，就因為他跟蘇宏佑是堂兄弟，她想起來就痛恨噁心。

周氏一不小心就把她許配給了蘇家，她的心有多大呀？定好的親事退掉肯定會遭人非議，被中傷的肯定是女方，好在海琇不在乎這些，也給周氏吃了定心丸。

「果然是我的女兒！」周氏把裝有玉珮的香囊塞進海琇手裡。「寶貝女兒，妳自己找機會把親事退了，娘噁心蘇夫人，就不出面了。不是娘怕事，這其中有難言之隱，等妳下次再定親，娘肯定慎重再慎重，絕對不讓妳吃虧。」

海琇不由牙酸嘴麻，什麼話都懶怠說了。周氏先是看中的唐二蛋，都答應把她許給唐二蛋做媳婦了，這不，唐二蛋不辭而別的時日還不長，她又把范成白當成最佳女婿，這就是周氏的慎重再慎重？她也只能無語問蒼天了。

好在周氏開明，若是碰上古板的，她就必須嫁到蘇家，那才叫慘呢！

周氏很滿意海琇的姿態，愣了片刻，又道：「范大人把羅夫河支流圖送到工部，注明是妳畫的了嗎？要是讓老太婆知道妳比她嫡親的孫女強，還不知道出什麼么蛾子呢？當年，老太婆生的兩個兒子讀書都不行，得知妳父親中舉，她一哭二鬧三上吊，要到衙門告妳父親忤逆不孝，妳那個貪財好色的軟王八祖父也無可奈何，直到妳父親答應娶我這個商戶女，她才消停。」

「愚不可及，老天開眼，父親有福。」海琇暗暗舒心。葉家人就是尚八個公主，也改不了他們骨子裡愚蠢、短視的劣性，把他們一家當敵手，都高抬他們了。

「父親、母親都應該慶幸她是個蠢人，只會使一些上不得檯面的手段。當時父親高中，她要是假意高興，逼父親娶她的堂姪女葉姨娘為妻，父親也會答應。結果呢，父親娶了母親，她又讓她的堂姪女為妾，想給母親添堵，這不是她自作聰明，其實失於算計嗎？這樣的人也值得娘在乎她的想法？太高抬他們葉家了。」

「姑娘是有心計、有成算的人，將來恐怕要超了太太了。」

「琇兒說得對，理會他們都是給他們臉。我女兒超了我再好不過，連她外祖母在天有靈都要喜笑顏開了。」周氏把海琇攬在懷中，一片慈愛。

海琇伏在周氏肩上，輕聲說：「娘，我們就是不在乎他們的小手段，也該及早防範才是。哥哥遠在京城，和我們相隔幾千里，女兒怕那些人遷怒於他。」

周氏點點頭。「妳別擔心，娘心裡有數，妳休息吧，我們回去了。」

送走周氏主僕，海琇靠坐在軟椅上，閉目思慮。海岩一個人在京城，就算有海朝格外看護，能保他安好，也會耽誤他的學業。海朝本就是不學無術之人，柱國公府的爵位傳到他就到頭了，能教給兒孫什麼？

思及此，海琇眼前一亮，臉上露出笑容，這事還要求助范成白。范成白又是治河又是化解苗、漢兩族的矛盾，她助他一臂之力，若不向他索取回報，也太便宜他了。主意已定，海琇心中豁然開朗，晚飯吃得香，一夜無夢，精神自然養足了。

一早，周氏就派人來傳話，說周貯今天回蘭若寺。想到一會兒就要見到大舅舅了，海琇暗暗高興，周貯的生意做得很大，見面禮肯定不寒酸。

吃過早飯，海琇在長廊裡散步，等著周貯到來的消息。聽說蘇灩也來蘭若寺，卻被蘇夫人拘在屋子裡，不讓出門。海琇知道蘇夫人防她，心裡很不舒服。

「見過海四姑娘。」一個小丫頭迎上來行禮。

看清這小丫頭是蘇家的下人，海琇忙問：「你們家八姑娘呢？」

小丫頭眨了眨眼，陪笑說：「回姑娘，我們姑娘同丫頭在西北角的涼亭裡摘晚桂呢。她知道海四姑娘在蘭若寺，就派奴婢來傳話，讓您悄悄去找她。」

「我現在就去。」海琇沒多想，就帶荷風和小丫頭一起去找蘇灩了。

第十九章 快意退親

來到客院西北角的涼亭，沒看到蘇瀲，甚至連個人影都沒有。海琇心中生疑，剛要質問小丫頭，就見一個十幾歲的少年走過來，示意小丫頭退下。

「是我讓丫頭騙妳來的，我家小妹根本沒來蘭若寺，我有話跟妳說，不得不出此下策。家母怕妳以與她交好為由接近我，就把她拘在了花莊裡。」

不用問，海琇就知道這人是誰了，他便是蘇瀲的二哥蘇宏仁，周氏就是「一不小心」把女兒許給了他。見他故作深沈的冷漠模樣，海琇已猜到了他的用意。

荷風看到陌生男子突然出現，趕緊護在海琇面前，一臉警惕。海琇輕輕推開荷風，賞了蘇宏仁一個誇張的笑臉，又輕蔑地抬手示意他有話快說。

「果然是商家女所出，缺乏教養、不懂禮數，無德無才之人，木訥呆板些也好，偏偏得了河神點化，變得不倫不類，讓人不齒。」蘇宏仁先聲奪人，看到海琇主僕都不出聲，以為被他嚇住了，又道：「見到陌生男子攔路，不知規避，也不見禮問安，哪有一點點勛貴之門千金小姐的氣質？外面所傳不虛，妳果然是個頂著嫡女頭銜的繡花枕頭，可憐貴府二姑娘滿腹才學，真是造化弄人。」

原來蘇宏仁也是海珂的仰慕者，難怪會說出這番話，這是替佳人討公道來了。

海琇微微一笑，問：「荷風，妳看到有什麼東西攔路吼叫了嗎？本姑娘眼前一片澄明，連個人影都不見，難道是有獸類成精，學會遁形之術了？」

荷風忍笑說：「回姑娘，奴婢剛剛也聽到亂吼亂叫，卻沒看到有什麼東西攔路。哦！奴婢這才看到，不知是誰家的狗跑到了客院，沒嚇到姑娘吧？」

「原來前面有狗，我說怎麼聽到了如此不和諧又臭氣衝天的噁心聲音呢？我們剛吃過飯，還是遠遠躲開，以免嘔吐。」

「確實噁心，姑娘快走。」荷風扶著海琇轉身就走，邊走邊說：「奴婢聽說寺院裡有許多不守戒律的和尚偷吃狗肉，怎麼寺中客院裡還有？太嚇人了！」

「有漏網之魚，就有貪嘴之狗，不新鮮。」海琇活了兩世，第一次這麼痛快地罵人，沒有才女身分羈絆，她無所顧忌，活得更加舒暢自在。

蘇宏仁被海琇主僕一唱一和，罵了個狗血噴頭，差點氣暈了。看到她們主僕轉身走了，他才咬牙切齒追上來，卻被突然飛來的笤帚絆了個跟斗。

「小賤人，妳給我站住。」蘇宏仁爬起來，一腳踢飛笤帚。

海琇停住腳步，撇嘴冷笑。「賤人罵誰呢？」

「妳、妳……」

「別『妳』了，否則再讓你摔一個狗啃屎，摔得你齷齪之形畢露。」海琇拿出裝有玉珮的香囊，丟給蘇宏仁。「拿回你們家的東西，以後滾遠點兒，別再噁心我們一家。跟你母親說清楚，這門親事是我娘頭腦一熱定下的，也由我們家來退。」

「算妳聰明，我們家早就想退婚了，只是不想遭人非議才隱忍至今。妳被妾室許配給低賤的船工，不知羞恥，還想引誘我妹妹，真是居心可恨。像妳這樣的人，也只配一個低賤的船工，收起妳那些欲蓋彌彰的手段吧！妳……」

「趕緊滾，再敢罵我一句，打掉你滿嘴狗牙。」

蘇宏仁當然不肯讓海琇罵最後一句，可沒想到他剛一開口，就有幾顆野果朝他飛去。他慘叫幾聲，吐出了一口血，那血裡還真有幾顆狗牙。

海琇知道是暗中保護她的唐融出手了，暗暗替蘇宏仁疼了一把，幸災樂禍地離開。跟蘇宏仁的親事退掉了，她和蘇灩的情分也到頭了，想想就滿心酸楚。

回到房裡，她先給洛芯寫了一封信，把當年和蘇宏仁定親、今日痛罵退親的事寫得清楚明白。她讓洛芯去看看蘇灩，把這件事隱晦相告，才不至於以後見面太過尷尬。她和姊妹不親反有怨，很珍惜與洛芯和蘇灩的友誼，只希望影響不大。

之後，海琇去見周氏，想跟她說明剛才發生的事，沒想到半路碰到了范成白。海琇自嘲一笑，很恭敬地給他行了禮，倒讓范成白有些無從適應了。

「范大人丟笤帚的功夫小女子不敢恭維，但也要向大人鄭重道謝。」

「舉手之勞，不足掛齒。」范成白訕然一笑。絆倒蘇宏估的笤帚是他扔出去的，沒想到海琇會看到；他也心有餘悸，怕海琇把破口大罵的功夫用到他身上。

「范大人聽得可還過癮？」

「非禮勿視，非禮勿聽，請海四姑娘放心，范某謹記聖人教誨。范某也想提醒四姑娘，寧可得罪十個君子，也不要得罪一個小人，這句俗語寓意極深。」

海琇微微點頭，含笑反問：「小女子是不是得罪大人了？」

「還差九個，或者說妳還可以再得罪我九次。」范成白別有意味的目光打量海琇，臉上慢慢綻開笑意，如春竹迎日，清新燦爛。

「多謝大人指教，多謝君子寬容。」海琇又一次給范成白行了禮。

「不謝，海四姑娘是不是有事要求范某？怎麼如此客氣？讓范某惘然。」

跟聰明人打交道真好，海琇暗暗感嘆，卻又因被范成白說破而難為情。

「海四姑娘有什麼事就直說吧！只要范某能做到，定當竭力而為。」

海琇訕訕一笑，直說：「想必范大人在京城時對柱國公府的事也有耳聞，我的親兄長現在府中由我祖父親自教養。他已過舞勺之年（注），卻連童生試都未通過，家父、家母都擔心不已。聽說范大人與國子監祭酒韓先生是莫逆之交，小女子想……」

范成白抬手示意海琇無須再說：「最多一個月，就能給四姑娘滿意答覆。」

「多謝范大人。」海琇鄭重地向范成白行禮道謝，又道：「小女子有一個不情之請，這件事辦妥之前能不能請大人先瞞著我父母，也不能讓柱國公府的人知道。」

「范某明白。」

海琇再次向他道謝，不等他再開口，就藉口周氏有事，匆匆離開。范成白看著她的背影，長嘆一聲，眼底充滿寂寥哀傷之色。

主僕二人走到長廊拐角處，一身黑衣的唐融從樹上落下來，嚇了她們一跳。

「你這兩天跑哪兒去了？」

唐融警惕地看了看四周，這才答道：「捉賊，那些賊武功很高，行動敏捷，剛來那晚我與他們交過手；今天，他們又冒充香客混進寺裡，被我識破，趕走了。」

「那些賊是不是想趁法會偷盜財物？」

唐融搖搖頭。「有我在，妳不用擔心。」說完，唐融騰空一躍，飛走了。

荷風仰著頭尋找唐融消失的身影，臉上充滿濃濃的失落。海琇將荷風的神情盡收眼底，不由輕聲長嘆。

曾幾何時，她也是這般模樣……

見到周氏，海琇詳細講述了跟蘇宏仁退婚的始末，得到周氏熱烈的褒獎。文嬤嬤等人暢想蘇夫人吃癟的樣子，並繪聲繪色描述出來，逗得周氏放聲大笑。

「這件事做得不錯，不拖泥帶水，不瞻前顧後，的確是娘的閨女。」周氏對海琇的做法

注：舞勺之年，十三歲。古時人們在十三歲時會學一種舞，因手上會拿著一個很像杓子的東西，故稱舞勺之年。

很滿意，越看這女兒就越合她的心意。

周氏是直爽幹練、精明堅強的性子，不會輕易屈從，不管對方是誰。她的準則是人敬我一尺，我敬人一丈；人若虧我一尺，我定會討還一丈。

「女兒，我昨天親口問了范大人，他說他三年後才能成親；還有兩年半，妳就及笄了，也要談婚論嫁，妳看這時間不是正好嗎？這就是緣分，由天不由人。」

程汶錦死了，蘇宏佑被逼守妻孝三年，范成白卻是自願為她守三年。在外人看來，包括皇上，都認為他是要為家國貢獻心力，不想因娶妻分心，只有她明白范成白的心事。誰嫁給范成白，都會成為程汶錦的影子。

「娘，以後別再提這件事，若傳到范大人耳朵裡，會耽誤正事的。何況這件事要被有心之人聽到，還不知道會怎麼議論我們家呢？更有可能影響父親的政績前途。您當年一不小心就定下和蘇家的親事，現在您還想重蹈覆轍嗎？」

周氏見海琇一本正經的模樣，確定她對范成白無心，鬆了口氣，忙說：「是娘思慮不周，是娘為老不尊，以後再也不說了，至少兩年內不提妳的親事。來來來，看看娘這幾年給妳積攢的寶貝，保證讓妳大開眼界。」

聽說周氏要帶她去蘭若寺的私庫，海琇很興奮。兩人剛走到門口，就有丫頭傳報說周貯來了，她們母女只好改變路線，喜孜孜地去迎接周貯了。

周貯身材頎長，人到中年，微微發福，更顯持重穩健。他五官端莊俊朗，和周氏有四、五分像，看上去甚至比周氏還要俊秀幾分，年輕時，肯定是風度翩翩的美男子。然而即使面帶微笑、一臉和氣，他周身也散發出不容忽視的氣度。

可能是對自己的相貌和風度極為自信，周貯一身葛麻布衣，面料都洗得有些泛白了。單看他的衣飾穿戴，誰也不相信他是行走天下的商人，倒更像一個寒酸書生，可正是這樣的衣物，恰到好處地襯托出他如同隱士一般的清逸氣質。

周氏介紹了海琇，又大大誇耀了一番，弄得海琇很不好意思。她低頭紅臉給周貯請了安，自然也得了周貯一通誇獎，聽得周氏喜笑顏開。

周貯很健談，也極疼愛海琇這個外甥女，跟她講天南海北的趣聞逸事、風土人情。海琇前生書讀不少，對各地習俗知之甚多，聽周貯一講，就更有興味了。

天色黑透，周氏帶丫頭端來熱氣騰騰的麵條和開胃爽口的小菜，給他們加晚飯，他們才終止了閒談。吃完飯，周氏同他們一起閒話，氣氛更加熱鬧了。

「明天一早，我們去祭拜娘，琇兒也一起去。」

「是該帶她去，讓娘看看她了。琇兒，妳回去休息吧！明天還要早起呢。」

第二天剛進卯時，文嬤嬤就過來叫海琇等人。等她們收拾好出去，車馬已等在門口。海琇和周氏、周貯同乘一輛車，這一路上，三人沈默不語。

沿著蘭若寺門口的山路向西走了七、八里，車馬在一個偏僻的山坳入口停了下來。周氏一下車就哭成了淚人，下人也陪著哽咽，周貯則滿臉悲痛哀悽。在海琇的記憶裡，對她這位外祖母僅知道一個身分、一個稱謂，可此時面對一座孤墳，同命相憐之感頓生，海琇不禁淚如雨下。

透過濛濛淚霧，海琇彷彿看到一個遺世獨立的身影正迎風感慨，訴說她一生的得失恩怨。她一個人孤零零立於萬山之中，錚錚傲骨艱難地撐起血肉之軀。火光閃爍，紙灰飄風，哽咽哀悼如泣如訴，迴蕩於山林之間。

祭奠完畢，周貯和周氏帶海琇及諸僕在墓前鄭重跪拜行禮，直到安靜下來，海琇才看清這座墳前的墓碑上只刻有「先慈鳳氏之墓」，沒有名字，沒有祭文。

她的外祖母姓「鳳」嗎？海琇心中猶疑。「鳳」這個姓氏起源於前朝，是江東島國皇族的姓氏。前朝末年，島國皇族零落，鳳氏族人也早已飄散四方了。

「別哭了，我們該回去了。」周氏見海琇哭得傷心，心中欣慰，輕聲安慰她。

回寺的路上，海琇看到唐融正跟烏蘭察說話，不由皺眉。這才幾天，烏蘭察就把烏蘭姬等人送回烏什寨了？他來找唐融也好，海琇正有事找他呢！

怕周氏和周貯疑心詢問，海琇沒理會他們，只給唐融暗暗使了眼色。

他們一行回到寺院，剛用過早飯，就有下人來報海誠帶海珂和海琳來蘭若寺了。海琇很緊張，怕他們發現周氏修行只是幌子，周氏卻滿不在乎地讓文嬤嬤去迎接他們。過了一會兒，文嬤嬤回來，說海誠帶海珂和海琳先去見范成白了。

「老爺給太太留下一封信，說是京城剛送來的，讓太太先看看，不著急答覆。」

「京城來信沒好事，妳替娘看。」周氏把信遞給海琇，慢條斯理地喝著茶。

「范大人這幾天一直待在蘭若寺，昨天蘇知府來了，今天父親又來了。他們這兩府一州的父母官都往蘭若寺跑，還一待這麼多天，衙門裡就沒公務要做嗎？」

「這就要怪妳舅舅了，為做這場法事，他不惜花重金、下血本，請來多位高僧仙長及鴻儒隱士助陣捧場。他們這些官場上鑽營的人，或是求僧訪道問問前程富貴，或是與天下聞名的博學之士攀談，增加閱歷及官場博弈的籌碼，打著為百姓求福祉的幌子參加法事，可說白了還不是為了一己私利。」

「原來如此。」海琇拿起海誠留下的信，打開。

這封信是柱國公海朝，也就是周氏所說的她那個軟王八祖父的親筆。他在信中傾訴對海誠一家的想念與記掛，還有他教養海岩的諸多不易，在結尾處，他才提到府裡要給他過六十大壽，又囑咐海誠和周氏別為他的壽禮費心。

周氏看到海琇笑得莫名其妙，冷哼問：「是又要銀子吧？」

海琇冷笑道：「前些日子，府裡接到大老爺的信，說是要給祖父過壽，張口就跟父親要幾千兩銀子；今兒祖父又來信說他過壽的事，卻囑咐你們別為他的壽禮費心。一樣事，兩樣說，這父子二人一個唱黑臉，一個唱紅臉，真是高明。」

周貯很納悶，問：「國公爺不是去年過六十大壽的嗎？我們還封了禮呢。」

「哼！他恨不得一年十二個月，他娘每個月都生他一次，他就可以年年月月過壽了。他說去年過的是虛壽，今年要過實壽，說是法師說的，這麼過吉利。」

「我還真沒聽說連年過壽吉利的？看來是我見識淺薄。」周貯自嘲搖頭。

「自嫁到海家，接觸到那些高高在上的權貴之門，我是什麼稀奇事、下作人都見識過了。去年他過壽，我給了五千兩銀子，今年有多無少，他能不再過一次嗎？我今年要是再給了大把的銀子，他明年肯定還要過壽，銀子來得容易呀！」

海琇心疼銀子，皺眉問：「娘為什麼要給祖父這麼多銀子？」

「保妳哥哥安然哪！」周氏寒了臉，冷哼道：「當時我們來西南省，他用了一堆理由把妳哥哥留在府裡，還不就是為了銀子要牽制我嗎？到西南省頭兩年，我每年給他兩千兩，接下來每年三千兩，去年給了五千兩。他收到銀子，才會對妳哥哥上心，提防老虔婆、毒婦和陰鬼暗中對妳哥哥下毒手。」

「這都是什麼事呀？海誠也不管管？」周貯皺眉唉嘆。

「他管？哼！他是那麼有剛性的人嗎？自他中了舉，老虔婆每年就跟他要孝敬銀子，他要是不給，就嚷嚷著要告他忤逆不孝，他那點俸祿銀子，除了同僚上峰之間打點應酬，都孝敬老虔婆了，這些年我們這一房花用過他的銀子嗎？」

周貯搖頭道：「妳該想想辦法才是，總靠銀子維繫關係也不是長久之法。」

「我倒有個辦法。」海琇重重把信摔到地上，說：「大舅舅出面把哥哥接出府來，跟哥哥說清楚，出來就不回去了，看祖父手裡還有什麼籌碼？大舅舅只跟柱國公府的人說要接哥哥到外祖家住上幾天，誰也沒理由阻攔。」

「妳哥哥要是這麼聽話，我還用這麼費心嗎？他看不起我的出身，更輕視你們的兩個舅舅。他自己不爭氣，還嫌外祖一家不能幫襯他，只會折他的臉面。」

海琇輕嘆一聲。「我給哥哥寫封信勸勸他，說不定會扭轉他的想法。」

本朝國子監招收學子門檻極高，對勛貴子弟也極少通融。海岩連個童生的功名都沒有，柱國公府又江河日下，他想進國子監讀書簡直是作夢；若有范成白幫忙，這個夢還真能作成，但現在她還不能和家人說，她必須以防萬一。

「琇兒說得對，還是先說通岩兒才好。」周貯也很無奈。

文嬤嬤進來回話。「聽老爺的隨從說，老爺和蘇大人發生口角，被范大人斥責了一頓。蘇大人氣沖沖走了，回去還把他們家二公子狠打一頓，又讓下人送他下山了。蘇夫人正跟蘇大人哭鬧呢，吵得這寺中客院都不清靜了。」

真是大快人心！海琇呼出一口濁氣，頓時覺得山林之間，天高地闊。

第二十章 示愛密信

蘇宏仁被送下山，恰巧碰上蘇家下人送蘇灩上山。蘇夫人聽說海家還了當年當作定親信物的玉珮，這樁婚事不作數了，壓在心裡多年的石頭終於落下。她不擔心海家姑娘再通過蘇灩接近蘇宏仁，這才派人把蘇灩接上了山。

蘇灩又是哭泣又是哀求，才把蘇大人夫婦勸得不再吵鬧。聽說他們爭吵的原因，蘇灩很難過，藉口上山勞累，就回房休息了。她給海琇寫了封信，道歉的話寫滿了一張紙，又挑了幾件精緻的小禮物，一併讓秋雲給海琇送去。

秋雲剛出門，卻看到一個小丫頭鬼鬼祟祟地和蘇沁見了面，便偷偷跟了上去。蘇沁是庶女，私下裡見蘇灩的丫頭定是要出么蛾子的，果不其然，讓她猜對了。在她的威逼利誘之下，小丫頭交出荷包，秋雲打開發現裡面有一封信，還有一塊芙蓉玉珮。她打開信看了一眼，頓時面紅心跳，趕緊收起來，去給海琇送信了。

海琇給蘇灩回了信、回了禮，又給了秋雲豐厚的賞賜。秋雲喜孜孜地回來，才想起從小丫頭手裡繳獲的荷包，一找，荷包不見了，不由大吃一驚。她在路上反覆找了幾次，沒找到，決定閉口不提此事，免得事情鬧開，蘇夫人遷怒她。

「這個荷包也是蘇八姑娘送給姑娘的嗎？」

海琇接過荷風遞來了的荷包，看到上面繡的是鴛鴦戲水的圖案，鮮亮精緻，暗笑蘇灩逗趣。她打開荷包，看到裡面的芙蓉玉珮，再看了那封信，臉上浮現古怪的神色，愣了一會兒，她才把信遞給了荷風。

「這、這是……」荷風識字，拿過信一看，羞得滿臉通紅。

這封信是蘇宏仁寫給海珂的，開頭便稱海珂的小名，滿紙都是愛慕之情、思念之苦；還說那塊芙蓉玉珮是他送給海珂的定情之物，並求海珂回他一個荷包。

「姑娘，這、這件事……」

「跟文嬷嬷說一聲，把信、玉珮和荷包派人給老爺送去，之後就不關我們的事了。」

荷風知道海琇的意思，應聲點頭，馬上出去辦事。海琇把蘇灩給她的信和禮物摔到一邊，心中長氣，她懷疑蘇灩讓秋雲來給她送信和禮物只是藉口，替蘇宏仁給海珂送信才是目的。荷包丟在她這裡，不知道蘇灩有沒有膽量來跟她要？

在信中，蘇宏仁除了毫不含蓄地表達了愛慕之情，還說若海珂有意，蘇夫人就會向秦姨娘提親。他安慰海珂，說周氏只是個擺設，被休是遲早的事，還表明全力支持秦姨娘扶正。蘇宏仁對海家的家事很瞭解，想必這些年蘇夫人下了不少功夫。

她本就對蘇宏仁厭惡至極，蘇宏仁隨意置喙他們家的家務事，這觸動了她的底限。既然他自取其辱，她也就沒必要客氣了，成全他不是一箭雙雕嗎？

海琇心意已決，下意識咬緊嘴唇。難道她跟蘇灩真的連朋友都沒得做了嗎？

尋思片刻，海琇模仿海珂的筆跡，給蘇宏仁寫了一封模稜兩可的信，等過幾天找到穩妥的路子，就給蘇宏仁送去，保證把蘇宏仁吊得心如貓抓、相思成災。

海誠派人來叫海琇去周氏的院子，海琇知道事發，故意耽擱了好長時間才過去。海珂正跪在院子裡哭得傷心，她的丫頭婆子除了被叫去訓問的，都正陪她跪著呢！海琳正耐心勸慰海珂，看到海琇過來，臉變了色，說話也就帶了刺兒。

海琇看都沒看她們一眼，面色從容地進了正房。周氏坐在大炕上，鴛鴦戲水荷包和芙蓉玉珮擺在她身邊的小几上，她正面帶冷笑地看那封信。海誠的怒斥聲和丫頭的求饒聲從裡屋傳來，緊接著就是掌嘴聲，想必海誠正親自審問海珂的下人。

審問下人本該是周氏的事，海誠取而代之，不可笑，卻可悲。作為正妻，周氏在蘭若寺修行了五、六年，威望盡失，秦姨娘和葉姨娘不把她放在眼裡，海珂和海璃對她更沒有尊重可言。發生這種事，周氏當然有多遠躲多遠，才不會插手。

「父親他……」

「現在正吹鬍子瞪眼地教訓下人呢，妳儘量躲遠些，別被他的火氣波及。」周氏彈開那封信，冷哼說：「蘇家的手伸得也太長了，真拿我當泥人了？」

「娘若是不怕跟蘇家撕破臉，就把這封信拿給蘇大人和蘇夫人看看，質問他們一家是什麼意思？這種方式簡單直接，雖會傷了兩家人的臉面，卻比私下謀劃爽利，免得算計來算計去，兩家都動了一百個心眼兒，卻不知道根源在哪兒。」

若真把這件事說開，就算鬧不起來，她和蘇灩也徹底做不成朋友了。有得必有失，信是她讓人送給海誠的，只有這樣做才不會在海誠心裡埋下懷疑的種子；至於海琳，大概還不知道海珂為何受罰，把事情擺到明面上，省得總吊著她們的胃口。

「好，問問妳父親同意不，若他不反對，我馬上去找蘇夫人掐架。」周氏鬥志昂揚，拿起信像一陣風一樣到了裡屋，很快就跟海誠吵了起來。

吵了一盞茶的工夫，周氏的聲音就低了下去，聽聲音卻又不像敗下陣去。又過了一會兒，海誠和周氏一前一後出來，詢問海琇撿到荷包的始末。海琇沒有隱瞞，一五一十講述了經過，把蘇灩也出賣得很徹底。

「妳去跟珂兒說，問問她的想法，有些話我這當父親的不好開口。」海誠說完，拿起荷包、玉珮和信就甩袖子走了。

「娘，父親不同意把這件事說開？」

「他沒說不同意，只說他去找蘇大人理論，不讓我去找蘇夫人，說是真打起來怕我吃虧；其實他是不信任我，不想讓我插手這件事，怕鬧得太僵沒有迴旋的餘地了。得知妳跟蘇宏仁退婚，他感嘆了一番，讓二姑娘頂上，也是喜事一樁。」

「娘誤解了，父親並不是不信任您，若不想讓您插手，他何必到您的院子來審問下人？他和蘇大人同朝為官，當然要顧及臉面，怕事情鬧大也正常。就算之前父親願意和蘇家結親，現在也不得不放棄想法，讓二姑娘頂上只是下下策。」海琇嘴上這麼說，心裡倒真希望海珂和蘇宏仁能成，她才不怕傷及自己的臉面呢。

周氏要問海珂的想法，不想讓海琇聽，就打發她回去了。

回到臥房，海琇找出一本《西南省志》翻看，卻心不在焉。過了一會兒，竹修回來告訴她，海珂以死明志，表示絕不會嫁給蘇宏仁，若家裡覺得這件事丟臉，她就落髮為尼，苦修一世。

「沒新意。」海琇重新打開《西南省志》，認真地看起來。

海誠如何跟蘇大人理論的，海琇不得而知，這件事再也沒人提起，也就沒有後續了。除了海珂備受打擊，以淚洗面多日，其他人就像這件事沒發生一樣。

蘭若寺在寺院和客院中間還有一座院子，占地不小，建造得也極為講究。這座院子主要用來接待身分尊貴的男客，范成白就住在這裡。

海誠也住在這座院子的東跨院，海珂和海琳則住在後面的客院。白天，她們倆就來海誠的書房抄經，一直抄到很晚才回去，倒是安分了不少。尤其是海珂，每天素面朝天、衣飾簡單，一副雨中梨花、楚楚可憐的模樣確實讓人心動。

可惜范成白不吃這一套，海珂就是讓和尚開了桃花，范成白也不為所動。

「二姑娘說老爺身體不好，身邊沒有細緻人照顧，她和三姑娘想晚上也住在東跨院，在老爺身邊盡孝。老爺拒絕了，讓二姑娘去伺候太太。」

海琇皺眉呲笑，暗想海珂是不是被蘇宏仁打擊得傷了腦子，才會想出這樣低劣的招數取悅。海誠是父親，男女有別，有些事不是孝道這頂大帽子扣上去就能遮掩的，估計海誠已猜透了海珂的心思，但不敢答應，才讓海珂去伺候周氏。

海珂和海琳正專心抄經，海琇進去，她們視而不見，她也樂意省去俗禮問候。

海誠匆匆進來，問：「琇兒，范大人又說起讓妳畫圖的事，妳如何安排？」

「我沒有特殊安排，有之前為父親畫圖的經驗，只要官府給我備齊了上好的筆墨紙硯，再把我需要的資料和書籍送過來，我隨時都可以開始。」

「那就好，這些圖紙是要呈交工部的，還可能呈聖上御覽，妳一定要畫得細緻謹慎。聽范大人說妳需要幾名助手，就讓妳二姊姊和三姊姊幫妳吧！」

海珂和海琳都抬起頭、停下筆，滿臉期待地看著海琇。

海琇不想用她們，這兩人與其說是做助手，不如說是來掣肘自己的。她們都清楚畫支流圖的功勞代表什麼，才想橫插一腳；且不說她們會不會畫，就她們連袂搶功的心思，都讓海琇膩煩不已。

「父親，我之前跟范大人說有我的丫頭做助手就行，他同意了，要是讓二姊姊和三姊姊也給我做助手，必須先跟范大人說。畫圖事小，需要查閱的資料有的關係朝廷機密，女兒並非懷疑二姊姊和三姊姊別有心思，但有些事必須說清。」

海琳冷笑道：「四妹妹婉拒我和二姊姊幫忙，是不是怕我們搶妳的功勞？四妹妹要這麼想就太小氣了，二姊姊能寫會畫，又是大氣之人，妳……」

「妳的耳朵是擺設嗎？沒聽清我的話是什麼意思嗎？整天挑三窩四、無事生非，妳以為別人都像妳這麼閒嗎？是不是該把妳丟到山谷裡聽風練耳力了？妳張口就指責我婉拒是怕妳們搶功，難道妳們真是來搶功的？還是妳別有居心？」

「好了，琇兒，妳三姊姊也只是隨口一說，並無惡意。官府收藏的一些資料確實關係機密，還是妳自己經手為好，珂兒和琳兒還是專心抄經吧！」海誠發了話，海珂和海琳就是有萬千不滿，也不敢表現出來。

「父親，等做完法事，我也想繼續留在蘭若寺畫圖，這裡清靜，還能朝夕陪伴母親。府裡有朱嬤嬤和盧嬤嬤共同打理，我只須抽空看看帳目，無須我多操心。」

海誠點頭說：「這樣也好，妳們母女幾年不見，是該多親近些，妳留在寺裡有什麼事、需要什麼，就讓人給我送信，我自會安排。」

「多謝父親，女兒告辭。」海琇向海誠行禮告退，離開東跨院，沿著長廊回客院。看到范成白迎面走來，她微微皺眉，硬著頭皮上前施禮。

「沒想到在這裡碰到范大人，真巧。」

「不是巧，是范某特意在這裡等四姑娘。」

「敢問大人找小女子有什麼事？」海琇語氣沈穩，舉止端莊。

「范某給國子監祭酒韓大人寫了封信，特來請姑娘過目。」范成白拿出一封信遞給海琇。「四姑娘看看還有什麼需要補充就提出來，范某填上即可。」

海琇搖頭一笑，拒絕了，笑問：「大人是信不過自己還是信不過小女子？大人是有奸賊之稱的御前紅人，八面玲瓏、心思縝密，不會連封信都把握不好吧？」

「海四姑娘高抬范某了，也罷，四姑娘不看，范某就全權做主了。」

「多謝大人，小女子告退。」海琇當然不會看那封信，她跟范成白還沒彼此信任到那種程度，託他辦事也是條件交換、人情債務，不敢逾越心底的鴻溝。

海琇匆匆回房，親自整理畫圖需要查閱的資料、書籍，又跟幾個丫頭講明畫圖要注意的事項，讓她們各自練習，只要官府把她需要的東西置辦齊全，她們隨時都可以開始。范成白已給韓大人寫了信，她也不能再散漫耽誤了。

受人之託，忠人之事，這是為人處世基本的準則。

海琇又去正院找周氏，說她想留在寺裡畫圖。周氏自然高興，還讓安排好畫圖的事宜，海琇主僕搬到她院子裡的後罩房，屋子寬敞，也方便照顧她們。

海琇正和周氏說話，下人稟報說海誠帶海珂和海琳來了正院，要見周氏。周氏讓海琇把他們打發走，看到海誠臉上淡淡的無奈與失望，海琇更堅定了想法。

第二天，海琇一早起來陪周氏到寺院的跪經禮佛，從早到晚，一連跪了三天。

做法事的第一天，范成白、蘇知府和海誠等人都在大殿同百姓一起誦經，為民祈福；第二天上午，他們又跟著做了半天的法事，就都各自回去了。

這場法事空前盛大，來參加的人很多，少了官府的人參與，反而更熱鬧了。

接連跪了三天經，海琇雖已筋疲力盡，仍在堅持。到了第四日，周貯和周氏帶她給她外祖母上完香，就讓她回房休息，準備畫支流圖的事。

「姑娘，范大人留下了一個叫鷹生的隨從，老爺也把寶勝留在了寺裡，這兩個人都歸姑娘差遣，奴婢安排他們和唐融都住在一座院子裡。蓮霜、杏雨、梅雪也都來寺裡了，太太又把竹青和竹紫給了姑娘，她們能伺候姑娘，也能打下手。」

「知道了，再請嬤嬤給她們明確分工。」

海琇正跟荷風說話，忽然看到琉璃窗上倒掛著一個戴面具的影子，嚇得她們一聲驚叫。唐融摘下面具，探頭進來衝她們傻笑，被海琇訓斥了一頓。

「這些日子太忙，我忘記問你，烏蘭察怎麼這麼快就回來了？」

「他丟了東西，回來找，找到就走了，半個月之後還會來，還要多住上一陣子。范奸賊要跟他見面的事我跟他說了，他答應了，又說要回去問問老寨主。」

「你怎麼知道范……」海琇把想問的話壓了下去。被一個來無影、去無蹤的人保護，哪裡還有私密可言？何況她跟范成白在門房是光明正大的談話呢。

第二十一章　喜事連連

烏蘭察簡直是歸心似箭，唐融說他半個月之後才回來，但十天不到，他就回來了。他毫不客氣地在蘭若寺住下，和唐融住一座院子，把寶勝和鷹生都給趕走。

海琇出來透氣，看到唐融和烏蘭察正在爭論，幾個婆子小廝正圍著他們看熱鬧。看到海琇過來，下人們都來行禮，唐融和烏蘭察卻對她視而不見，仍在爭執。

「你們在爭什麼？還爭得面紅耳赤了。」

「我和他正討論他阿爹和他阿娘一個禽獸、一個毒婦，哪個更壞？」

「我和他正討論我阿爹和我阿娘一個禽獸、一個毒婦，哪個更壞？」

唐融和烏蘭察同時說出了一模一樣的話，只是後者把人稱換了一下。海琇微微皺眉，覺得他倆太閒、太無聊，想走開，卻被烏蘭察拉住。

「妳來回答，答案讓我滿意，我就答應妳一個要求。」

海琇無奈一笑，很認真地說：「一個禽獸、一個毒婦，肯定哪個也不好。若說哪個更壞，我沒見過他們，沒比較過，不敢亂說，不過青出於藍而勝於藍。」

「什麼意思？」

「就是說他們的孩子更壞，肯定比他們二人都要壞。」

「哈哈哈，算妳聰明，我和妳才第二次見面，妳就這麼誇我，我都不好意思了。」烏蘭察俊臉含羞，扭捏起來，好像海琇真用好話誇了他一樣。

「我誇你？」海琇感覺自己腦子裡僅有的那根弦都繃斷了。

「難道不是？」烏蘭察邪魅的臉龐滲出寒氣。

「是是是，我是在誇你。」海琇又看向唐融，問：「我、我是在誇他吧？」

唐融點頭說：「當然，妳也幫了他，把困擾他幾年的問題解決了。」

「不對，烏蘭姬也是他們的孩子，我跟烏蘭姬哪個更壞？妳接著回答。」

「烏蘭察，你是聰明人，答案你早就清楚了，只是你太謙虛，非讓別人說出來。你大烏蘭姬十歲，薑還是老的辣，她永遠不可能超越你。」

烏蘭察放聲大笑。「妳這麼說我就放心了，妳也是聰明人，我要獎勵妳。」

「獎勵我就不必。朱州知府范大人想見見烏什寨少主，你來蘭若寺好幾天，也玩夠了，該做正事了。你認為什麼時間見他適合，告訴我，我來安排。」

范成白見烏什寨少主，要談什麼，海琇不得而知，他能跟烏蘭察談什麼，海琇就更不敢猜測。就烏蘭察這一派天真爛漫的孩子氣，范成白不頭疼才怪。

「妳為我們安排見面，是在幫我們的忙，我更該獎勵妳了。」烏蘭察折下一根樹枝，隨手舞動。「妳不用辛苦畫圖，我知道羅夫河怎麼治理，烏什寨這些年也一直在想治河之法。你們漢人太自私，治河也是自掃門前雪，永遠都治不好。」

聽烏蘭察這句話，海琇一時恍惚，感覺他好像突然變了一個人。見烏蘭察以枝代筆，上躥下跳地不知在畫什麼，過了一會兒才發現，他竟把羅夫河流經三省的概貌畫了出來！

海琇驚呆了，好一會兒才回過神來，說：「不管是治河的事，還是苗人和漢人和平相處的事，只要你有想法，就跟范大人說，他會把你的想法落實。」

「好，讓唐融跟我去，我們明天就去見他。我想把治河之法告訴妳，可又不能壞了我們的規矩，我把方法畫在這張圖裡，妳自己悟去吧！」

海琇仔細細地把烏蘭察的圖看了一遍，恍然大悟。她把這張圖仿畫下來，仔細琢磨，頓如醍醐灌頂，忍不住心跳加劇。

厚重的雲朵就像壓在山頂一樣，與覆蓋在地上的薄雪連成一片，天地間一片蒼茫。幾樹泛黃的綠葉在冷風中顫抖，卻也為這茫茫山野平添了絲絲縷縷的生機。

「下雪了，姑娘醒了嗎？」

「姑娘沒日沒夜忙碌一個多月了，妳們玩去吧，讓她多睡會兒。」

「我醒了，打水進來吧！」海琇翻了身，用力伸展四肢。

這一個多月的時間，她已完成了羅夫河流經西南、華南兩省的支流圖。羅夫河貫穿了西南、華南兩省全境，把這兩省的草圖先畫出來，中南省就簡單多了。

十月下旬，她畫好羅夫河流經西南省的支流圖，親自給范成白送過去，又跟他探討了烏什寨人的治河方法，為官府開拓了治河思路，也為畫圖積累了經驗。

烏什寨人治河之策涉及方方面面，若要汲取，就會影響到先皇當年在西南省開創的政績；別說范成白，就連西南總督都不敢下定論，他們寫了厚厚的摺子列明利弊，連同草圖一起送到京城，讓工部和皇上做決定。

海琇畫出支流圖，又整理許多治河之法，和諸多官員探討時不卑不亢，連西南巡撫和總督都對她刮目相看。總督夫人辦花會邀請了她幾次，卻都被她婉言相拒。總督夫人沒有介意，還帶女兒來蘭若寺看她們母女，住了幾天。

烏蘭察和范成白談完之後就回了烏什寨，一個多月不見人影了，連唐融都不知其因。海琇受范成白之託，想盡快聯繫上他，通過他說服烏什寨人一起治河。

馬上就要進入臘月，她畫圖的任務完成了十之七、八，不再像剛開始那麼忙碌緊張。除了盡快聯繫到烏蘭察，她手頭沒有著急的事，可以鬆口氣了。

她跟周氏住一座院子，沒俗禮限制，母女二人各自忙碌，經常幾天不見面，現在輕鬆下來，她要去看看周氏，同母親一起吃頓飯，她們母女好長時間沒坐下來說話了。

她進到屋裡就見桌子上擺滿熱氣騰騰的飯菜，周氏正一邊等她一邊看信。她看到周氏邊看信邊嗤笑，輕手輕腳過去，把信搶到手中，卻沒看。

「是不是父親寫的？」

周氏撇嘴冷哼。「妳當我是秦姨娘嗎？住在一座院子裡，時不時還要寫信訴衷情？在妳父親眼裡，我是大字不識的商戶女，給我寫信恐怕要埋沒他的才華。」

「這信是誰寫來的？」

「大陰鬼寫來的。」周氏所說的大陰鬼是柱國公府的大老爺海諍，是周氏厭惡到極點，又恨毒了的一個人。「信是大陰鬼寫給妳父親的，妳父親讓人給我送來了。」

海琇搖頭輕哼。「信裡說什麼？」

「還能說什麼？大陰鬼又陰毒又貪婪，還不就是要銀子。他在信裡說國公爺過六十歲實壽，我們沒回去賀壽就是不孝，連壽禮都沒有，把國公爺氣得臥病在床了，我和妳父親常年在外，沒在老虔婆跟前盡孝，連孝敬銀子都沒給，實在過分。他奉勸妳父親識相些，別惹得天怒人怨，就不好收場了。妳舅舅來信說國公爺根本沒宴客過實壽，只是像往年生辰一樣，一家子擺了幾桌席面聚了聚。」

「父親今年沒給老太太送孝敬銀子？」

「今年府裡花銷大，虧空不少，我沒另外拿銀子貼補；莊子上的收成出息也沒送到府裡，他要是再把俸銀送到京城當孝敬，這一府上下就要喝西北風了。柱國公府的產業都是祖上留下的，出息不少，也該有二房一份。這些年，我們一文銀子都沒拿到過，還要每年給老虔婆送孝敬銀子，我總跟妳父親說這不合理，他卻只一味忍耐退讓，還嫌我多事，我只得斷了府裡的花銷，掐著他的脖子治他了。」

海琇氣惱嘆息。「父親在府裡沒倚仗，偏偏學問好，又考中了功名，就要在夾縫裡生存。這麼多年父親很辛苦，處境也艱難，母親就別埋怨了。」

周貯回到京城，就找藉口把海岩接出了柱國公府；而海岩被海琇說服，也願意跟外家親近。海岩既已不在國公府，海誠沒了後顧之憂，就敢反抗了。

海岩被周貯接來十天，就收到了國子監的入學通知書。國子監祭酒韓先生親自出題考他，沒想到成績不錯，順利入學，還經常被韓先生帶在身邊親自指導。

柱國公府聽說海岩進國子監學習，全都紅了眼。海朝親自到周家接人，鬧了一場，也沒討到便宜。現在，海岩就住在周家，還寫了幾封信跟海誠和周氏彙報了學業。

周氏很高興兒子不再排斥外家，也肯給她寫信了。女兒在身邊，兒子也懂事，她心裡舒坦，說話便和氣了許多，跟海誠也不那麼疏離了。海琇希望父母重歸於好，這樣家才完整，海誠很樂意，就看周氏的意思了。

海琇猶豫片刻，問：「娘，如果父親接您回府過年，您回去嗎？」

「還用他接我呀？那是我的宅子，我想什麼時候回去就什麼時候回去，老虎不在家，那幫猴子還真當大王了。我回去之後，必須重新立規矩，誰不遵守就滾蛋！」

聽周氏鬆了口，海琇很高興，立刻示意荷風去給海誠留在寺裡的隨從傳話。

「不管宅子是誰的，規矩都要立起來，父親不是偏私之人，定能把事情做得公正。」海琇挽起周氏的手臂。「我希望父母親都在我身邊，最好把哥哥也接來。」

「好了，這些事以後再說，寺院正預備到山下捨粥，我們去看看。」

她們問了捨粥的事，又在幾座大殿上了香，誦經祈福之後，才回客院。

兩人在客院門口碰到了范成白和他的幕僚，吳明舉也在其中，一時氣氛有些尷尬。

「烏什寨少主有消息了嗎？」范成白現在非常想念烏蘭察。若烏蘭察能說服烏什寨人與漢人合作，他可是大功一件，不把皇上樂得合不上嘴才怪。

海琇搖搖頭，說：「大人想化解兩族矛盾，得到烏什寨人認可，光憑嘴上的誠意並不夠。烏蘭察只是少主，烏什寨還有寨主、聖女、苗人的族長和族老，若拿不出讓烏什寨人感動的誠意，大人所想之事很難辦，光憑烏蘭察一人之力恐怕不行。」

「秦奮不是已經被罷官了嗎？連鑲親王和秦氏一族都被皇上訓斥了。」

「大人認為這誠意足夠？我想，得繼續努力吧！」海琇說完，轉身就走。

苗人和漢人本就矛盾深重，烏什寨跟朝廷又有滅國之恨，再加上洛家的奴才瞎了眼，居然把烏什寨聖女和她的右護法買來當祭品，更強迫他們簽了死契，事情鬧得這般大，卻只罷了秦奮的官，別人都不痛不癢，洛家更安然無恙，烏什寨人會買帳才怪。烏蘭察是有心之人，他主張跟漢人合作，但他一個人的力量太薄弱了。

「海夫人不介意我去四姑娘的書房看她畫的圖吧？」

周氏笑問：「我怎麼成夫人了？」

「十月聖旨頒下，從這個月起，羅州升為府城，海大人任羅州府知府，連升兩級，四品官員的正妻有了誥命封銜，本官當然能稱妳為夫人了。」

「我沒接到聖旨，不知還有此等喜事。」周氏故意這麼說。海誠接到聖旨當天就派人給她送了信，她和海誠疏遠，沒有夫榮妻貴的感覺，置之一笑罷了。

「夫人封誥的旨意很快也會頒下，連同服飾、寶冊一起送達。本官聽說此次來傳旨的人是皇子，帶了許多御賜物品，可能會晚一些抵達，夫人莫急。」

「我不急，有人急得火上房，我看著就高興。」周氏讓文嬤嬤帶范成白去海琇的書房，看到吳明舉聽說她封誥很開心，她的好心情就低落了。

范成白微微搖頭。「看來范某帶來的消息不足以讓夫人高興，實在慚愧。」

海琇聽到范成白的話，轉身回來，問：「是不是我們家還有喜事，能不能讓夫人高興？」

「不知陸嶺先生收海三公子為座下弟子一事算不算喜事？」

周氏不知陸嶺先生為何人，並沒有反應，海琇倒是驚得不輕。陸嶺先生是國子監祭酒韓大人的師兄，當代有名大儒，常被皇上召見。韓大人與他是師兄弟，卻有師徒的情分，想拜他為師的學子比比皆是，海岩被他收為弟子，就與韓大人等許多官員成了同門，對他求學、科考、入朝都有極大助益。

「多謝范大人。」海琇給范成白鄭重行了禮。「我馬上派人給烏什寨少主送信，哪怕把對烏什寨聖女和她的右護法的救命之恩拿到桌面上，也會助大人一臂之力。」

范成白衝海琇抱拳道謝，又說：「令兄被陸嶺先生收為座下弟子並非范某運作，范某昨天接到韓先生的信，才知道此事，實屬慚愧。」

周氏這才明白過來，馬上讓人給海誠送消息，又要擺席放賞慶賀。她是不是誥命夫人，她並不在意，兒子有了好前途，這對她來說才是莫大的喜事。

只是海琇聞言，心裡反而疑慮重重，連笑臉都不自然了。海岩出身柱國公府這沒落勛貴之門，才名不顯，陸嶺先生怎麼會主動收他為座下弟子呢？她想不出原因，但必須給海岩寫信，囑咐他踏實謙虛，千萬不能錯失良機。

「小女子去給大人取圖紙，連三省概貌圖一併交與大人，勞煩大人稍等。」海琇婉拒范成白進入她的書房。時至今日，她對范成白的怨懟之心並未減輕。

海誠前不久才升了知府，如今嫡長子又被陸嶺先生收為弟子，喜事連連，前來恭賀、巴結、結交的人自不會少，別說本省，就連華南省總督和巡撫都派人送來了賀禮。海誠要回禮、要擺席、要應酬，就把周氏接回去主持府中大局了。

冰天雪地，萬物蒙白，一輪紅日低懸在雲層之間。

海琇站在蘭若寺正門前的山路上，看天地蒼茫、雪染梅韻，心中有著暖洋洋的感動。她成為海四姑娘只有三個多月，一切都悄無聲息地改變著。

為治河盡心盡力，辛苦畫圖不分日夜，得到范成白等官員的認可，為父母爭來了榮耀，也為哥哥求來了機會。儘管她現在不知道陸嶺先生收海岩為徒一事是誰從中插了一腳，她仍覺得自己很成功，重生後的每一步都走得很穩健。

不管周氏在寺裡修行多少年，海誠正妻的位分仍是她的，誥命夫人的封號也是她的，誰嫉妒都白搭；而那兩個後臺堅實的妾室，以後對正妻之位也僅限於作夢時想想了。兒女都有出息，周氏作為母親功不可沒，以後再沒人敢輕視她是商戶女了。

海琇因畫羅夫河支流圖，得皇上、兩省及工部官員交口稱讚，閨名已傳遍朝堂閨閣。封賞還沒頒下，她也沒在京城，名氣已然大噪，遠非才女之名能比了。

周氏回府五日，理清府裡的事後又回了蘭若寺，並沒有和海誠盡釋前嫌的意思，這是當下最令海琇頭疼的事。周氏倔強，想說服她還真是著急不來！

第二十二章　戲耍錢王

「姑娘，老爺今天會上山嗎？」

明天就臘八了，也該準備過年，府裡缺當家主事之人，也缺銀子。海琇給海誠寫信，讓他上山找周氏借銀子，若周氏鬆了口，再說接她回府過年的事。

海琇裹緊厚厚的裘氅，抖了抖周身的寒氣，說：「前天范大人來蘭若寺，言明朝廷封賞的旨意和賞賜的物品這幾天就要到了，欽差到我們府上傳旨賜賞，太太不在府裡怎麼行？父親今天不上山接母親回府，可就要耽誤大事了。」

「昨天雪下得大，路難走，老爺肯定會來得晚些。姑娘冷嗎？」

「這天寒地凍的，誰不冷啊？」

梅雪氣喘吁吁跑過來，說：「奴婢就不冷，奴婢身上都冒汗了；竹修和桃韻都玩瘋了，肯定也不冷。要不姑娘和奴婢們一起打雪仗吧！可好玩了，又暖和。」

「姑娘是千金小姐，哪能像妳們一樣胡跑亂撞？」

「其實玩一會兒也沒事，看到妳們揉雪球，我就不覺得手冷了。」海琇四下看了看，又說：「我不亂跑也行，要不妳們往樹叢裡藏，我用雪球往妳們藏身的地方打，打到誰，誰就輸了，輸了的人負責揉雪球，一會兒分邊打雪仗用。」

丫頭們聽說海琇要一起玩，都很高興，幫她揉了很多雪球。準備完畢，海琇捣住雙眼讓她們藏好，聽到信號，她睜開眼，尋找她們可能藏身的地方。看到距離她兩丈遠的花木叢正瑟瑟顫動，海琇揀了最大的雪球扔過去，就聽到一聲慘叫。

「哎喲喂，小美人，看妳弱不禁風的模樣，怎麼力道這麼大呢？」

一個衣飾光鮮的男子從花樹叢中鑽出來，縮著脖子，一副滑稽的模樣。他二十歲上下的年紀，身材頎長、面色白淨、相貌英俊，言行舉止卻透出輕佻。他朝海琇走來，一身赤金色的錦衣華服在陽光下熠熠生輝，如一座移動的金塔。

海琇知道打錯了人，趕緊施禮陪罪，丫頭也都圍過來，一臉警惕地注視男子。

「妳一句打錯人就行了？妳看妳，打得我一身的雪沫子，多狼狽呀！」男子見海琇道歉，更加矯情，一邊展示自己的慘相，一邊責怪她。

「妳們知道我這身衣服值多少錢嗎？說出來嚇死妳們，把妳們都賣了賠給我也不夠。」男子嘮叨一番，又喊道：「金大、銀二，你們都瞎了？沒看到我正被一群母夜叉圍攻嗎？臭丫頭，妳趕緊給我準備五千兩銀子，要不看我怎麼收拾妳。」

兩個黑衣男子從花樹叢中鑽出來，慢騰騰朝海琇主僕走來，沒有一點要幫忙的意思，倒像來看熱鬧的。金衣男子連聲呵令他們，他們也好像沒聽見一樣。

唐融從寺裡出來，看到有男子圍住海琇主僕，趕緊亮劍飛奔而來。兩名黑衣男子看出唐融武功不低，沒等主子吩咐就迎著唐融過去，三個打鬥在一起。才一炷香的時間，唐融就被兩個黑衣男子給聯手制住。

「妳看妳看，我的侍衛厲害吧？趕緊賠銀子，我好男不跟女鬥，饒妳一次。」

海琇看那兩個黑衣人居然能打敗唐融，知道他們來頭不小，硬著頭皮高聲呵問：「你們是什麼人？到底想幹什麼？敢在蘭若寺撒野，我就報官嚴懲你們。」

「妳報官？報給誰？海誠嗎？那孫子見到我還得下跪叫爺，妳信不信？想知道我們是什麼人？好說，先賠我衣服，五千兩銀子。」

海琇冷哼一聲，眼底閃過狡黠，裝出無奈的樣子，說：「好，我賠你。」

「我的衣服是五千兩銀子，不是五兩銀子，妳賠得起嗎？」

「我不聾，聽得很清楚，我說賠就必須賠，但我也有條件。」

「什麼條件？」金衣男子聽說有銀子拿，喜笑顏開。

「我賠給你這麼多銀子就等於我買了你身上的衣服，你我必須一手交錢、一手交衣。為保險起見，你我都要發誓，如若反悔，天打五雷轟。」

男子打量了海琇幾眼，又看了看他們停在五十丈之外的馬車，點了點頭。車上有衣服，拿到銀子，半盞茶的工夫就能跑到車上，凍不壞。

上鉤了！海琇暗暗冷哼，算計著給男子一個慘痛的教訓，誰讓他貪婪呢？

海琇身上還真有五千兩銀票，周氏給的，讓她主辦施粥捨米的事。今天來接海誠，她把銀票帶在身上，想給了海誠，讓他出面救濟災民，也可增加官聲。

荷風從海琇手裡接過銀票，狠狠瞪了金衣男子一眼，讓他驗明真偽。男子確定銀票是真的，一張俊臉都笑成一朵花，不用海琇主僕催促，就開始脫衣服。

「內衣底褲還脫嗎？」男子邊脫邊往竹修身上扔衣服，還不忘調笑海琇。

「本姑娘寬容，就給你留下底衣吧！銀票拿好。」

男子身上只剩了內衣底褲，拿到銀票，滿臉喜色。「閨閣女子，看一個陌生男子脫衣也不害羞，看在銀子的面子上，我就不找妳家人告狀了，後會有期。」

說完，男子撒腿就朝馬車跑去，好在海琇沒讓他脫靴子，在雪中跑起來速度還不慢。可就在他距離馬車還有幾丈遠的時候，那兩匹拉車的健馬同時長嘶一聲，躍蹄飛奔而去，男子弄清狀況，氣得哇哇大叫，喊「金大、銀二」的聲音在山谷迴蕩。

海琇接過唐融遞來的銀票，正是她賠給金衣男子那一張。「他的衣服還在我們手裡，我們既把銀票搶了回來，還把他的馬車趕走了，是不是有點過分？」

丫頭們妳看我、我看妳，俱不作聲，心裡都覺得這麼做不夠人性，只有唐融咬著牙連說「活該」，非常解氣，好像和金衣男子有多大仇似的。

有唐融壯膽，海琇心裡那一點點慚愧也煙消雲散。過了一會兒，守門婆子來傳話，說有人來找她要衣服，她怕周氏知道便說不清楚，直接叫人打出去了。她正算計著該什麼時間還衣服，又該如何要銀子，就被突然響起的海誠的怒罵聲嚇得跳了起來。

「逆女，妳給我出來！看看妳幹的好事！」

丫頭打開門，就見海誠臉比炭黑、怒氣沖沖地站在門口，不知是氣的還是凍的，總之全身都在顫。

海琇剛要迎出去，又見周氏一臉怒氣地過來，指著海誠吼叫。「你憑什麼罵我女兒？她怎麼忤逆你了？不管她做了什麼事，都輪不到你教訓她，你……」若不是文嬤嬤死死拉著，周氏都要撲上來跟海誠單挑了。

「慈母多敗兒，妳也不問問她幹了什麼，就一味護著，等她惹出大禍，看妳要如何處置！」海誠又轉向海琇，只用手指著她，卻一句話也罵不出來。

「我生的女兒，我當然要護著，我女兒乖巧懂事，難道還能做出殺頭收監的大事嗎？」周氏想到自己沒問清什麼事就跟海誠吵鬧，又見海誠真氣壞了，氣勢就弱了些，問海琇：「妳惹了誰？做了什麼事？也值得禁不起事的人大發雷霆。」

海琇聽到海誠怒罵，就想到她坑害金衣男子的事發了。她使眼色讓竹修去打聽，還沒得到準確消息，也不敢解釋，更不敢辯白，只能一言不發地乖乖挨罵。

周氏一看海琇的樣子，就知道她真的惹了禍，而且禍事還不小，趕緊朝海誠靠了靠，擠出一張笑臉，問：「到底出了什麼大事？值得你一來就罵人。」

「寶勝，你告訴她們。」

寶勝覷著一張哭笑不得的臉，撓著頭說：「姑娘和姊姊們打雪仗誤傷了六皇子，六皇子讓姑娘賠衣服；姑娘答應賠五千兩銀子，讓六皇子把原來穿的衣服脫下來。六皇子脫了衣服後，姑娘卻讓唐呆子把他的馬車趕走，又把賠他的銀子搶了回來。六皇子找她來要衣服，她不給，還讓人把六皇子打了一頓。」

海琇一聽那金衣男子是六皇子，臉就煞白了，知道自己惹了大事。丫頭們聽說她們欺負的人是六皇子，膽小的直接跪了，膽大的也開始哆嗦。

「原來是這事呀！呵呵，我不知道，一點也沒聽說。我還有事要處理，這件事老爺做主吧！」周氏拋給海琇一個自求多福的眼神，很不仗義地走了。

「父親，女兒知道錯了。」海琇跪下，丫頭們也都跪趴在地上。

「妳看看妳幹的好事，真是無法無天了！」海誠的氣消了一些，但教訓海琇仍不含糊。「我今天若不好好管教妳，再放任妳任性胡為，還不知道妳會做出什麼事來。閨閣女孩心性不正，他日闖下大禍，還不知要連累多少人！」

「女兒記住了，父親消消氣吧！大冷的天，父親別氣病了。」

「也知道這是大冷的天？六皇子一身單衣，直到我來，已在冰天雪地裡凍了半個時辰。他金尊玉貴，要是凍壞了，有個閃失，我們一家都難逃罪責。」

海琇不想擔罪，卻也無話可說。這件事也是趕巧了，今年的雪比往年要大得多，天也冷得多，六皇子是見財不要命的性子，他那兩個隨從更是非一般地坑人。

竹修悄悄地貼著牆根回來，衝海琇眨了眨眼，就跪下了。海琇知道竹修最會辦事，鬆了口氣。一會兒就見銀二走來，跟海誠低語了幾句。

「妳跟我來。」海誠衝海琇吆喝了一聲，轉身便走。

「帶上六皇子的衣服。」銀二也擠眉弄眼地吆喝了一聲。

海琇披上大毛斗篷，剛要出門，就見竹修苦著臉拉她的手。聽說竹修替她答應賠六皇子五千兩銀子，六皇子才讓銀二來傳話，讓海誠饒了她，海琇心疼得渾身發顫。她出了銀子、挨了罵，六皇子挨了凍、出了醜，他們可是兩敗俱傷。

「竹青、竹紫，妳們去跟太太要五千兩銀子賠給六皇子。」想起周氏那不仗義的模樣，海琇直咬牙。自己將來要是生個那樣的女兒，不想盡辦法搓磨她才怪。

大門口停著一頂暖轎，是海誠的，轎子好像有了微弱的生命一樣輕輕顫抖。海琇知道轎子裡是誰，此時，她對海誠給她的「驚喜」實在是不期不待。

海誠掀開轎簾，看清六皇子的慘樣，海琇就有一種想撞牆的衝動。海誠瞪了海琇一眼，親自扶著裡面穿著僧袍、外面披著海誠的棉袍，棉袍外面又裹了一層僧袍，卻仍凍得瑟瑟發抖的六皇子出來。金大和銀二此時很有眼色，他們一人扶著六皇子、一人拿著他的衣服，進了門房，幾個婆子趕緊端著炭盆進去。

過了一會兒，六皇子帶著哭音顫音的叫罵聲才傳出來。他先罵海誠養女不教如養豬，又罵金大、銀二和他們的主子一樣沒人性，見他有難，跑得比兔子都快。

海琇想笑，看到海誠冷厲的眼神，趕緊把笑意壓住。海誠又訓了她一番，得知六皇子穿好衣服後，他趕緊進去賠罪，又讓婆子傳話罰海琇跪地思過。

「微臣教女無方，請錢王殿下恕罪，微臣必會重罰於她。」海誠跪地請罪。

六皇子冷哼一聲，沒理會海誠，又推開金大和銀二，躥出去擋住海琇，咬牙說：「臭丫頭，夠陰險，夠狡詐，敢坑害本王，真是活膩了，五千兩銀子還回來。」

海琇指了指六皇子的衣服，怯怯地說：「衣服還你了，銀子是我的。」

「不行，我凍病了，還被幾個臭婆子打了一頓，妳說妳是去官府領罪，牽連你們全家，還是賠我銀子的好？敢從我手裡搶銀子，妳也不打聽打聽錢王殿下是誰！」

錢王是今上第六子，生母麗妃，外家曾是江東最大的鹽商，現在敗落了。六皇子生長於富貴錦繡之地，卻有一嗜好，就是對金銀有狂熱的迷戀。聽說有一次他不吃不喝，連續哭鬧七天，怎麼哄也不行，太醫、道士、和尚都看過了，法事也做了幾場，仍不見成效。麗妃心急驚慌，不小心把只金鐲子砸到了他臉上，沒想到他竟然破涕為笑，抓著金鐲子不撒手，也不哭鬧了。經過這次的事，宮人有了經驗，只要他哭鬧，哪怕生病，一旦奉上金銀，比靈丹妙藥都好用。

成年之後，他不關心朝廷之事，也無奪嫡爭寵之心，就一門心思撈銀子。今上先是封他為金王，他嫌俗氣，上個月才改封他為錢王。

海琇也是識時務的，見六皇子強橫，她趕緊擺出低姿態，道歉請罪。「小女子有眼無珠，有眼不識泰山，衝撞了殿下，殿下大人大量，就饒了小女子吧！」

「饒了妳？好說好說，妳多給本王一千兩銀子，本王讓海誠免去妳罰跪。妳要是再給本王兩千兩銀子，本王就當今天的事沒發生過，怎麼樣？考慮一下。」

「不用考慮，我答應，一共給你三千兩銀子，你就當今天的事沒發生過。」

「對，本王說話算話，否則就讓本王連賠三天銀子。」

海琇點點頭，藉口去拿銀子，匆匆回房了。她剛進到臥房，竹青就捧來了五千兩銀票，周氏給的，讓她賠給錢王。海琇一見銀票，忽然又覺得周氏無比仗義。

她賠了六皇子三千兩銀子，六皇子當然不滿意，非要八千兩。看到唐融衝他揮拳頭，他才不敢再強求嘮叨。不管今天賺多少銀子，不被人搶回去才是自己的。

安頓好六皇子，海誠又去看了海琇，見她正跪地思過，又訓了她一頓，才讓她起來。父女二人一道去看周氏，周氏覺得理虧，一張笑臉無比燦爛。

「錢王殿下是來傳旨賜賞的，妳說妳……」海誠指了指海琇，轉向周氏。「還有妳這個當娘的，讓我怎麼說妳們，好在錢王殿下大人大量，說不會跟妳計較。」

「錢王殿下都不計較了，你還嚷嚷什麼？嚇壞了女兒，我跟你沒完。」

「她是能被人嚇壞的性子？現在不管她，她就會變得跟妳一樣無知者無畏。」

「你才無知，都像你只知忍耐、膽小如鼠才可悲呢！」

周氏和海誠又開始吵架，海琇覺得很有意思，在一旁冷眼觀戰，還不時偷笑。無吵鬧不夫妻，若他們還像以前一樣誰也不理誰，那才讓海琇頭疼呢！

「妳還笑得出來？真是無知者無畏！」海誠和周氏異口同聲斥責海琇。

海琇乾笑幾聲，問：「父親，我們什麼時候回府？」

「用過中飯就回府，妳讓丫頭們趕緊收拾，只帶上必要的行李就好。」

「娘也跟我們一起回府吧！」

「她不回去還等什麼？難道讓錢王殿下在蘭若寺傳旨賜賞？無論有多麼大的膽子，都不能蔑視君威皇權，欺君之罪可不是能拿來練膽的。」

「少給我亂扣罪名，我說我不回去了嗎？宅子是我的私產，我想什麼時候回去，誰敢阻攔我，一頓亂棍，都打得他趁早滾蛋。」

用過午飯，海誠先帶家眷送走了六皇子，又安排了一些瑣事，一家人才回府。

第二十三章　封誥厚賞

雪天路滑，車馬行進緩慢，他們一行到達時，天已黑透。盧嬤嬤得知她們要回來，把正房打掃得乾乾淨淨，地龍早就燒上了，一應用品也準備齊全。周氏乍一回來很不習慣，就讓海琇跟她一起住進了正房。

第二天，天剛濛濛泛亮，闔府上下就都起來灑掃收拾。快過年了，府裡又喜事連連，府內張燈結綵、喜氣洋洋。

辰時正刻，六皇子帶人來傳旨，一併賞賜的物品足有幾車之多。換了朝服、頭戴親王冠的六皇子一改渾身惡俗，周身散發出尊貴威嚴的氣質。聖旨上沒提海琇怎麼樣，也沒說賞賜她，只說海誠和周氏教女有方，聖上賜賞於他們夫妻。

周氏封誥的旨意一併頒下了，除了誥命夫人的服飾，朝廷還另有賞賜。陸太后聽說她一心禮佛，賜了她名家抄錄的經書，還賜了她「青蓮夫人」的封號，品階等同於鄉君。周氏接過經書，認真地翻看著，只有海琇知道她當成帳本看了。

傳旨完畢，海誠帶一家上下叩拜謝恩，請六皇子代皇上訓誡。六皇子陰陽怪氣地客氣了一番，也沒說什麼慷慨之辭，只是雙手不停地互抓手心。海誠見六皇子神態古怪，以為他雙手發癢，定是昨日凍壞了，一顆心一直懸著。

「海大人，旨傳了，賞也賜了，該結束了吧？」

「是是是，請錢王殿下書房就座，垂問微臣政務，提點教導。」海誠平生第一次接單獨給他及家人的聖旨和賞賜，只知道誠惶誠恐地感恩拜謝。

六皇子挑了挑眼角，問：「提點你比起賺銀子哪個對本王更有利？」

「這……臣惶恐，臣……」

周氏以眼神制止了海誠，又對六皇子陪笑道：「臣婦出身商家，自知經營賺錢難度大，臣婦手裡有一份在西南省經營的秘訣，請錢王殿下過目。」

文嬤嬤塞給六皇子一本薄書，又讓他看清了裡面所夾的銀票數額，他的手才不癢了。他親自扶起海誠，一溜小跑拉去書房提點了。

他來西南省之前，蕭梓璘曾跟他說周氏是富婆，周家也不是一般的商戶，而是隱形的鉅賈富賈，讓他適時出手揩油，兩人二一添作五分成。

他自請跑腿來海家傳旨賜賞，心裡期望值是五百兩銀子的謝賞禮，沒想到周氏竟然給了他兩千兩銀子，就算分給蕭梓璘一半，還比他的期望值高一倍呢，難怪蕭梓璘對海誠一家的事格外關心，原來是有重利可圖！他在心裡狠狠鄙視了蕭梓璘一把，決定利用來西南省公幹的機會接觸海誠，取蕭梓璘而代之。

要是能把這兩千兩銀子全昧起來就好了，可一想到金大、銀二這兩個狗奴才，他就悲從心頭起，恨向膽邊生。他們是蕭梓璘給的護衛，只在遇到危險的時候保護他，還負責監視他。蕭梓璘要是知道他昧了銀子，還不曉得要用什麼損招收拾他呢！

海誠和六皇子及幕僚清客、下屬官員去了書房，周氏同六皇子的隨從清點賞賜物品，之後周氏又打賞了六皇子的隨從，才讓下人把賞賜搬回內院。

「皇上賞給老爺這麼多寶貝，可怎麼分哪？」葉姨娘妖妖嬈嬈地過來，拿起一個錦盒打開，看到裡面都是珠寶金飾，就要往自己懷裡塞。

不等周氏發話，盧嬤嬤就把她推到了一邊，還斥責搬抬賞賜的婆子。

「這些可都是聖上賞賜的金貴物件，不是隨便什麼身分都能亂摸的。」

「這是賞賜給老爺的東西，理應孝敬老太太，這是孝道。」

「快過年了，府裡有喜事，又有貴人在，都打起精神來，別丟人現眼地添堵。」周氏連一眼都沒看葉姨娘，只給盧嬤嬤使了眼色。

盧嬤嬤點點頭，悄聲吩咐了幾個粗壯的婆子，趁葉姨娘不注意，就把她連拉帶扯弄去了後花園；至於怎麼懲罰，無須周氏多說，盧嬤嬤也明白。周氏要立規矩，葉姨娘偏往槍口上撞，還搬出海老太太，要是周氏能讓她好好過年，也未免太綿軟了。

前幾天，海誠才解除了葉姨娘的禁足令，五姑娘海璃也能下床活動了。這對母女不是安分懂事的人，閒了這些天，早想鬧出點動靜引人注意，而周氏正想抓隻猴子開刀，葉姨娘往刀口上撞，肯定討不到便宜，還栽了跟斗。

相比葉姨娘蠢笨直接，秦姨娘就聰明許多。府裡沒有主母，她們各自為王自在了好幾年，既然沒辦法阻止周氏回來，只能眼不見、心不煩。接完聖旨，秦姨娘就回房了，還讓丫頭來告罪，說她偶染風寒，不能在周氏跟前站規矩；海珂擔心生母病情加重，要嚐湯試藥，也不能在嫡母身邊伺候了。

周氏聽說秦姨娘裝病，冷笑輕哼。「算她聰明。那個呢？」

「以試圖偷盜御賜物品之罪打了三十個耳光，在後花園雪地上跪著呢。剛開始她還不服，叫喊著要向老太太告狀，老奴跟她說了幾句狠話，她才老實了。」

「把她交給朱嬤嬤處置，以後朱嬤嬤就主管府裡的奴才，犯錯也由她懲處。」

朱嬤嬤總管府上事務，一直看海誠的意思行事，周氏一回來就把她變成了打手，她當然不服。可周氏是海誠接回來的，女兒又長了出息，她不服也白搭。

盧嬤嬤瞄了海琇一眼，低聲說：「太太，依老奴看，現在當務之急還是籠絡老爺要緊。葉姨娘不足為懼，可秦姨娘可是精明人，她一直很得老爺的心。」

「怎麼籠絡？」這是周氏最怵的一個問題。

她跟海誠的夫妻關係五、六年來名存實亡，要想讓她再像從前那樣把海誠當成丈夫親近，她會很彆扭。現在她心冷成灰，若想讓死灰復燃，還需要漫長的時間。

「我記得他書房裡有個姓嚴的丫頭，就因為在書房伺候，一直沒放出去，年紀也不小了，趁年前喜事多，給她開了臉，封了姨娘吧！」

「嬤嬤，妳派人去書房看看情況，我想去查閱資料，怕不方便。」

海琇也知道海誠書房有個姓嚴的丫頭，那丫頭不喜歡在主子跟前露臉，她一直沒注意過。聽周氏提起，她就想去見見，或是敲打，或是籠絡，總要有動作。

六皇子對海誠的提點訓誡很是真摯，尤其海誠受周氏啟發，送了他一箱名貴玉器，他們早就摒棄了君臣之界，開始天南地北、談笑風生。他中午留在海家吃了午飯，下午回驛站睡了一覺；晚上，海誠又在羅州最大的酒樓訂了席面，把羅州府城內的富豪鄉紳都請來陪他飲宴。當然，錢王殿下這「兩陪」不白做，誰同他說句話，都要奉上白花花的銀子，想結交皇子的人甚多，六皇子也就大發橫財了。

羅州府城驛站內有一座很少開放的院子，只用來接待王公重臣，這座院子有個雅緻的名字，叫松軒，六皇子一行就住在松軒裡。

金大正聚精會神地擦劍，看到六皇子從裡屋出來，問：「多少？」

「什麼多少？」六皇子趕緊把銀票塞進懷中，一臉警惕。「你們管得著嗎？」

金大、銀二都出身暗衛營，功夫了得，六皇子要遠行西南省，就跟蕭梓璘要了他們護衛。萬萬沒想到他這是引狼入室，他們根本是光明正大來盯梢的。

「我們怎麼管不著？您忘記來的時候我們主子怎麼說的了？」金大插劍入鞘，鄭重地說：「第一，君子愛財，取之有道。什麼錢該拿、什麼錢不該拿，心裡一定要有數，別惹上不必要的麻煩，被御史彈劾。第二，有福同享、有難同當、有錢平分才是好兄弟，銀子怎麼分，就代表感情有多深。為了您和我家主子的兄弟之情萬古長青，我們必須知道您得了多少銀子，以免您見利忘義。」

六皇子惡狠狠地咬牙。「你們、你們兩個狗奴才！」

銀二壓低聲音，說：「錢王殿下，說真格的，您撈了多少？報個數，我今晚要給主子寫信。您可以瞞報、少報，只要不被發現，引來無妄之災，我們沒意見。」

「三千兩。」六皇子聽銀二這麼說，就隨口胡謅一個比實際少很多的數字，他頓了頓，覺得自己貪得太多過意不去，又補充道：「海家還給了兩千兩。」

「這麼少？我家主子肯定不信，錢王殿下，您千萬別自找麻煩。我們要想知道您得了多少銀子，就是一句話的事，要讓皇上怪罪下來，您可擔不起。」

六皇子冷哼一聲，咬牙說：「你們給他寫信，說我就分他三千兩，他要是嫌少，就別要。今年他杳無音信十個月，合夥賺的銀子我一文都沒多要，多仗義呀！」

「您知道我家主子為什麼要把您在西南省撈的孝敬銀子分走一半嗎？」

六皇子舉起雙手，同時拍在金大和銀二的腦袋上。「還能為什麼？我看他就是沒人性。本來西南省就不如他霸佔的華南省富有，他還好意思分我的銀子？」

金大和銀二異口同聲說：「因為您總打著他的旗號撈銀子。」

「我哪裡打他的旗號了？我總跟外臣說他的事，說明我想他了。」六皇子也覺得自己的話很虛，沒說服力，只乾笑道：「皇上要封他為臨陽王已是板上釘釘的事，這可是親王爵，誰反對都沒用，我提前透露這個消息還不是為他好？」

「錢王殿下，您不知道臨陽王代表什麼嗎？旨意未下，你就到處宣揚，你這是給我家主子拉仇恨。我家主子到華南省辦案差點丟了命，在這鳥不拉屎的地方窩了十個月，吃了多少苦？您為了一己私利卻害他落入危險，這又是何居心？」

蕭梓璘現在是鑲親王世子，皇上要封他為臨陽王，六皇子第一個支持。被銀二這麼問，六皇子也覺得自己的所作所為的確不妥當，可話已出口，就收不回了。

接連幾天，海家都很熱鬧，上門道賀的賓客絡繹不絕。六皇子頒旨賜賞之後就不回京城，他要留下來監理西南省官員治河，任期兩年，他和海誠閉門密談幾次，關心朝堂動向的官員對海誠也格外關注起來。

六皇子確實透露了不少資訊，但一些重要的消息都說得模稜兩可，海誠為此大傷腦筋。這幾天，除了應酬來客，就是和幕僚們商議探討。

這一日，海誠剛到書房，就聽說范成白攜年禮登門，他很高興，趕緊出去迎接。范成白來海家不只是給他長臉，還能給他解惑釋疑、指點迷津。海誠出去的時間正巧，不只接到了范成白，還接到蘇知府一家。

蘇知府夫婦帶一兒兩女來海家作客，同范成白正是前後腳。聽說蘇大人一家登門，海琇和周氏都吃驚不已，但登門是客，周氏還是帶海琇去二門迎接了。她們母女把蘇夫人和蘇沁、蘇灩姊妹接進內宅，蘇宏仁和蘇知府則去了海誠的書房。

蘇宏仁曾給海珂寫過一封情意纏綿的信，還意圖插手海家的家事，這令海誠很反感。此次蘇宏仁規規矩矩，進到書房就找書看，讓海誠對他的厭煩淡了幾分。范成白和海誠、蘇知府有事要談，海誠就讓人把杜同知的兩個兒子接來陪蘇宏仁。

周氏和蘇夫人攜手往內宅走，兩人談笑風生，熱情寒暄，倒像是沒有這些年的不愉快一樣。蘇灩拉著海琇的手嘰嘰喳喳說個不停，也帶動了海琇的情緒。蘇沁跟在她們後面和丫頭說話，即便沒人理她也沒有冷場。

蘇夫人心中是有點尷尬的，畢竟是他們一家覥著臉上門，且她的來意不能與人明言，她想先試探周氏的態度，再決定說與不說。

蘇宏仁迷戀上了海珂，逼著蘇夫人上門提親，還說海珂對他也有意。和有才有名的嫡女退了婚，還要娶他們家一個庶女，這不是打自己的臉嗎？可蘇宏仁不在乎，他軟磨硬泡，甚至拿不參加明年的秋闈威脅，蘇夫人才勉強點了頭。

若不是想見見海珂、探探周氏的口氣，蘇夫人才不會硬著頭皮來海家作客呢。

在房裡暖和了一會兒，海琇就帶蘇灩和蘇沁去後花園賞梅了。正好碰到海珂、海琳和海璃也在後花園，她們原本認識，正好一起玩耍熱鬧。正玩得高興，就有丫頭來傳話，說海誠請海琇去書房，支流圖有幾處需要修改重畫。海琇怕自己一走，蘇灩不願意和海珂一起，會落了單，就讓丫頭陪她一起放風箏。

海琇進到書房的院子，看到蘇宏仁正隔窗向外張望，心中厭惡不已。蘇宏仁看到她就要起身迎接，被她甩了冷臉，只得又坐下和兩位杜公子說話。她坦然地走進書房，給海誠、范成白和蘇知府一一見禮問安，恭敬而禮貌。

「請問范大人，小女子畫的支流圖哪幾處有疏漏？」

范成白笑了笑，說：「不是四姑娘畫的有疏漏，而是有幾處河道有變化。比如童州河道改流三十里，還有幾個縣的百姓填河開田，開墾面積都不小，這都是最新的變化，官府沒上報，地圖沒顯示，新編的州志和縣誌上也沒明確記載。我和巡撫大人沿羅夫河的幹流、支流走了一圈，才發現這些問題，請四姑娘把本官挑出來的幾處改一改，再快馬送回京城，以免誤了工部的事。」

「是，大人。」海琇接過圖紙，仔細查看需要改動的地方。

「到裡間去畫。」海誠親自給海琇打開門，又讓下人送火爐炭盆進去。

海琇拿著需要修改的草圖去了裡間，范成白拿了幾本書也跟著進去。海誠見狀微微皺眉，蘇知府也是一臉的驚詫，幕僚們趕緊拋出話題，才把他們的注意力拉回來。

第二十四章 大膽求愛

「大人還有什麼事項需要交代？」海琇想讓范成白出去，卻不便明說。

范成白搖搖頭，說：「本官可以給姑娘當助手。」

「小女子何德何能，敢勞煩大人當助手？」

「海四姑娘客氣了，本官自願，不收薪俸。」

不等她吩咐，范成白就備紙磨墨，翻開需要參考的書籍。海琇輕哼一聲，沒再說什麼。她看好需要修改的地方，拿起筆，以原圖做藍本，開始畫。

沈默了一會兒，范成白微微一笑，低聲說：「皇上要封蕭梓璘為臨陽王，妳知道蕭梓璘嗎？他是鑲親王世子，文武雙全，風姿無雙。」他看著面前低頭作畫的海琇。長久以來她總給自己一種似曾相識的感覺，但他不確定這到底是不是錯覺？

海琇知道范成白並不是單純地來給她做助手，估計想試探她，她早做好了心理準備，但聽范成白提起蕭梓璘，她的心還是輕顫了一下，幸好很快就平靜了。蕭梓璘喜歡的是程汶錦，他就是登上寶座、入主天下，與她海琇也毫無相干。

「范大人明知我在畫最關鍵的地方，還故意說閒話打擾我，現下好了，畫壞了吧？」海琇皺起眉頭，把畫壞的紙丟了，筆也扔進筆筒，冷著臉賭氣。

「實在抱歉，范某只想說閒話，真沒有故意打擾四姑娘的意思。」

海琇重新拿起筆，說：「聽我母親說，我出生那日，鑲親王為了一個戲子把我祖父當街痛打了一頓，我祖父傷得很重，兩家還鬧到了御前。雖說最後鑲親王道了歉、賠了銀子，我祖父還是認為我是他的剋星，最不喜歡我，所以，以後別在我面前提鑲親王府，我聽了堵心！再說了，鑲親王世子封王與我有什麼相干？」

范成白尷尬陪笑，給海琇鋪好紙。「再也不提了，還請四姑娘別計較。」

「是我自己不專心，不該怪大人閒話，既然開了頭，大人接著說，話說到一半吊人胃口。」海琇知道范成白頗有見地，想聽聽他怎麼評論蕭梓璘封王之事。

「蕭梓璘表面在朝堂上只掛了一個閒職，暗中卻奉皇上之命直接查辦大案、要案，掌管生殺大權。上個月，他又辦了一件大案，華南省的官員換掉了半數，獲罪者眾多，連南平王府都被削了爵，正抄家查辦呢。皇上要嘉獎他，想封他為臨陽王，不承想皇族宗室、內閣六部、王公大臣逾半數反對，鬧得很激烈。」

「皇上應該頒密旨問問大人的意思。」

范成白吸了一口氣。「妳怎麼知道皇上頒密旨問了我的意思？」

海琇高深一笑。「我更想知道大人怎麼答覆皇上的。」

「妳太過聰明，范某怕妳影響海大人，有些話還是不說為好。」范成白警覺性極高，他怕自己一言不慎，引來海琇誤解，也給海誠造成困擾，甚至授人以柄。

「以小女子淺見，大人一定是支持皇上封鑲親王世子為臨陽王的。雖然鑲親王世子有功於朝廷，封賞自是應該，但這其中也有大人自己的考慮。」

范成白沈默了一會兒，說：「鑲親王世子是皇上的姪兒，妳知道皇上封他為臨陽王代表什麼嗎？前朝隆豐年間，皇子奪嫡危害社稷，平定之後，隆豐帝就封了他最信任的侄子為臨陽王，還頒下的叔終侄繼的旨意。皇上因廢太子謀亂傷透了心，對已成年的幾位皇子期望也不高，封鑲親王世子為臨陽王大有深意。」

「都是皇家血脈，何必拘泥於前朝舊事？皇上話已出口，改變主意反而會給有心之人可乘之機。」海琇的心思都在圖上，對這件事只是隨便點評了幾句。

范成白愣了片刻，問：「海四姑娘怎麼知道范某正是這樣答覆皇上的？」

這純粹是瞎貓碰上了死耗子，海琇想不驚詫都不行。

「大人還是先出去吧，你這個助手讓我分心太過，會耽誤時間。」

范成白訕訕一笑，又幫她鋪了幾張紙，倒了杯茶，才出去。

海琇捧著茶平靜了一會兒，又開始畫圖。只用了半個時辰，她就把圖全修好並整理清楚。

海琇把圖紙拿出去交給范成白，又寫了一份修改記錄交由海誠收藏。范成白連聲誇讚，並保證為海琇向皇上請封求賞，別說海琇，連海誠都不好意思了。蘇知府也對海琇讚賞有加，想到蘇宏仁提出退婚，他又遺憾不已。

「父親，兩位大人，若無他事，請容許小女子先行告退。」

海誠親自把海琇送到了門口，又給她披上大棉斗篷，此時只見一個婆子慌慌張張跑進院子，說周氏請海誠和蘇大人去後花園，蘇宏仁和海珂出事了。

聽說蘇宏仁和海珂出事，再看婆子的表情，海誠就猜到出了什麼事，氣得直跳腳。當著范成白的面，他對蘇知府也很不客氣，還差點動了手。他顧不上理會海琇，和蘇知府急匆匆去了後花園，范成白也無可奈何地跟去了。

海琇暗自冷笑，她之前埋下的雷終於引爆了，真是大快人心。不知道這次會不會像上次一樣，被海誠和蘇知府無聲無息地壓下去？相比一個讓人憋屈的無言結果，海琇還真希望能成全海珂和蘇宏仁。

秦姨娘這些年也沒少找周氏麻煩，給周氏添的堵不遜於葉姨娘，海珂欺負原主的手段遠比海璃陰險。她們母女山不顯、水不露，隱藏了這麼久，也該付出代價了。

「怎麼回事？妳說詳細些。」傳話的婆子落到後面，被海琇叫住詢問。

「蘇公子向二姑娘求愛，當著幾位姑娘，還有自家妹妹，一點也不避諱。那些雅致玩意兒像老奴這樣的粗人也學不好，四姑娘還是自己去看看吧！」

「好，我馬上去。」海琇打發了婆子，又招呼丫頭們和她一起去看熱鬧。

海琇主僕抄小路去後花園，很快就追上了范成白。兩人互相點頭一笑，都沒說話，一同朝後花園走去。

離後花園還有一段距離，就聽到梅園裡傳來哭泣聲和叫罵聲。許多下人在後花園門口探頭探腦張望，看到海琇，趕緊過來行禮請安。

「到底出了什麼事？」

「出什麼事妳不清楚嗎？何必假模假樣問別人？」海璃帶丫頭走過來，看向海琇的目光充滿妒恨。「明明是妳費盡心思毀了二姊姊的名聲，又躲到一邊裝好人，真是陰毒。本來府裡一向清靜，妳們母女一回來就橫生事端！」

海琇陰惻惻一笑。「五妹妹有一句話說得很對，這府裡是該清靜清靜了。」

「那妳們母女趕緊滾回蘭若寺，妳們一滾，府裡就清靜了。」海璃恨周氏罰了葉姨娘，一直想出口氣，今天碰到海琇和陌生男子在一起，就想借機發威。

「五姑娘這是在對嫡姊說話嗎？老爺接太太回府也是妳能質疑的？」

「太太？一個商戶出身的賤人算哪門子太太？不知道自己的身分嗎？」海璃的語氣尖刻狠厲。「老太太讓她到寺裡帶髮修行，她膽敢回來，就是對老太太忤逆不孝。老太太早讓父親休了她，她還恬不知恥地賴在府裡，算什麼東西？」

若不是周氏想到寺院躲清靜，海老太太的白骨爪就是伸得再長，也別想插手二房的事。這些年，葉姨娘母女自以為有老太太撐腰，才活得很滋潤，殊不知是周氏有意放過。周氏回來雖拿葉姨娘開了刀、立了威，但看來這一刀還不夠狠。

直到現在，葉姨娘母女還想用海老太太壓海誠，難道她們看不出海誠有多麼憎恨海老太太？葉姨娘是海誠的妾還是海老太太的妾？估計她們連這個問題都沒弄清楚。葉家人確實很蠢，真希望她們能聰明一點，否則鬥起來很沒意思。

「荷風，妳把五姑娘剛才說的那番話告訴朱嬤嬤，讓她查一查是不是五姑娘的下人在生事作耗？還有，跟她說葉姨娘和五姑娘想清靜，不想在府裡過年了。」

「妳、妳這個賤……」海璃還沒罵出來，就被她的丫頭拉住。現在伺候她的丫頭婆子都是新人，葉姨娘還沒來得及收買她們，出賣海璃可不含糊。

范成白見海琇要罵海璃，嘲弄一笑。「走吧，凡事不可太過計較。」

沒等海琇開口，海璃就對范成白破口大罵。「你算什麼東西？我們府上的事什麼時候輪到你插嘴了？看你人模狗樣的，恐怕還不如青樓的小倌高貴幾分。」

「我看妳真是無法無天了，對誰都敢肆意辱罵，哪裡還有半點閨閣千金的矜持模樣？」海琇指了指范成白，冷哼道：「這位是范大人，朱州府知府，十幾天前還是父親的上司。妳謾罵朝廷官員，若不好好管教妳，總有一天要帶累全家。」

范成白被無端臭罵一頓，不惱不惱，臉上還掛著淡淡的嘲諷笑意。他輕輕撫了撫前額，似乎在思考自己是什麼東西，抑或是在想那青樓小倌高貴的模樣。

「二姑娘出事，老爺和太太肯定難堪煩悶，我本不想添亂，可妳偏偏不知好歹。竹紫，去找老爺和太太，把五姑娘剛才的話說給他們聽，這是我們一府上下的臉面，主子也好，奴才也罷，誰聽到五姑娘那番話了，就來做個見證。」

丫頭把海璃的話學給海誠聽時，周氏也在一旁，她面露輕笑，不以為然，海誠卻氣得跳了腳。他正因為海珂的事生氣，海璃又找事，不是往槍口上撞嗎？

海誠把海璃叫到跟前後，一個耳光便掄了上去，打得海璃滾出了幾步遠，倒在地上，起不來了。她兩邊臉腫起來，嘴和鼻子都往外冒血，連哭聲都細不可聞。緊接著，海誠又讓人打了葉姨娘三十個耳光，給她們收拾了簡單的行李，就把她們送到莊子裡去了。

處置了海璃和葉姨娘，海誠向范成白道了歉，又去收拾海珂的爛攤子。

范成白搖頭感嘆。「都說妾室是禍家的根源，現在看來也不盡然。」

「對，還有蔑視規矩禮法，成就妾室猖狂的幕後之人。」

「我應該給柱國公海朝、忠順伯葉磊各寫一封信，把貴府五姑娘的話如實相告。」范成白停頓片刻，又說：「真怕他們看了我的信，一時想不開，尋了短見。」

「會嗎？我不瞭解忠順伯，卻知道我祖父是第一貪生怕死之人。」

「我知道，葉磊也一樣，比令祖父、比我還沒氣節。若是我一封信能把這樣的人逼得想尋短見了，不恰恰說明我才思過人、自有高妙之處嗎？」

海琇皺眉一笑。「小女子拭目以待。」

梅園在後花園的西北角，一牆之隔就是街道，街上店鋪民居不少。梅園裡的梅樹不多，卻因開得繁茂、花色眾多，成為後花園獨到的景致。今天，冰天雪地的梅園人進人出，格外熱鬧，連牆外都聚集了不少看熱鬧的路人。

冰雪籠罩的梅枝上開著精緻的小花，花朵玲瓏、嬌蕊芬芳。可比起梅樹枝頭懸掛的五顏六色的彩綢，在風中飄舞搖曳，傲人的梅花就遜色了很多。這些彩綢有百條之多，一尺長、兩寸寬，裁剪得非常整齊。每一道彩綢上都寫著海珂的名字和一句情詩，不用問，就知道這是蘇宏仁的「傑作」。

令海琇奇怪的是，這麼多彩綢蘇宏仁是怎麼帶進來的？在這些彩綢上寫字也不是一時半會兒能完成，蘇家上下就沒人發現？蘇夫人一點也不知道？本以為蘇宏仁闖進後花園，當眾向海珂示愛已經夠過火，沒想到他還弄出這麼多彩綢錦上添花，給養於深閨的女孩題名道姓寫情詩，掛於樹上，他這是唯恐天下人不知嗎？也不知這樣的橋段是從哪兒學來的？

蘇宏仁確實太膽大妄為，不計後果。他喜歡海珂，就用這麼輕浮熱烈的方式去表白，根本不在意海珂怎麼想。他勢在必得，沒考慮求愛不成該如何收場？也沒考慮海珂今後該如何自處？父母、親人及家族的臉面全被他拋諸腦後，就算兩家顧及名聲，勉強做成這門親事，仍要面對諸多非議和嘲諷。家族因他們而蒙羞，他的日子能好過嗎？海珂能有舒心可言嗎？

下人遠遠將梅園圍成了一個圈子，圈子中心是抱頭痛哭的秦姨娘母女。蘇宏仁則耷拉著腦袋跪在圈子一角，不時偷眼看向海珂，沒有半點羞愧、悔過之意。

海誠和周氏都陰沈著臉，海誠氣得直咬牙，周氏則有些淡漠。蘇知府面色脹紅，恨不得找條地縫鑽進去，蘇夫人則滿臉陪笑，一副隨時準備打圓場的模樣。

見海琇和范成白來了，蘇灩像風一樣跑出來，不由分說，就拉著海琇進了花房。看到海琳別有意味的目光及蘇沁不自在的神態，海琇心中生疑。

「怎麼會鬧出這樣的事？妳們之前沒看出端倪？」海琇問蘇灩。

蘇灩搖搖頭，苦著臉說：「我哥失心瘋了，真是丟死人了，以後我們……」

「蘇妹妹放心，這件事不會影響我和妳交好。」到現在，海琇已確定蘇灩不可能會做給蘇宏仁和海珂牽線搭橋的事，之前那荷包是她誤解蘇灩了。

「妳跟我說說事情經過，我勸說我父母，妥善解決此事。」

蘇灩咬牙長嘆。「我正和丫頭們在外面放風箏，我六姊正和妳的姊妹在梅園吟詩說笑，誰知竟聽到我哥哥騎在牆頭上喊海二姑娘的名字。等我來此，就看到了這麼多彩綢飄來，掛到了樹上。我還沒反應過來，我哥哥就從牆上跳下來跟海二姑娘表明了心跡。海二姑娘嚇哭了，下人們也都很害怕，這才趕緊叫來了長輩，現下他們正商量該怎麼處理呢！事情一鬧大，海三姑娘和海五姑娘就紛紛指證是妳陷害了海二姑娘。」

「我什麼時候說了？明明是五妹妹說的，我只是學了一遍。」海琳瞪了蘇灩一眼，氣呼呼說：「快過年了，真不知道你們一家是來作客還是來添堵的？」

蘇灩平時話最多，也是嘴上從不吃虧的人，可因蘇宏仁做下這種事，她自知理虧，面對海琳的質問和責難，她只能長吁短嘆，噘嘴忍耐。

「三姊姊喜歡學五妹妹說話，不如和她一起去莊子裡，朝夕相處，學得更快。」

「我才不去。」海琳見海琇沈下臉，轉身跑了。

蘇沁走過來，有話要跟蘇灩說，海琇就出去了。看到范成白正站在花房後面，背手望天，神態落寞孤高，海琇走過來，也學他看天。遙望飄渺的天際，一種想飛的衝動油然而生；然而即便飛到瑤池仙境，飛上九重天，終究是高處不勝寒。

「時間不短了，大人也該登場了。」海琇衝范成白做了個請的手勢。

「范某不知該化什麼妝，還請四姑娘指教。」

梅園裡，蘇夫人正覥臉陪笑。「周妹妹，事情鬧到這種地步，我們做長輩的總要為他們善後。這兩孩子的名聲肯定是毀了，我還是想以最穩妥的方式解決這件事。我們仁兒做出這種事，是我對他教養不嚴，但總歸也是他的一片心。」

海珂正低聲飲泣，聽到蘇夫人的話，她緊緊抱住秦姨娘，發出尖利的哭喊聲。

周氏明白蘇夫人的意思，最穩妥的方式就是讓海珂嫁給蘇宏仁。為了女兒和家族的名聲，海誠也想這麼解決，可周氏卻不想成就這門親事。她雖不喜歡海珂和秦姨娘，卻更厭煩蘇夫人母子，若答應了這門親事，想必會埋汰海珂。

「令郎表自己一片心，卻弄得我們家雞飛狗跳、不得安生，這樣的心以後還是少有為好。」周氏真不想多管，可她是海珂的嫡母，這是她的責任。

「絕不會再發生這種事，請周妹妹放心。」

第二十五章 父女升官

得知海誠答應了蘇府的求親，周氏沒反對，只把他們的意思轉達給了秦姨娘。秦姨娘倒是很願意，庶女配嫡子，又是侯門公子，是海珂高攀了。

「老爺的意思妳也明白了，妳是怎麼想的，不妨直說，別耽誤著了。」

秦姨娘囁嚅片刻，低聲說：「妾身倒是看好這門親事，但剛才跟二姑娘說了，二姑娘不願意。要不妾身再勸勸二姑娘？事已至今，兩家能結親最好。」

「姨娘，您胡說什麼？」海珂聽到秦姨娘的話，以嘶啞的嗓音高聲喝問。她被蘇宏仁毀了名聲，還讓她心儀之人看到，就這樣嫁給蘇宏仁，她百般不甘。

「二姑娘到底是怎麼想的？咱們家開明，要是換了別人家，父母做主，根本不會問妳的意思。蘇家門第不低，蘇二公子年紀輕輕就考上了秀才，難不成還委屈了妳？」

「二姑娘，太太說得對，妳就別強了。」秦姨娘終於認可了周氏一次。「二姑娘，今天的事雖不是妳的錯，可妳的名聲終究被毀了。妳明年就及笄，行完及笄禮也該定親了，有這件事在前，哪一個有家世、有功名的還會向妳提親？」

海珂雙眼紅腫，淚流滿面，尋思許久，點頭說：「我願……」

海琇見海珂要答應，高聲道：「父親，范大人來了。」

蘇知府忙陪笑道：「范大人來得正好，犬子膽大冒進，才惹出今天的事。現在好了，兩家都消除了誤會，要結兒女親家，還請范大人做個見證。」

「好說好說，只要你們兩家願意，范某樂得做半個媒人，討一杯喜酒……」

「我不願意。」海珂看到范成白，眼底燃起希望，她推開秦姨娘，高聲道：「今日之事本是登徒子侮辱我的清名閨譽，為什麼還要逼我嫁給他？我與他素未謀面，無任何往來，他跑到我們府上做這種事又與我何干？今天父母親都在場，誰為我設身處地想過？范大人既然來了，就請大人為我申冤做主。」海珂直接跪下，朝范成白膝行幾步，放聲大哭。

「大膽，這種事是妳能拿主意的嗎？」海誠大怒，衝過去便踹了秦姨娘幾腳。

秦姨娘懵了。剛才海珂明明點頭，突然卻又變了卦，她也不知道原因。海珂變卦不打緊，倒楣的是她，海誠只賞了她窩心腳真是便宜她了。

「二姑娘，妳這是……」

海珂咬牙站起來，堅定地說：「寧做英雄妾，不做賴漢妻，父親若逼我嫁給侮辱我的人，我就一死了之！我心已決，寧願削髮為尼，也不嫁無恥之徒。」

跟上次的說辭一樣，海誠聽海珂這麼說，就不敢再逼她了。他剛要跟蘇知府夫婦說明，就見海珂朝范成白身邊一棵粗壯的梅樹撞去，她動作並不迅速，但還是撞得頭破血流，因為范成白反應太慢了——看到海珂流血倒地，他才驚呼一聲。

只有海琇知道范成白太過狡黠。海珂這場戲演虧了，她太輕看范成白。

秦姨娘把已陷入昏迷的海珂抱在懷中，哭天搶地，連聲哀嚎。海誠只冷哼了一聲，什麼也沒說，連一眼都沒看海珂，更無半點擔心可言。周氏讓婆子抬來軟轎，親自帶人把海珂扶上轎子，又囑咐了秦姨娘，讓下人們小心伺候。

「范某反應遲緩，沒攔住令嫒，實在慚愧。」

「家門不幸、家門不幸，讓大人見笑了！」

海珂為拒絕這門親事都尋死了，親事當然做不成。蘇知府又是羞愧又是惱怒，也不管蘇夫人母女，直接讓隨從押上蘇宏仁，就回府了。蘇夫人見蘇宏仁不死心，想再遊說周氏一番，周氏不想再跟她廢話，直接端茶送客。

「本來醜事可以變成好事，她卻拚死鬧騰，可見也不是省事的。不過是個庶女，身分在那兒擺著呢，有什麼了不起？不願意嫁到我們家也好，不是寧為英雄妾，不做賴漢妻嗎？我倒要看看她能給什麼樣的英雄為妾？」

「娘，您就少說幾句吧，這本來就是哥哥的錯。」蘇灩性格開朗，也是明辨是非之人。

「要是有人像哥哥對海二姑娘一樣對我，想必娘拚了命都不會答應。」

「妳少胡說。」蘇夫人又窩心又羞愧，一肚子氣都撒到了蘇灩身上。

在海家挨了一頓臭罵，又看了一場鬧劇，范成白早飽了，海家就是給他擺上再豐盛的美味，他也吃不下。回到書房後，他就告辭了，海誠親自把他送到府門外，又是道歉又是告罪，弄得范成白都不好意思。

今天的事海家窩囊又丟臉，吃了大虧還沒處講理去，跟蘇家的交情也徹底毀了。海珂差點一頭撞死，她本身就是受害者，海誠也不想再責怪她。

海家本來喜事連連，想全家和和美美過個年，因為今天的事，這個年也過得不舒心。年前年後親朋走動，海誠和周氏都是能免則免，就怕見到熟人尷尬。

過完元宵節，海誠就讓周氏給海琳和葉姨娘母女收拾行裝，要把她們送回京城。本來他打算把秦姨娘母女也一併送走，聽說蘇知府把蘇宏仁送回了京城，他就改變了主意。他怕蘇宏仁再做那非禮之事，若再有一次，海珂就只有死路一條了。

送走了海琳和葉姨娘母女，府裡一下子安靜了許多。海珂的傷好了，精神卻不好，總是閉門不出；秦姨娘天天為女兒吃齋唸佛，安分得好像憑空消失一樣。

出了正月，西南省的春天就來了，羅夫河的桃花汛期也到了。海琇畫的羅夫河三省支流圖便要派上用場，她天天看圖讀書，查漏補缺。

一道聖旨送到了海家，打破了海琇平靜的生活，一家上下都緊張起來。

接到聖旨那日，海誠先收到了一份邸報，上面有兩條重要的資訊。第一就是，幾經周折，蕭梓璘還是被封了臨陽王，一干用度、分例比照親王；也因為這個封號，他比皇族那些老少王爺們更受朝野關注。

雖說被封了臨陽王，蕭梓璘仍謙遜務實，上書自請坐鎮華南省，督辦華南省幾件大案，還奏請皇上封他為華南省治河監理，親臨治河一線，與華南省百姓同甘苦。和范成白的高調一樣，羅夫河治理不好，他誓不回京。

聰明人都看得出蕭梓璘遠離京城是要避開朝堂是非，可皇上不這麼認為，他老人家一高興，就封了蕭梓璘一個三省治河監理，擇日上任。

邸報傳遞的另一重要消息是關於范成白的，被所謂的正義之士噴成篩子的范奸賊又升官了。他由朱州府知府升任三省治河道元，連升了兩級，主管修堤、築壩、治河、賑災。在這三省，他只有一個上級，就是臨陽王蕭梓璘。

歷朝歷代，賑災都是肥差，連皇子王孫都要削尖腦袋去爭，國庫撥出白花花的銀子，最終有多少會用到老百姓身上，誰也沒有明確的數字。放著已到西南省的六皇子，還有京中這麼多名門勛貴子弟不用，卻對范成白委以重任，這是皇帝的一片苦心。聖旨一下，蕭梓璘與范成白互相掣肘的局面就形成了。

范成白就任朱州府知府短短幾個月，不過給工部和朝廷呈上了一份羅夫河支流草圖——還是海家姑娘畫的——最早提出根據草圖實施治河方案的人是海誠，可縱然未破獲奇案、未立下大功，人家偏偏高升了。

要說范成白的功勞，大概就是緩解了西南官府與烏什寨的關係。他提出與烏什寨人聯手治河，這也是一個好的設想，只是現在還沒進入實施階段。

范成白高升，不知有多少人站出來為海誠父女鳴不平，這其中不乏身居高位的王公大臣。請願的摺子堆成了山，要是不封賞海誠父女，皇上都過意不去了。

所以，邱報剛一級一級傳到羅州府，給海誠父女的聖旨也就到了。聽說來傳旨的人還是六皇子，海誠忍著心疼讓周氏包了一個和上次一樣多的紅包。

六皇子現在是西南省政商兩界的紅人，到哪裡都有人前呼後擁。這不只因為他皇子的身分、錢王的地位，還因他跟蕭梓璘超越堂兄弟的交情。當然也有人罵他沒大腦，只知一心鑽錢眼兒，蕭梓璘被封臨陽王，將來皇上真想叔終侄繼，他這個真正的皇子該如何自處呀？

海琇聽說有給她的聖旨，並不驚詫，但對接聖旨還是格外地重視。周氏急匆匆按品大妝出來，看到海琇仍是一副家常打扮，急出一身汗，趕緊親自妝扮她。

「娘，來傳旨的還是錢王殿下，您準備紅包了嗎？」

「那些小事不用妳管，妳趕緊把紫金步搖戴上，跟我走。」

「怎麼是小事呢？答謝傳旨之人可是大事，人一輩子能接幾次聖旨？」海琇衝周氏伸出手。「娘，我下月就滿十三歲了，您把塞紅包的事交給我吧！」

周氏微微一愣，馬上又露出恍然大悟的表情。「好好好，娘交給妳，妳真是長大了。娘聽說錢王殿下還沒正妃，只有兩個側妃，這可是……」

「我的娘呀！」海琇真想昏過去，可此時不能殺風景。「娘真懂我的心。」

「寶貝女兒，妳真有想法？太好了。」周氏笑開了花，趕緊把紅包交到海琇手裡，又教她怎麼說、怎麼笑、怎麼接近六皇子，聽得海琇真的想吐了。

海琇看到紅包裡那張兩千兩的銀票，暗暗咬牙，在心裡熱情地罵了六皇子一頓。碰到周氏這麼出手大方的人，不美死愛財如命、是錢就撈的錢王殿下才怪。

和上次一樣，海誠讓人灑掃庭院、擺了香案，因時間不允許，沒能張燈結綵。剛收拾好，六皇子就到了，還沒傳旨，就開始恭賀海誠。海琇跟在周氏身後悄然走來，衝六皇子晃了晃手中紅包，喜得他立刻笑臉開花。

「奉天承運皇帝，詔曰：羅州府知府海誠操勞治河、為國分憂，特升其為治河巡察使，兼任羅州知府；其女海四姑娘所畫羅夫河支流圖詳盡謹細，現令其參與治河，任三省治河監理女使，一千薪俸費用仿知州例，欽此。」

「謝主龍恩，皇上萬歲萬歲萬萬歲。」

「海四姑娘，主要是給妳的，接旨吧！」六皇子把聖旨捧給海琇，笑意蕩漾的眼中早已伸出一千隻手掏向海琇口袋裡的紅包。周氏有錢、海誠聰明，這夫婦倆很會來事，六皇子拿人手短，格外囑咐道：「臨陽王殿下任三省治河監理，妳任三省治河監理女使，歸他管轄真是苦了妳。他這人冷酷、無情、沒人性，更不懂憐香惜玉，妳別跟他一般計較，他欺負妳，妳儘管跟本王說，本王替妳做主。」

聽到六皇子這番話，海誠滿滿的驚疑，而周氏都要喜極而泣了。海琇鄭重行禮道謝，把紅包親自交到六皇子手上，眼底閃過狡黠的冷笑。

六皇子捏著紅包，滿心歡喜。「海大人，你處理好羅州府的事務後，就去找范大人報到，等臨陽王殿下到了西南省，本王自會通知海四姑娘。」

周氏吩咐置辦席面挽留六皇子飲宴，他婉拒了。他要趕緊回驛站，金大、銀二去接蕭梓璘，沒跟他來傳旨，這就不能怪他獨吞今天賺的銀子了。

本朝開國聖賢皇太后和平定四方的聖勇長公主都是女中豪傑，她們那個時代，朝中民間乃至後宮，有作為的女子不少，也封過幾位女官，之後，朝廷就對女子多了許多限制，近一百年朝廷沒再封過女官。

海琇被封為三省治河監理女使，雖是虛職，卻享知州的俸祿待遇，她的直屬上級是臨陽王殿下，背景雄厚，任誰都會高看她一眼。

接到聖旨，父女二人同幕僚清客探討商量，制定了不少方案。桃花汛期將至，海誠提出要沿著羅夫河兩岸走一趟，實地瞭解情況；海琇支持海誠的提議，但海誠要知會范成白，而她則需等蕭梓璘點頭。

回到房裡，海琇又找出不少與治河相關的書籍，卻無心翻看。她現在是蕭梓璘的直屬部下，新官上任三把火，她的第一把火該往哪兒燒才能讓蕭梓璘滿意呢？

「琇兒，妳想什麼呢？」周氏給海琇端來了一盅乳酪。

「關於治理羅夫河，我有很多想法，有些不被父親和范大人看好，可我覺得可行。我想跟臨陽王殿下說，但一想到他高高在上，我心裡犯怵，就不敢說了。」

「把妳的想法寫明在信上，就跟給皇上遞摺子一樣；有些話面對面不好說就寫信，跟上司或下屬都可以這麼做，我這還是聽妳父親說的。」周氏跟海誠現在經常在一起說話，也不吵鬧了，夫妻關係和緩了許多。

「我給他寫信，他會看嗎？」海琇認為周氏的辦法可行，可心裡仍猶疑不定。

「妳給他寫信是談正事、公事，又不是向他求愛，他為什麼不看？妳現在是皇上欽封的女官，就算他身分高貴，但畢竟是妳的上司，妳又沒妨害他，怕什麼？」

「娘，您怎麼說話這麼直接呀？」海琇粉面飛紅，又道：「我聽說臨陽王殿下冷酷強硬，殺伐決斷素不手軟，做事還擅長用陰詭手段。他去年拿下了華南省半數官員，這些人中至少有一半要滿門抄斬，這要死多少人哪！太可怕了。」

「那些人都是大貪，個個罪行累累，都該死，不值得可憐。」周氏握住海琇的手，說：「妳給臨陽王殿下寫信，讓錢王殿下代送，行不行，試試就知道了。」

「好。」海琇鬆了口氣，又開始查閱資料，準備給蕭梓璘寫信。

「琇兒，妳跟妳父親去巡查河道，我也不放心，不如我跟你們一起去。我們家在中南省、華南省都有生意，我也正好到處走走，巡查一番。」

「好啊！有娘在身邊，我諸事方便，我一會兒去跟父親說。」

信寫好了，海琇又仔細檢查了一遍，才讓唐融送到驛站交給六皇子。唐融很快回來了，說他直接把信交給了金大，不想通過六皇子那個小人轉交。海琇表揚了他幾句，又囑咐他常去驛站走走，注意金大回覆的消息。

第二十六章　小懲大貪

羅州府驛站那座只住尊貴過客的院子大門敞開，進出的人卻不多，氣氛威嚴肅穆。除了六皇子，這裡又住進了尊貴的客人，驛站忙得腿都打顫了。

午後，溫暖的陽光盡情潑灑，照在人身上，暖洋洋的。寬闊的院子裡，風拂嫩柳，花散馨香，一片愈漸愈濃的春色與大好的陽光相得益彰。

一架搖椅掩映在含苞待放的花樹叢中，身材頎長健美的男子躺在搖椅上，一副慵懶的神態。他微眯著眼睛，隨意地伸展四肢，享受陽光的照耀；他漆黑的長髮自然散落，與俊朗的面容、白淨的面色相映得恰到好處。

聽到門外傳來細碎的腳步聲，他閉眼裝睡，嘴角挑起清淡的笑意。

六皇子輕手輕腳走進院子，朝花樹叢中看了一眼，又捏了捏海琇送給他的紅包，得意一笑。他腳步更輕，快步朝臥房走去，到門口時還回頭望了一眼。從海家傳旨回來，就聽說蕭梓璘到了羅州府城，他跟著忙碌，到現在才緩了口氣。

這座院子有五間正房，兩邊各帶一間耳房，兩側還各有三間廂房。六皇子和臨陽王以正房中間為分界線，臨陽王居東，六皇子居西，說好互不越界。

他們是自小玩到大的堂兄弟，好的時候一條褲子兩人穿都嫌肥，不好了就劃分界線。兩人打得如火如荼時，只要一方退到自己的地盤上，另一方就是再委屈也不能追，這是兩個人共同立下的規矩，不用誓言約束，也能遵守一輩子。

六皇子進到臥房，輕輕關上門，脫掉外衣，又泡了一杯溫茶，懶洋洋地靠坐在軟榻上。他剛在醉仙樓喝了不少酒，昏昏乎乎，飄飄悠悠，渾身舒服。他脫掉外衣，剛要拿紅包，沒想到窗子突然打開，他的衣服和紅包都飛到了窗外。

「小、小璘子，你越界，你還我衣服，還有……」六皇子急得跳窗而出。

「我沒越界呀！我在窗外呢。」搖椅上的男子隨意一笑，別有風情萬種。

「你把衣服和紅包還給我，我告訴你，我今天得的銀子不該分你！」六皇子一把扯過自己的衣服，見紅包落到蕭梓璘手裡，趕緊去搶，邊搶邊喊叫。

「你不分我也行，我看看有多少，回頭寫信告訴皇祖母。」

「蕭梓璘，你敢查看我的銀票，信不信我跟你割袍斷義？你敢給皇祖母寫信出賣我，信不信你我從襁褓中積攢下的情意會就此斷送得一乾二淨？」

「我信、我信、我都信。」蕭梓璘兩指夾著紅包晃動了幾下，揶揄道：「我只是看看這裡面有多少銀子，你就要跟我割袍斷義？我要是把這裡面的銀子據為己有，你還敢殺了我不成？」說完，蕭梓璘就把紅包裝進了自己的口袋，又躺到搖椅上。

六皇子「嗷」的一聲吼叫，拚盡全力向蕭梓璘撲去，狠狠抱住了他，壓得搖椅吱吱作響。

「主子，出什麼事了？」金大跳進花叢，看到這麼曖昧的一幕，趕緊咧著嘴退後幾步。

「回主子，海四姑娘讓護衛給您送來一封信，說是有公事稟報。」

蕭梓璘微微一怔，推開六皇子坐起來，示意金大把信呈上來。沒想到六皇子快人一步，把信搶到手裡，又衝蕭梓璘挑釁一笑，要跟他交換紅包。

「錢王殿下，你不該拿信交換，因為信裡寫的是公事，不能耽擱。」

「我不管什麼狗屁公事，我只要銀票，一手交紅包，一手交信。」

蕭梓璘輕咳一聲，晃著手裡的紅包問六皇子。「你確定這裡面是銀票？」

「不是銀票是什麼？難道是金票？」六皇子突然出手去搶，終於得手了。他一臉急切打開紅包，一聲近似於瘋狂的尖叫震顫了金大和蕭梓璘的耳膜。

紅包裡只有一張疊得四四方方的紙，沒有銀票，更沒有金票。那張紙上寫著一個大大的「貪」字，還順著筆劃給這個字畫出了腦袋和兩隻手、兩隻腳。字的手腳都被綁住了，腦袋上流出的淚水灑滿了整張紙。

「好啊！妙啊！」蕭梓璘嘲笑擊掌，圍著發呆的六皇子轉了一圈。「海四姑娘棋高一著，她這麼聰明真是太合本王的心思了，本王真想……」

「蕭梓璘，你少說風涼話，紅包剛才拿在你手裡，一定是你做了手腳。你還我銀票、還我銀子！你要是不還我，我就跟你割袍斷義，老死不相往來！」六皇子惡狠狠地盯著蕭梓璘，那憤恨的神態，說是想往他身上咬一口都不為過。

「是不是我動的手腳，你真不清楚嗎？」蕭梓璘看到六皇子被整得氣惱不已的樣子，又一次放聲大笑。

這個海四姑娘太有心了，也太大膽了，不是他夢裡熟悉的那個人，也不像與他朋友相待的那個人。或許他根本就不瞭解她，無論遠近，一切都如夢境一般。

「是那個臭丫頭戲弄我！我饒不了她，我這就去找她！」六皇子扯起外衣就往外走。

「我扒她的皮、我抽她的筋、我調戲她、我偷看她洗澡、我……」

「你敢。」蕭梓璘一聲低呵，六皇子馬上停住腳步。

「我為什麼不敢？我被人欺負了，你沒看到嗎？」六皇子轉身撲到蕭梓璘懷裡嚎哭，卻沒落下一滴眼淚。「小璘子，你要為我報仇，你聽到沒有？」

「你不是說我偷換了紅包裡的銀票嗎？怎麼又來求我為你報仇？」

六皇子抓住蕭梓璘的手，哽咽說：「小璘子，我昨晚又夢見小融了。」

「他又給你託夢要錢了？那你多給他燒些便是。」

「他這次沒說要錢，他說地府裡總有人欺負他，哭得傷心又無助。我問怎麼幫他，他說讓我給他鑄個金身，找山青水秀的地方埋了，那些人就不敢再欺負他了。我回來的時候還想用這兩千兩銀子給小融鑄金身呢，你看那臭丫頭這麼戲弄我，你能袖手旁觀嗎？小融不到五歲就沒了，多可憐！我們是不是要幫他？」

金大聽不下去，皺眉問：「融世子在下面受欺負為什麼不給銘親王和銘親王妃託夢？那是他親生父母，太后娘娘是他親祖母，他們都是富貴至極的人，要給他鑄金身也不該由堂兄來辦。依屬下看，錢王殿下該寫信回京說明此事。」

蕭梓璘促狹一笑。「小融只說讓你給他鑄金身埋了，他就不挨欺負了，怎麼沒說讓你下去幫他？這方法不是更直接嗎？他從沒給我託夢，可見跟我不親。他把鑄金身的事託付給你，你就不該用海家的銀子，別讓他一不高興上來找你。」

六皇子被海琇戲弄，想讓蕭梓璘給他討個公道，就使用了親情策略。銘親王世子蕭梓融跟他和蕭梓璘同年出生，感情深厚，可惜蕭梓融幼年早逝。

以前六皇子一旦有求於蕭梓璘，都會把已逝的蕭梓融搬出來，這一招屢試不爽，沒想到這一次卻不靈了，這令六皇子又氣惱、又鬱悶、又心疼。

「小璘子，你沒人性！」

「懶怠跟你一般計較。」蕭梓璘冷哼一聲，又道：「你知道皇上為什麼放著你不用，偏偏升范成白為治河道元，主管賑災嗎？因為他知道范成白不貪，還會把事情做得圓滿漂亮，讓眾人都相對滿意，這一點，你不得不佩服范成白。」

「哎！子不知父，父不知子呀！我是喜好斂財，我是喜歡金銀，可我也不是什麼銀子都貪的人。君子愛財，取之有道，賑災的銀子、百姓的血汗，我是絕不會貪的，何況當時還是你告訴我周氏鉅富，想斂銀子，可以向她出手。」

蕭梓璘冷冷哼笑幾聲。「你貪婪愛財之名遠揚朝野，天下無人不知、無人不曉。你說你君子愛財，取之有道，絕不肖想不該貪的銀子，我相信你，可皇上會信嗎？上百萬兩的賑災銀子過你的手，你能不見財起心嗎？皇上絕不會讓你插手，因為他不敢賭你一把，他怕輸，他也輸不起了。」

「世人真是瞎了眼，都說我貪婪，其實你比我更上一層。」

蕭梓璘沒否認。六皇子貪財朝野聞名，可他專放六皇子的血，從貪婪之人手上搶銀子。他確實比六皇子技高一籌，也可以說是強中更有強中手。

「王爺，海家派來送信的人說要等您回了信才能決定一些事。」

「知道了。」蕭梓璘拿過信剛要打開，又被六皇子一把搶走。

「小璘子，你敢不敢跟我賭一把？」

「你不就是想讓我猜信的內容嗎？我對你的任何籌碼都不感興趣。」蕭梓璘微微一笑，又道：「她在信裡寫到的治河之法肯定不被范成白認可，也和海誠想法相左，才讓我定奪。她給我出了難題，意在試探我，你們說我該怎麼答覆？」

六皇子舉拳咬牙。「小璘子，你必須支持她，利用她跟范成白鬥到底。她要能成為你的利刃，我就不追究她戲弄我的事了，當然前提是讓她賠我兩千兩銀子。」

蕭梓璘斜了六皇子一眼，拿過信打開，反覆看了幾遍，才輕聲一笑。「她的治河之法確實事關重大，涉及方方面面，牽連甚廣。不過，這方法一旦突破阻礙得以實施，收效顯而易見。范成白是謹慎之人，他不敢冒險，這倒能成全本王。」

「王爺有何打算？」

「對呀！小璘子，你想怎麼回覆她？」六皇子咬了咬牙，冷哼道：「要不我替你回覆她？她的治河之法想得到實施，就給我拿銀子出來，金子也行。」

蕭梓璘踹了六皇子一腳，讓人找出三省地圖，對著信仔細看了一遍。

「金大，你回覆她，就說本王會仔細考慮她的提議，讓她靜候音信。約個時間讓衛勝和她見一面，把她的想法及根據都問清楚，再向我稟報。我明天去華南省，工部派來的人也該到了，我們商議之後，再做決定。」

「小璘子，我也跟你去華南省。」

「你是西南省的治河監理，該跟海誠多接觸接觸。他是羅州府知府，又新升任治河巡察使，一定想從西南省著手，盡快做出政績。他是務實之人，最願意做實事，你只需要在上面敲敲邊槓、說說廢話，就能讓朝廷看到你的功績。」

「還是小璘子聰明，我明白了，他女兒坑了我，我搶他的功勞理所當然。」

「這可不是我提醒你的。」蕭梓璘的目光落到海琇的信上，不由笑意盎然。

這幾天，海琇一直在靜候佳音，越等心裡越沒底。若蕭梓璘不認可她的治河之法，該馬上否定才是，不否定，也不給明確的答覆，這才是最熬人的。

「姑娘，二姑娘等在門口，非要見您。」

海琇此時正心煩，不想見海珂，可拒絕也不好。「讓她到花廳等我。」

蘇宏仁瘋狂示愛、海珂以死明志的事發生後，儘管兩家為名譽都盡力封鎖消息，最終還是傳開了。海珂知道這件事毀了她的名聲，不等海誠和周氏處置她，就把自己關在房裡，大門不出、二門不邁，連秦姨娘的面都不見了。

海琇收拾完畢，去了花廳，見海珂一臉憔悴，反應都遲鈍了許多，心裡不由一顫。她衝海珂福了福，開門見山問：「二姑娘找我有什麼事？」

海珂還了禮，勉強笑了笑，也沒繞彎子，直說道：「聽說四妹妹要跟著走遍三省巡查河道，父親、母親也去，我來問問四妹妹，能否讓我同去？」

海琇知道海珂想見范成白，婉拒道：「二姊姊也知道我跟父親巡查河道是公事，母親同去是為照顧我。二姊姊想去遊玩散心，這恐怕不合適，說不定還會有人因此非議父親；再說，二姊姊若走了，偌大的府邸只剩了秦姨娘，多孤單呀！」

海珂淒涼一笑。「我來之前就想到妳會拒絕，可我還是想來問問，我……」

文嬤嬤笑意吟吟進來，給海琇使了眼色。「姑娘，老爺讓您去書房。」

「知道了。荷風，把我要給老爺的書籍和圖紙都帶上。」海琇轉向海珂，又說：「這件事我不能做主，連母親都不行，二姊姊要是真想去，就去跟父親說。」

海珂無奈，只好起身告辭，看向海琇的眼神充滿哀哀悽悽的無助。騙走了海珂，海琇和衣躺在床上，連聲長嘆，為海珂，也為前世的自己。

「姑娘，老爺讓您去書房。」

「假的，沒看到文嬤嬤使眼色嗎？是想讓二姑娘趕緊走。」

「不是不是，這次是真的，衛大人和錢王殿下來了，有事找姑娘。」

「衛大人是哪一號？」海琇磨磨蹭蹭地不想去，她怕六皇子跟她算後帳。

「姑娘去了不就知道了？太太在正房等著呢，也想跟姑娘說幾句話。」

「正好，我也有事跟太太說。」海琇收拾齊整，先去正房見了周氏。

聽說海琇用了一個怪模怪樣的「貪」字頂替兩千兩銀票送給了六皇子，周氏在海琇頭上戳了兩下，嗔怪她目光短淺，做事不講規矩，會授人以柄。看到海琇害怕了，周氏又反過來安慰她，一再表明天塌下來都替她頂著的決心。

海琇又把海珂要跟他們去巡查河道，以及她對范成白的心思告訴了周氏。周氏撇了撇嘴，不置可否，只說海琇做得對，這種事讓海誠做決定最好。

第二十七章 治河之法

怕六皇子為難海琇，周氏親自帶人把她送到書房。海琇頂著六皇子要把她千刀萬剮的目光給海誠幾人行了禮，姿態從容淡定到令六皇子咬牙汗顏。

周氏說要擺席面招待貴客，讓管事報了菜單，才消除了六皇子仇視海琇的目光。至此，周氏也摸到了六皇子的軟肋，敢情這位六皇子這麼好擺平呀！

衛大人正和海誠熱情攀談，見海琇進來，深深看了她幾眼。海琇覺察衛大人眼神異樣，心中生疑。朝廷頒下的治河官員名單上可沒有姓衛的，可衛大人今日過府確實是來商量治河之事，和海誠談的也是治河策略。

越是這樣的人越不能小覷，說不定他有不便透露的顯赫背景。重活一世，海琇也慢慢變得世故了；再說，登門是客，又為治河而來，她當然要認真對待。

海琇跟衛大人詳細講解了她的治河方法，也言明這方法是受周氏的莊子旱澇保收啟發。衛大人親自將治河之法抄了兩份，說是要呈交臨陽王和工部官員。

「沒聽懂呀沒聽懂。」六皇子一副心不在焉的樣子，邊嘟囔邊挑釁海琇。

衛大人笑了笑，問：「海大人明白令嬡治河之法的精髓所在嗎？」

「下官愚鈍，略懂一二。」

六皇子斜了海誠一眼。「你快說，把你懂的那一二全說出來。」

海誠想不明白為什麼今天六皇子看他這麼不順眼，說話調理他，甚至還睨了他幾眼，心裡惴惴不安。他正處於仕途上升期，前途光明，可不能得罪權貴。

「回錢王殿下，以往我們治河，總是以防為主，以堵為策，這是最穩妥的方法。小女子的治河之法恰恰相反，是以疏導為主，以排澇洩洪為策。因羅夫河的河道早已成型，沿岸都是良田山野，此法或許有用，但實施起來太難，萬一洩導不利，就會帶來更大的洪災，沖毀更多的良田村落。若無十足把握，下官不建議使用此法，還是想以穩妥為主，煩請衛大人將下官的意思轉告臨陽王殿下，小女子是治河監理，可提供參考資料，這治河之法還是先放一放。」

「臨陽王殿下要是覺得令嬡的治河之法可行呢？」

海誠衝六皇子抱拳行禮。「臣會向臨陽王殿下陳述利弊，闡明兩種治河之法的利害關係，若臨陽王殿下仍認為小女子的治河之法可行，臣定當全力支持。」

「你說了這麼多，我這才聽明白，你就是牆頭草。你毫無主見，也沒有妥善的治河之法，臨陽王說什麼方法可行你就毫無疑問認同嗎？哼！臨陽王說你女兒長得漂亮，要納到府裡做小妾，你是不是也會說我同意、我願意？」

衛大人皺眉道：「錢王殿下此言不妥。」

「我願意、我同意，家父能代小女子答覆，錢王殿下能讓臨陽王殿下納了小女子嗎？」

海琇挑起嘴角彎起清冷的笑容，靜靜注視六皇子，等待答覆。

海誠正因為六皇子刁難心塞，聽到海琇的話，又如當頭挨了一棒，腦袋又悶又暈。怎麼得罪了六皇子還沒弄明白，海琇又跟他槓上了，這不是找事嗎？

六皇子怔了片刻，訕訕一笑。「妳願意、妳同意？他還看不上妳呢！」

「錢王殿下、海大人、海四姑娘，談公事，談公事。」衛大人趕緊和稀泥。

「我謝謝他。」海琇撇了撇嘴，眼角挑起輕蔑的冷笑。說起終身大事，女孩本該粉面含羞，何況給人做妾本就是羞辱人，可海琇毫不在意。她若羞了、怕了，正中六皇子下懷。她不在意、冷靜對視，反而讓六皇子無地自容了。

「妳、妳……咳咳，我給妳記黑帳，告妳的黑狀。」六皇子咬牙切齒。

海琇伸出兩根手指。「這個數。」

「哈哈哈哈，我為妳歌功頌德，我回去就寫摺子。」

「好，銀子跟臨陽王殿下要，我是他的直接下屬，您為我歌功頌德，直接受益人是他。您要是告我們父女的黑狀，備受責難的恐怕不是我們父女。」

「妳、妳太狡詐了！」六皇子冷哼一聲，又幸災樂禍道：「我看妳的治河之法白想了，圖也白畫了，妳父親都左右搖擺，別人能同意才怪。哼！妳活該。」

海琇微微一笑。「我只負責畫支流圖、搜集以往治河的經驗教訓，想出我認為合適的方法呈上去，至於是否實施則由臨陽王殿下決定。我的治河之法要想施行確實需要冒風險，成了功勞不大，一旦失敗，很可能會斷了仕途，甚至禍及家人。所以，我父親不同意再正常不過，作為女兒，我可不希望他拿身家性命冒險。」

「妳、妳就是死鴨子嘴硬。」

海琇輕哼說：「活鴨子嘴也不軟。」

海誠無奈嘆氣，衛大人拍掌發笑，六皇子氣得連聲咳嗽。海琇笑了笑，拿起衛大人新提供的資料去了裡間，她不想跟六皇子無聊鬥嘴，還是規避為好。

六皇子伸出三根手指衝海誠晃了晃。「海大人，你說本王是不是該給你穿一雙精緻的小鞋？你可以選擇破財免災，也能一毛不拔，當然……」

「小鞋若是錢王殿下穿的，臣會視如甘飴，珍惜半生。」

衛大人見六皇子又被海誠噎了個絕倒，笑了幾聲，勸他們趕緊談正事。六皇子目的明確，他就是搶功撈銀子，真要談正事，他趕緊找藉口出去透氣。等海誠和衛大人談到關鍵處，他又回來了，給海誠出了一個大大的難題。

周氏擺了最好的席面招待衛大人和六皇子，海誠作陪。六皇子大快朵頤，連吃帶喝，滿嘴流油。海誠卻食不知味，好在有衛大人開導他，才應付過去。

送走他們，海誠把幾位幕僚叫到書房，說了六皇子反常的情況，幕僚都不明所以。海琇過來才為海誠解開疑團，當然，挨海誠一頓狠訓也是必須的。

與衛大人和六皇子會面的第三天，海誠就把府衙的公務交給兩位同知官，帶著妻女出了門，開始巡視羅夫河流經羅州府下轄區域的情況。

海琇上車時，看到海珂已經坐在車裡，並不覺得奇怪。剛出了羅州城，海珂就提出要同海誠乘一輛馬車，說是要侍奉父親，盡盡孝道。周氏聽她這麼說，馬上下車和海琇坐到一輛車裡，倒鬧得海誠很尷尬，氣得丫頭婆子直瞪眼。

其實不須跟海誠同乘一輛馬車正合周氏心意，她怕相對無言尷尬，不如跟海琇在一起自在。她現在有誥命的封銜，兒女也爭氣，跟海誠的關係也緩和了。海珂名聲壞了，就算秦姨娘使出千般手段，秦家做足功夫，也休想取代她。

「娘，您決定了嗎？是不是要幫父親？」

「娘決定了，但不是幫他，娘是為了幫妳。」周氏溫柔地摸了摸海琇的頭髮。「好閨女，妳這麼爭氣，娘就是把全部家當豁出去，也支援妳試一試。」

海琇心中暖流淌溢，若不是怕周氏心疼，她真想哭一鼻子，表達感激之情。

六皇子對海琇用「貪」字打發他的事耿耿於懷，得知海誠不支持海琇的治河之法，海琇也不想拉著海誠冒險，他非把他們父女推到一條船上不可。他以西南省治河監理的身分逼海誠實施海琇的治河之法，還不提供任何實質性的幫助。

這個難題令海誠一籌莫展，海琇卻毫不在意，父女統一陣線也不是壞事。她讓海誠向周氏求助，弄清周氏的莊子為什麼旱澇保收，最大的問題就解決了。海誠聽海琇這麼說，心裡就踏實了，決定先到水患頻發的地段去看看。

給水患頻發的河道修建洩洪管道，前期以洩為主，以堵為輔，定能有效緩解羅夫河水禍，這是海琇的治河之法。可這洩洪管道的位置不好定，海琇從地圖上挑出了七、八處。那些地方多數是農田，還有幾處是村莊林地，都不能用於洩洪。

海琇把這些情況告訴海誠，父女二人都沒好辦法，決定先實地考察。蕭梓璘一直沒消息，等待的時間太長，海琇也不指望他了。在她看來，蕭梓璘和六皇子一樣，都是眼高於頂的人，沒事搶功撈銀子，出了事一推三六五。

得知海琇和海誠的發愁事，周氏玉手一揮，不以為然。不管是農田還是村莊和林地，直接花高價買下來不就行了，都成了自家的地方，是洩洪還是排澇還不是一句話嗎？周氏就是這麼爽利大氣的人，對女兒的支持果斷又乾脆。

這就是有大把銀子在手的好處！

他們此行只去了海琇挑出的七、八處地方，耗時半個多月。海琇和海誠巡查管道，實地確定洩洪排澇的可行性，周氏則帶著幾名管事，一路買買買。這一趟下來，海琇選定洩洪的地方除了一個人口較多的村莊沒買下來，還有一片林地是清平王府的產業，多少銀子都不賣，其餘的地方都歸到了周氏名下。

海琇收到了蕭梓璘讓金大送來的口信，他說海琇的治河方案可行，多名官員表示支持，連工部的欽差都代表朝廷表了態，要選出幾個地方試行；他還讓海琇再接再厲，遇到困難跟他說。海琇要把清平王府的林地和那個莊子修建成洩洪的通道，讓他協調。金大回去回話也有幾天，他老人家那邊又悄無聲息了。

回到羅州之後，海琇和海誠商議了一天，確定了羅州府城的洩洪通道，正是周氏的莊子。周氏不含糊，馬上答應了，倒是海誠有點捨不得，畢竟這個莊子可是他們一家主要的花用來源。幸而有馮大娘母子帶頭，莊子搬遷順利，很快就能改建使用。

暮春伊始，桃花盛開，雨也隨之而來，桃花汛期拉開了序幕。

走了這一趟，又收到了蕭梓璘的肯定答覆，海琇心裡有了底。最主要是她有一個財大氣粗的娘，銀子能解決的問題都不是問題，她就更堅定了自己的想法。

到了三月中旬，大雨來了，斷斷續續下了七天。羅夫河的水位直線上漲，已與警戒線持平，隨時都有可能沖毀堤壩、洪流肆虐。

海誠裹著防雨披風快步走來，一臉急切，衝蕭梓璘施禮道：「殿下，現在的水位隨時都有可能超過警戒線，為什麼殿下不讓開閘洩洪？那治河之法……」

「海大人，這雨都停一個時辰了，你怎麼還穿防雨披風？」蕭梓璘轉過身衝海誠一笑，沒等海誠看清他的臉，他又轉回去，同幾名侍衛閒話。

「下官忘記換了。」海誠脫下防雨披風，又道：「殿下為什麼不同意洩洪？」

「你為什麼不讓洩洪？海誠早做好準備了。」六皇子也來問這個問題。

「去年，羅州府修固堤壩，耗費了不少人力物力，現在的水位剛與警戒線持平，正是考驗海大人這堤壩品質的關鍵時刻，若此時急著開閘洩洪，會不會有人懷疑羅州府耗銀不少修建的堤壩只是擺設呀？這樣想必會給海大人帶來諸多非議。若水位再漲，開閘洩洪不是一句話的事嗎？何必現在就著急？」

「有道理、有道理，那就等著吧！不用著急了。」六皇子可是最會省心的人。

海誠拍了拍前額，趕緊衝蕭梓璘作揖。他為官多年，對官場上的條條道道還沒蕭梓璘精通，真是慚愧，如今相比蕭梓璘的沈穩淡定，他就覺得自己毛躁了。

水位在警戒線上下搖晃，搖得海誠心煩意亂，他捏著一把汗，心也放不到肚子裡。蕭梓璘走近海誠，微笑道：「海大人現在兩手準備，還有什麼可擔心的？不管是堵還是洩，至少目前來看，羅州府及下轄區域暫時不會再遭受洪流禍患，只要水位不超警戒線，就利用河道自然洩洪，不是最穩妥的方法嗎？」

「殿下說得對，殿下慮事周全，下官謹記殿下教誨。」海誠這才看清了蕭梓璘的相貌，覺得有點眼熟，卻一時想不起在哪裡見過他。

蕭梓璘眼底掠過嘲弄的笑意。「連續忙碌的時間不短，海大人也該回府歇息幾天了。羅州試行，若令嬡的治河之法奏效，海大人也該準備巡查其他河道了。」

「多謝殿下厚愛，下官告退。」

「海大人回去告訴令嬡，清平王已把那片林地送給本王了，那座莊子也由清平王府打著本王的旗號出資補償搬遷，她可以放開手腳規劃。」

海誠鄭重行禮。「多謝臨陽王殿下，下官替小女拜謝臨陽王殿下。」

西南省選定了七、八處地方用於修建洩洪通道，海誠一家走了這一趟，就清平王府的林地和那座莊子周氏沒買下來，此事不能解決，海琇和海誠都一直懸著心。

回府之後，海誠顧不上緩口氣，就把這個消息告訴了海琇，海琇很高興，暗暗自責把蕭梓璘誤會成六皇子那一類人了。林地送給了蕭梓璘，莊子搬遷也是打臨陽王的旗號，真不知道該說是蕭梓璘太會經營、還是清平王府太會逢迎？

海誠滿心高興，讓人準備酒菜，同幾位幕僚飲酒閒談，為自己解乏壓驚。一頓飯還沒吃完，天又下起了雨，他的心又提到了上嗓。他正準備出門，就有人來報信，說城外雨大、河水暴漲，水位已經超過了警戒線。海誠顧不上多問，匆匆穿好衣服就帶人出城去，他趕到時，蕭梓璘已下令開閘洩洪。

大雨接連下了三天，疏導通道就開了三天，羅夫河的水位已低於警戒線兩尺。洩洪通道修建得不錯，洪水通過時排山倒海，只摧毀了一處防水設施。大雨過後，海誠下令重修被摧毀的防水設施，接受百姓恭賀之後，又來驛站報喜。范成白也來了，聽說此事之後很是高興，還說要上書皇上為他請功。

「海大人，跟你商量個事兒唄！」六皇子親暱地碰了碰海誠的胳膊。

海誠趕緊施禮道：「請錢王殿下教誨，下官洗耳恭聽。」

「那本王就不跟你客氣了。」六皇子掃了蕭梓璘和范成白一眼，才道：「臨陽王和范大人都擬了摺子，要向工部說明羅州府治河的經驗，還要向皇上給你和令嫒請功，這份功勞著實不小，賞賜自然不會少，本王就想問你們父女二人好意思獨佔功勞嗎？還有，洩洪通道佔用了你們家的莊子，你知道怎麼賠嗎？」

「下官不知，下官愚鈍，請殿下明示。」海誠擦了擦臉上的細汗，又說：「羅夫河羅州段的洩洪通道佔用賤內的莊子，大概有一千多畝良田，賤內拿出這個莊子是為了讓小女子試行治河之法，未想回報，試行成功，也是為羅州百姓謀福利。」

六皇子啐了海誠一口。「你跟本王裝糊塗是吧？你真沒聽明白本王的意思？」

蕭梓璘把六皇子推到一邊，說：「本王跟范大人商量過了，凡洩洪通道佔據的地方，官府會加倍奉還土地，還會按土地的價值補償銀子。以周夫人的莊子為例，那個莊子有一千多畝，官府會給她兩千多畝土地，地方已確定，就在太谷山腳下。周夫人買莊子花了一萬三千兩銀子，這些年修葺花費也不少，官府補償她一萬七千兩銀子，范大人已把銀子批下來了，周夫人只要以地契為證取回銀子即可。」

范成白忙道：「明天去朱州府衙領取，本官會交代給劉同知。」

「這、這也太多了吧？莊子……」海誠話未說完，就被六皇子推到了一邊。

「你嫌多？你不知道那莊子有我一半嗎？你女兒送我的，不信問小璘子。」

「滾。」蕭梓璘頭也沒抬，賞了六皇子一個字，繼續跟范成白說話。

「小璘子，你忘了？我的就是你的，你……」六皇子被金大扛了出去。

海誠不是笨人，更不是貪婪之人，面對六皇子和蕭梓璘，他與生俱來的貪心都飛逝了。

「臨陽王殿下、范大人，錢王殿下是西南省治河監理，羅夫河羅州段試行治河之法成功，錢王殿下確實有功，還請二位上書皇上時不要忽略。」

「你也可以上書皇上，奏明此事。」范成白提點海誠。

「下官回府就寫奏摺。」

「你知道奏摺的內容怎麼寫嗎？」六皇子又回來了。

「下官知道，下官會向皇上稟明治河之法是小女子受錢王殿下提點才想出來的。以疏導為主的治河之法飽受爭議，又是錢王殿下力排重議，鼓勵下官拿羅州府一試。治河之法能得以推行，為民解憂，都是錢王殿下的一片苦心。有朝一日羅夫河水患根治，錢王殿下功不可沒，下官請皇上嘉獎殿下。」

「海大人真有誠意，本王就不推功了，哈哈哈哈，你也不能吞了范大人和臨陽王殿下的功勞，明白嗎？」六皇子根本不在乎蕭梓璘和范成白鄙視的目光。

「下官明白。」

六皇子啜了口茶。「自今日起，不管人前人後，你都要說以疏導洩洪為主的治河之法是我讓你推行的，就連開閘放水你也是聽我號令的。你夫人多得了的一萬七千兩銀子，本王就不計較了，皇上賞賜下來，你知道該怎麼做吧？」

海誠看了蕭梓璘一眼，才點頭答應。「知道知道，下官謹遵錢王殿下提點。」

這六皇子不只搶他的功，連蕭梓璘的功勞都敢搶，還絲毫不避諱。蕭梓璘不跟他一般見識，做為官階不高的臣子，他又有什麼資格去計較呢？

蕭梓璘看了看窗外西斜了的日影，笑道：「海大人，你要記住錢王殿下的話。」

「多謝臨陽王殿下提醒，臣謹記在心。」

「好，金大，通知廚房置辦酒菜，本王和范大人要為錢王殿下和海大人慶功。」

第二十八章　皇家寡婦

酒菜擺好，幾人分賓主入席，剛要吃喝，就聽到門外傳來吵鬧聲，而且越來越近。七、八個人進到這座院子，竟然沒人阻攔傳話，一路暢通地進來了。

「海誠，你這個損人利己的小人，你公報私仇、卑鄙無恥，你給我出來！」

聽出叫罵者是蘇泰，海誠很吃驚，趕緊放下筷子迎出去。驛站裡住了兩位王爺，還有御前紅人范大人，蘇泰找到這裡指名道姓地罵他，這不存心讓他難堪難受嗎？同蘇泰一起來的還有幾名下屬官員，個個氣勢洶洶。

「蘇兄，有話好好說，兩位王爺和范大人都在房裡，縱對我有不滿，亦切不可衝撞了他們。」海誠迎到了中間客廳，才擋住了來勢凶猛的人群。

「我跟你有什麼好說？你……」

「蘇大人，有話屋裡說。」蕭梓璘出來了。

「參見臨陽王殿下。」蘇泰等人看到蕭梓璘，怒氣消了一些，緊接著他們又給蕭梓璘行跪拜大禮。「求臨陽王殿下為曆州府數萬子民主持公道！」

「都起來，進屋說。」

進屋之後，蘇泰等人再次下跪，求蕭梓璘、六皇子和范成白為曆州府子民作主。聽他們一說，海誠才知道羅州洩洪致使曆州水位暴漲，如今少發洪澇災害的曆州洪水肆虐，七縣四鎮災情告急。好在蘇泰之前接到了蕭梓璘的口諭，做了些準備，人員傷亡不多，但田地、房屋毀壞不計其數，損失非常慘重。

「海大人，你都聽清楚了嗎？你該給曆州同僚一個交代才是。」蕭梓璘給海誠使了眼色，又道：「羅州府未遭災，你大功一件，但也不能貪功推過，明白嗎？」

「下官明白，下官謹遵臨陽王殿下教誨。」海誠平靜片刻，才說：「以疏導為主的治河之法是小女得錢王殿下提點想出來的，這是錢王殿下勇於推陳出新的最好見證。我等都認為施行此治河之法很冒險，也是錢王殿下力排眾議，要拿羅州府做測試。錢王殿下身先士卒，親自開閘放水，才使羅州府不受洪災……」

「海誠，你什麼意思？你怎麼都推到本王身上了？」六皇子拍案而起，觸到蕭梓璘和范成白別有意味的目光，又輕哼一聲，悻悻坐下了。

那會兒，他搶海誠的功勞，蕭梓璘和范成白都一聲不吭，原來有一個萬年巨坑等著他呢。他這叫什麼？這不是典型的搬起石頭砸自己的腳嗎？

蕭梓璘笑了笑，說：「海大人，時候不早，你該回府寫奏摺為錢王殿下請功了。治河之事你要如實奏報，若敢貪錢王殿下的功勞，本王第一個不饒你。」

「下官謹記，下官告退。」海誠向蕭梓璘深施一禮，趕緊溜走了。

蘇泰之所以敢當著蕭梓璘、范成白和六皇子就跟海誠鬧起來，就是因為他占理。保住羅州、淹了厝州，海誠確實沒法交代，何況兩家私下又有過節。如今他既已脫身，六皇子怎麼跟蘇泰交代，就不是他該問、該管的了，今天他躲過一劫，應該好好重謝蕭梓璘，這正是結交蕭梓璘的大好機會，他不能錯過。

蕭梓璘、范成白和六皇子怎麼安撫蘇泰等人，海誠不得而知，他只聽說第二天一早，六皇子就啟程去了厝州，這回他可是被逼著實打實地去治河了。

周氏從朱州府衙拿回了補償的銀子，連補給她的兩千多畝地的地契也一併取回來。若按這種方式補償，她新近買下的地方全部用於洩洪排澇，也能為她大賺一筆了。她可沒想發災難財，這純粹是誤碰誤撞，也是好心得好報。

海誠把羅州府的公務安排妥當，就要帶海琇到各處巡查河道。周氏不放心海琇，決定跟他們同去，海誠也把海珂帶上了。

第一站是朱州府。朱州是西南省首府，幅員廣闊，地勢偏低，地形複雜，也是羅夫河水患的重災區。

海琇等人到了朱州，就被府衙的人安排住進了客棧。海琇原計劃第二天去城外查看河道，沒想到當天夜裡就開始下雨，接連幾天，斷斷續續。蕭梓璘和范成白也回了朱州，他們剛到府衙，就把海誠叫去商討公務了。不能出城，海琇很著急，好在有周氏陪伴，雨小的時候，也可以到周家的鋪子裡轉轉。

「二姑娘呢?」周氏和海琇回來，見海珂在不房裡，詢問下人。

「老爺派人把二姑娘接走了，說是要帶她去作客。」

「去哪兒作客了?」

「老爺派來的人沒說，奴婢也沒敢多問。」

聽說海誠帶海珂出門作客，海琇和周氏都皺了皺眉。她們並不是嫉妒海誠帶著海珂，而是覺得海誠做法不妥，海珂是閨閣女兒，跟海琇身分不一樣。

海琇把周氏送回房間，衝房頂高聲問：「老爺帶二姑娘去哪兒了?」

「洛州。」唐融的聲音傳來。「烏蘭察來了，我們準備賞月呢。」

天陰得很沈，哪有月可賞?海琇話到嘴邊，又壓回去了。她怕勾起烏蘭察說話的興趣，烏蘭察的話癆嘴打開，她今晚真要陪他們賞月了。

周氏聽到唐融的話，過來問：「妳父親在洛州有朋友?」

海琇想了想，說：「沒聽說父親在洛州有朋友，我想他們應該是去清平王府了。父親因公事來朱州，不會冒昧登門拜訪清平王，應是有事或受邀去的。」

「那他應該帶妳去才是，帶二姑娘去很長臉嗎?」

「父親不是偏寵偏信之人，他帶二姊姊出門自有道理。」海琇挽起周氏的手臂，又說：「娘應該相信父親，別總為一些小事去計較，更不用替我鳴不平。」

入夜，海誠和海珂才回到客棧，沒等周氏詢問，海誠就說了去洛州的事。

這幾天接連下雨，羅夫河朱州段的水位已超過了警戒線，好在朱州的堤壩堅固，未有災情發生，但若再下大雨，水位一漲，就有可能沖毀堤壩，導致洪災氾濫。

蕭梓璘等人商議之後，決定採用海琇的治河之法，可朱州府的下游都是百姓的良田，有千畝之多，現已栽種早稻，若被洩洪沖毀，太過可惜。

清平王府在羅夫河沿岸有個莊子，五百畝大，都是土質不好的沙地，且多半是荒地，用來養殖牲畜，若用這個莊子做洩洪的通道，能把損失降到最低。海誠提出建議，沒想到清平王府竟然開出十萬兩的高價，令眾人氣惱不已；蕭梓璘對此不聞不問，范成白很無奈，只好硬著頭皮帶海誠登門遊說。海珂跟清平王府的洛川郡主相識，都是西南省小有名氣的才女，海誠為拉近關係，就帶海珂去了。

「說通了嗎？」周氏很關心海誠等人遊說的結果。

海誠面露為難。「清平王說那莊子在洛川郡主名下，是否讓官府用、要多少補償都由洛川郡主決定。洛川郡主病了，珂兒去探病，還沒來得及說正事，就被攆出來了。清平王說他會跟洛川郡主商量，明天給我們答覆。」

「官府徵用排洪的土地不是有補償標準嗎？怎麼到清平王府這裡就成了他們家開價了？」周氏一臉忿忿之色，忍不住為自己的好心鳴不平。

海誠嘆氣道：「清平王府與別家不同，要求自然高一些。」

第二天早晨，范成白派人來通知海誠和海琇，讓他們直接去清平王府在城外的莊子。海誠和海琇匆匆出城，他們趕到的時候，已將近午時。

天色陰沈，水天茫茫，今天的堤壩上卻格外熱鬧。

范成白帶工部幾名官員正丈量勘查，尋找建設疏導通道的最佳位置。海誠父女一來，就被范成白叫去，閒話未敘，圖紙就落到了他們二人手裡。

清平王府的莊子緊鄰羅夫河的堤壩，地勢低窪，最適合洩洪。除了這個莊子，他們還選定了幾處地方，但那幾處地方都是良田，青苗繁茂，毀了太過可惜。

「海四姑娘，我家郡主請您到堤壩上說話。」

海琇愣住了。她和這位洛川郡主毫無交集，洛川郡主怎麼會找她說話？

「范大人，清平王府答覆了嗎？到底讓不讓用他們府上的莊子洩洪？」

「還沒有，洛川郡主可能為這件事而來，妳上去見她，試圖說服她。」

「好，我盡力而為。」海琇心裡對洛川郡主有一種莫名的反感。

一身紅衣的女子站在堤壩上，衣裙隨風飄起，獵獵飛舞。她一臉茫然地俯視滾滾奔騰的河水，身體好像定格一般，點綴於蒼茫的水天之間，悲愴而淒涼。

「妳知道我是誰嗎？知道我是什麼身分嗎？」洛川郡主看到海琇走近，開門見山地詢問。她身材窈窕、容貌嬌美，周身卻散發出陰鷙的氣息。

「小女子見過洛川郡主。」海琇莊重行禮，仔細觀察洛川郡主的表情。

「我問妳話呢？妳沒聽到嗎？」洛川郡主一聲暴喝，令海琇不由心顫。

海琇儘量笑得甜美，柔聲說：「您是聖上欽封的洛川郡主，是清平王府的嫡長女，在西南省乃至整個盛月皇朝，您都是金枝玉葉，是身分尊貴的女子。」

「呵呵，妳真會說話，我還有一重身分，想必妳不知道。」

「請郡主明示。」

洛川郡主走近海琇，低聲說：「我那重身分就是寡婦，皇家寡婦，我是盛月皇朝守寡最早的女子，我從三歲就開始守寡，妳想知道因由嗎？」

「……」海琇不知該說什麼了，只默默注視洛川郡主。

「我兩歲就和銘親王世子正式地定了親，那一年他四歲。我和他定親沒多久，他就死了，於是我開始守著這望門寡，父王說等我守夠二十年，就向朝廷上表，求皇上賜我一座貞節牌坊。妳說，我是不是該得這座貞節牌坊？」

原來洛川郡主和銘親王世子定過親，這等秘事她還真沒聽說過。銘親王是當今皇上的同胞親弟，身分比其他親王更尊貴。令人遺憾的是，銘親王唯一的嫡子四歲就離世了，而且死得很蹊蹺。

「郡主……」

洛川郡主走近海琇，陰陰一笑。「妳知道我崇拜誰嗎？我最崇拜江東才女程汶錦，可我聽說妳罵她是不諳世事的蠢貨，妳這是對本郡主的蔑視。」

又一個程汶錦的崇拜者，真是罪孽。海琇確實罵過自己的前身，罵得不對嗎？世人都道程汶錦是才女，只有她知道程汶錦有多麼不通世故、不善機變。在府裡面對海珂、海琳之流，在蘇家賞菊花會上見識了諸多偽才女，當著她們，她不止一次質疑程汶錦。正如洛川郡主所說，她罵程汶錦，正是對那些盲目崇拜者的蔑視。

「我從未跟外人說過這些話，我不想讓別人議論我。」洛川郡主跟海琇靠得極近，又說：「今天我卻跟妳說了，妳知道為什麼嗎？因為妳該死了。」

沒等海琇反應過來，洛川郡主就突然出手，把海琇推進洶湧奔流的河水裡。

海琇正琢磨洛川郡主其人，想著怎麼說服她、完成范成白交給她的任務時，一聽洛川郡主說出「因為妳該死了」這句話，海琇才意識洛川郡主眼底散發出強烈的仇恨和敵意，她還沒反應過來，身體一傾，就倒向了水中。

「啊──」

這一聲驚悚的尖叫包含了太多情緒，但很快就被波濤洶湧的河水淹沒了。

她落入冰冷的水中，被奔流的河水捲走，身體越來越沈，她拚命掙扎，卻抓不到哪怕一根救命的稻草！

「哈哈哈哈……哈哈哈哈……」洛川郡主看著海琇在水裡掙扎呼救，拍掌大笑，眼淚都笑出來了。「太精彩了，太好玩了，原來一個人可以這樣悄無聲息地死去。哈哈哈哈……都去死吧！留著我這個皇家寡婦活到天長地久、海枯石爛！」

洛川郡主瘋狂的笑聲和舉動驚動了正在堤壩下面勘查的人。他們高聲詢問，沒有得到回音，又聽洛川郡主大笑不止，才急忙跑上堤壩查看。

「海、海四姑娘失足落水了！快、快救人，快——」

「哈哈哈哈……誰說海四姑娘失足落水了？是本郡主送她去見河神了。她說她得了河神點化，變得聰明，就目中無人了，本郡主不服，就要讓她去死。是本郡主推她下水的，你們哪個敢管？我可是皇家的寡婦，我就想要她的命！」

聽到洛川郡主的話，眾人才知道是她把海琇推下了水。當下救人要緊，任她放肆喊叫、百般挑釁，甚至阻止救人，誰也顧不上理睬她了。

海琇的身體被一個浪頭湧起，又被另一個浪頭打落，起伏間，她仍在漩渦中拚命掙扎，奔流污濁的河水吞沒了她的身體，她沈入水中，又隨浪濤奔流而下。

第二十九章　救命之恩

海誠跑上堤壩，看到海琇被水吞沒，當即驚得失了三魂七魄。聽到有人高喊救人，他才被驚醒，正要跳到水裡救女兒，被隨從死死攔住了。

他不會游泳，跳進去不是白搭嗎？

「琇兒、琇兒……」海誠趴在堤壩上，抱頭痛哭，哀求眾人下水救人。

范成白足夠冷靜，趕緊組織會游泳的民工下河救人，又讓人拿魚網到下游攔截。可羅夫河這一段河道較窄，水流湍急，天又要下雨，人已經被沖出十幾丈遠了，這種情況下去救人，先不說人能否救上來，陪葬的可能性極大。

會水的民工不少，但見眼前的情景，都猶豫著不敢下水。儘管海誠哭喊著叫出一千兩銀子的高價，可重賞之下，面對生命抉擇，任誰也需掂量一番。

唐融和烏蘭察正在堤壩下逗弄牛羊，聽說海琇落水了，都飛奔而來。

「烏狗，你千萬別下水，你洗澡時間長了都昏，下水就變死狗了。」烏蘭察追隨唐融來到堤壩上，見唐融要下河救人，緊緊拉住他，高聲勸阻。

「躲開，別攔著我，還有，再叫我烏狗就割了你的舌頭！」

「不行，你下去救不了人，還要讓別人救你，不是更麻煩？」

「那你去，你會水。」唐融要推烏蘭察下水。

「水流太急了，我害怕、害怕……哎！你看——」

就在范成白正組織救人、唐融和烏蘭察爭論的的時候，十幾根木頭被扔進水中。一襲青衣自堤壩上飛躍而起，跳入水中，施展輕功，踩著浪頭在水面上奔跑。

水花滾滾，青衣獵獵，矯健敏捷的身影在水面激起混濁的水花。他時而起伏飛躍，時而踩木獨立，如謫仙、似精靈，尋找救人的最佳契機。

「烏狗，你看——河神，真的是河神，這河神長得比我還好看。」烏蘭察被水面上飄逸的身影驚豔了心神，他高聲驚呼，早已把救人拋到腦後。

「什麼河神？是下水救人的人。」唐融受了啟發，趕緊去搬修建堤壩的木頭。

范成白看到水面上的青影，一時氣短，長吸一口氣，才喊道：「臨陽王殿下都下水救人了，你們還等什麼？殿下的性命不比你們尊貴得多嗎？」

聽說下水救人的人是臨陽王殿下，堤壩上頓時熱鬧起來，又有歡呼聲、助威聲響起。會水的紛紛跳下水救人，也有人往水裡扔木頭、撒魚網，試圖提供幫助。

海誠跪在堤壩上，熱淚盈眶，此時他不知道還能說些什麼，只衝正在水中救人的蕭梓璘磕頭作揖。女兒生死未卜，他的心一直懸在嗓子裡，不敢有片刻放鬆。

蕭梓璘身分尊貴，能下河救他的女兒，不管成功與否，這份恩情他和一家人都會銘記此生。

又一個浪頭將海琇沖起，她隨著波濤飄浮，已沒有掙扎的跡象。一大朵濁白的水花打在她身上，她嗆出一口水後，不再有任何動靜，臉比水花還要白上幾分。

蕭梓璘下水時就扔掉了披風，下水後，怕衣服濕透增加分量，他連外衣也甩掉了。

他踩在木頭上，慢慢靠近海琇，一個浪頭打來，將他打翻到水裡，他沒入水中，連嗆了幾口水，又抓著木頭浮出水面。見海琇已沈入水中，生機漸逝，他不顧自己已身處險境，迎浪而上，抓住了海琇的衣服，又抓住了她的手臂。

一層浪花湧來，他托住海琇，把她緊緊抱在懷裡，替她擋住洶湧的浪濤。

「真是個傻瓜，幾次了？妳說妳落水幾次了！」蕭梓璘喃喃低語，在他感覺身體冰冷無力、眼睛都要閉上的時候，他仍咬牙用力托住海琇的身體。「我上輩子欠了妳的情和義，這輩子救妳三次也是償還，要還……一定要還……」

幾艘漁船划過來，看到他們，漁夫撒下漁網，又有人下到水中去托網，才把已沒到水中的兩人救出水面，又合力把他們托到漁船上。

「快、快把人送到大船上。」范成白調來應急的大船，親自在甲板上指揮。

兩人被送到大船的甲板上，大夫見兩人都還有氣息，趕緊讓他們吐出污水並施救。腹中污水吐淨，兩人被抬到艙室，眾人總算鬆了一口氣。

「海大人，快起來，人都救上來了，正在大船上醫治呢。」

海誠聽說海琇和蕭梓璘都得救了，激動得渾身顫抖，淚水奪眶而出，囁嚅著一句話都說不出來。他抓著隨從站起來，跌跌撞撞朝大船停靠的地方跑去。
唐融聽說海琇得救了，連喘了幾口氣，要跟著去看她，被烏蘭察一把拉住。
「幹什麼？我要……」
烏蘭察恨恨咬牙，衝仍站在堤壩上看熱鬧的洛川郡主抬了抬下巴。「人都救上來了，你還跟著去起什麼鬨？你能放過她嗎？可是她把人推下水的！」
「當然不能！」唐融見洛川郡主一副毫不在乎的神態，牙齒咬得格格直響。
洛川郡主見唐融和烏蘭察都滿臉憤恨地朝自己走來，冷冷一笑，毫不畏懼，臉上陰鬱的神情更加濃郁。她衝他們勾了勾手指，當即放聲大笑起來。
「你們想幹什麼？看不慣我？不服氣？那就過來和我理論好了。」洛川郡主迎著唐融和烏蘭察走來，一邊放聲大笑，一身紅衣在風中更顯妖冶而蒼涼。
「我為皇家最正統的嫡系血脈守孝，都守十幾年了，誰看不慣都沒用。別說是你們兩個無職無爵的蠢貨，就是官府，就是皇族宗室又能把我怎麼樣？」洛川郡主指著唐融和烏蘭察，百般嘲諷，又大叫下人把他們扔到河裡。
「你們是什麼人？膽敢衝撞郡主，當心你們的狗命！」洛川郡主的下人和隨從包圍了唐融和烏蘭察，一聲喊呵，就向他們出手了。
他們哪裡是唐融和烏蘭察的對手？兩人同時出擊，不出十個回合，就把那些隨從護衛全部打倒。烏蘭察不解氣，要把他們丟進水中，被唐融攔住了。不等烏蘭察詢問，唐融就一腳一個，把十幾個下人隨從都踢進堤壩下面的泥坑裡。

洛川郡主見唐融和烏蘭察出手俐落，這才感到幾分害怕，驚問：「你們想幹什麼？」

烏蘭察衝洛川郡主挑了挑小手指，冷笑道：「妳膽怯了？嘿嘿，被妳推下水的人是我的朋友、他的主子，妳說我們想幹什麼？我們想收拾妳。」

「你們好大的膽子！你們知道我是誰嗎？」洛川郡主忍不住要後退。

唐融冷哼道：「妳剛才不是叫嚷著自己是皇家寡婦嗎？我看妳還是個瘋子！」

洛川郡主又一次放聲大笑，笑得嗆出了眼淚。「讓你們說中了，我就是個瘋子，我也是皇家寡婦，因為我是皇家寡婦，我才瘋了、瘋了。哈哈哈哈……你們想為海四姑娘討公道？別作夢了，哼哼！我可是皇家寡婦，官府都要拜在我腳下。」

烏蘭察撇嘴道：「我早就聽說過妳，我阿爹阿娘還商量過為我求娶妳，後來聽說妳立志守寡，才放棄了想法。嘿嘿，妳還沒過門就成了寡婦，守寡的日子不好過吧？我告訴妳，就妳這種人，真被娶進門，也要守一輩子活寡。」

「你、你是誰？」洛川郡主瞪大眼睛追問烏蘭察。

「我的話還沒說完，一會兒再跟妳說我是誰。」烏蘭察衝洛川郡主做了一個鬼臉。「妳比毒婦還狠毒、比辣女還毒辣，又是個寡婦，還是個瘋子，反正我不會娶妳，烏狗，你會娶這樣的女人嗎？烏狗肯定不會，要不就變成烏王八了。將來就是有人娶妳，也不睡妳，把妳掛到城牆上晾成人肉乾兒，哈哈哈哈……」

「少跟她廢話。」唐融抽出烏蘭察的彎刀，挑起一刀青泥，甩到了洛川郡主臉上。「我叫唐融，是烏什寨少主烏蘭察的武藝師傅，妳有本事就來找我。」說完，他又一腳把洛川郡主踹到了堤壩下面的泥坑裡，拉著烏蘭察走了。

「哎、哎、哎，你為什麼說你是我的武藝師傅，不說你是海四姑娘的奴僕？」

唐融瞪了烏蘭察一眼，沒說原因，拉起他就朝已停靠在岸邊的大船走去。

當天下午，蕭梓璘就醒過來了，而海琇還處於昏迷之中。

天又下起了雨，把海琇送回城裡的客棧多有不便，海誠就讓她在艙室裡休養。周氏接到消息也趕來，有她貼身照顧，海琇的身體恢復了不少。

「琇兒怎麼樣了？」海誠進到艙室，趕緊詢問。

周氏冷哼一聲。「你沒長眼睛嗎？看不到呀？你是不是該給我一個交代？」

海誠嘆了口氣。「琇兒落水，差點丟了命，妳以為我不著急嗎？從看到她落水到她被救上來的那段時間，我的心都提到嗓子眼了，我也擔心自己的女兒！」

「你擔心？哼！我歡蹦亂跳的寶貝女兒跟你為公事出城，才兩、三個時辰就變成了這樣，你還想滋潤舒服嗎？我問你，到底是怎麼回事？琇兒怎麼落水的？」

「洛川郡主把她叫到堤壩上說話，我也不知道她們說了什麼，也就一炷香的時間，琇兒便落水了。洛川郡主承認是她把琇兒推下水的，我看她瘋瘋癲癲地胡言亂語，懶怠理她，明天我直接去找清平王理論，讓清平王府給我一個交代。」

周氏冷笑道：「昨天你才帶二姑娘去清平王府，二姑娘還見了洛川郡主，今天洛川郡主就把我女兒叫到堤壩上，連吵鬧爭端都沒發生，就把她推進了水裡，這其中有什麼端倪，是你不敢想、不敢說，還是你早知道了，想欺瞞我？」

海誠愣了片刻，長嘆一聲，說：「妳別胡亂猜測，到底是怎麼回事，我一定會查得清清楚楚，給妳一個交代。琇兒還處於昏迷中，讓丫頭照顧她，妳和我去拜謝臨陽王殿下，若不是臨陽王殿下不顧自身安危救人，恐怕我們琇兒……」

「是應該重謝臨陽王殿下，你等一下，我擬一份禮單，明天讓人把謝禮直接送到他下榻的地方；還有，凡是跟著救人的，每個人都重賞，別顯得我們小氣了。」

「呃，這……」海誠欲言又止，猶豫半天，才說：「我當時救人心切，想著重賞之下必有勇夫，就開出了一千兩銀子的高價獎賞，妳看這事怎麼辦？」

「一千兩銀子？你可真大方，真敢開口！你一年的俸祿才多少銀子？張口就開出一千兩的高價獎賞，你是準備讓闔府上下喝兩、三年的西北風嗎？」

海誠無奈甩手，輕嘆道：「妳總是這麼犀利尖刻，真讓人受不了。」

「我本來就不是溫柔大方的人，都十幾年了，你今天才知道嗎？」周氏冷哼一聲，又說：「我挖苦諷刺你幾句，就說明我認下了你許出的銀子，不管多少都替你擔當，天天跟你做小伏低說好話，關鍵的時候拿不出銀子，有用嗎？」

「好好好，妳還想怎麼譏諷我、怎麼奚落我，就一口氣都說出來。不就是被妳挖苦諷刺嗎？有一千兩銀子賺也不虧，要不我自己罵自己，罵到妳滿意為止。」

周氏噗哧一聲笑了，輕哼道：「懶怠跟你計較，時候不早，我們去拜謝臨陽王殿下吧！既然你許出一千兩銀子，我就先不擬禮單了，等我琢磨一番再說。」

蕭梓璘醒來之後，先喝了祛寒散瘀的湯藥，又運功調養氣息，把體內的寒氣都逼出來之後，才躺下來休息。他小憩了一會兒，感覺渾身舒服多了，便叫來暗衛詢問海琇落水的事。得知事情經過，他重重冷哼，又仔細吩咐了暗衛一番。

「稟王爺，范大人求見。」

「讓他進來。」蕭梓璘披上外衣，坐到軟榻上等候范成白。

范成白親手提著一個食盒進來，給蕭梓璘見禮之後，他打開食盒，拿出幾樣酒菜擺到幾案上，說：「下官有感於殿下捨己救人的高風亮節，特來陪殿下小酌幾杯，殿下若感覺身體不適，就以茶代酒，准許臣聊表敬謝之意。」

蕭梓璘微微一笑，說：「范大人過獎了，范大人的好意本王也心領了。只是本王不清楚這敬謝之意從何而來？這敬也就罷了，這謝也該海誠夫婦來表示吧？」

「殿下誤會了，我備下薄酒並不是替海大人夫婦表示謝意，而是替海四姑娘本人。羅夫河水流湍急，若不是殿下帶頭救人，恐怕海四姑娘凶多吉少。」

「原來范大人是替海四姑娘本人來謝本王。」蕭梓璘笑得別有意味，端起熱茶喝了一口，才問：「范大人替海四姑娘來道謝，她本人知道嗎？」

替人道謝一般是受人所託，或者兩人關係親密，如父母、夫婦。海琇還沒醒，不可能託范成白向蕭梓璘致謝，那麼范成白此舉就耐人尋味了。

「海四姑娘還未清醒，不知范某來替她向殿下道謝。」范成白如實回答，根本不在乎蕭梓璘猜疑的目光，他巴不得蕭梓璘誤會，這也是他變相的挑釁。

就因為擔心蕭梓璘這個競爭對手，他才夥同程文釵在程汶錦的賽詩會上做手腳，最終結果害人害己。他恨自己，恨程文釵和小孟氏，也恨蕭梓璘這個對手。

若蕭梓璘不是文武雙全、出身尊貴的青年才俊，也對他構不成威脅，他也不會生出齷齪心思。他認為蕭梓璘和他一樣，都是害了程汶錦的罪魁禍首。

看到蕭梓璘捨身救人，他不知不覺又生出拈酸心思，才帶著酒菜來向蕭梓璘道謝。蕭梓璘誤解越深，他就越興奮，誰讓蕭梓璘總勝他一籌。

「范大人可真是一片苦心哪！不知海四姑娘醒後若知曉會作何感想？」蕭梓璘笑意吟吟地注視范成白，儘管他笑容溫和，仍讓人感覺到無形的壓力。

「呵呵，海四姑娘是嫻靜溫和、通情達理之人，她會理解我的一片苦心，還會對我百般感激。不過，相比王爺的英勇，范某自形慚愧，覺得……」

「范大人，你和本王還是先說正事，代人道謝為時過早；還有，等海誠夫婦來看本王，你再表白也不遲，本王希望他們能接受你的好意。」蕭梓璘嘴角挑起嘲弄的笑意。「雨越下越大，若不備好疏導通道，萬一決堤，定會洪災肆虐。」

范成白愣了片刻，說：「海四姑娘被洛川郡主推下水，對我們來說倒真是一個契機。她平白無故出手害人，又讓殿下受罪，清平王府不給個說法怎麼行？」

「你想好了？」

「若洛川郡主不出手害人，我還真拿清平王府這滾刀肉沒辦法。」

「范大人真會是懂得把握契機，本王佩服，不知海四姑娘醒來，對范大人這麼心安理得地利用她用命換來的契機，會怎麼想？」蕭梓璘冷笑幾聲。「於私，我不支持你的做法；於公，呵呵，想好就去做，范大人是聰明人，自知如何圓場。」

范成白站起來，衝蕭梓璘鄭重施禮。「下官替官府、替每一個治河的人、替西南省百姓拜謝臨陽王殿下，謝殿下捨己救人，謝殿下替我等擔當。」

「你不是想好如何圓場了嗎？為何還需本王擔當？」

「下官萬一有疏漏，還需殿下善後，這也是為了治河大業。」

蕭梓璘笑了笑，說：「本王更希望聽到你替海四姑娘向本王道謝也是為了治河大業。你為佔用那片荒地洩洪，才讓海四姑娘去說服洛川郡主，結果導致她被推下水；本王救人出於好心，若本王和她有一個人喪命，你可就真難交代了。」

「下官再次拜謝王爺。」范成白又衝蕭梓璘施禮，卻不說他想聽到的話。

「免了吧！」蕭梓璘瞭解范成白，不想跟他較真。「金大，吩咐下去，就把清平王府那個荒廢的莊子做為疏導通道，不必通知清平王府，直接徵用。莊子的人口牲畜，你帶人清查一遍，不必勸說，強制帶離，不服鬧事者收監。」

「下官遵命。」

「下官擔心清平王府為莊子跟殿下糾纏，把事情鬧得不可收拾。」

蕭梓璘端起酒杯聞了聞，又放下了。「范大人的擔心很多餘，莊子都不是清平王府的了，他們還有什麼籌碼跟本王糾纏？還有什麼資格鬧事？」

范成白會意，點頭道：「海四姑娘是皇上欽封的治河女使，洛川郡主意圖謀害她的性命，就是蔑視國法皇威，何況她還差點害了殿下的性命。殿下看情面不下狠手，只讓清平王府賠海家一個莊子，真是太便宜她了。殿下此舉既安撫了海家，又制裁了清平王府，一石二鳥實在高明，只是這皇家寡婦又該如何安撫？」

蕭梓璘冷笑不答，只道：「海誠夫婦來了，范大人替本王去迎一迎。」

海誠和周氏進來，先給蕭梓璘行了禮，又行跪拜大禮謝他救海琇的大恩。周氏說要給蕭梓璘備一份厚禮，蕭梓璘只笑了笑，沒半句推卻之辭。周氏看清蕭梓璘的臉，一時恍惚，她確信自己之前見過蕭梓璘，卻一時想不起來了。

聽說蕭梓璘決定把清平王府的莊子補償給海家，海誠想要推託，被周氏以眼神制止。海誠認為收了莊子就無法再給海琇討公道，而周氏的想法恰恰相反。先收下莊子，領了蕭梓璘的人情，再謀算著怎麼對付清平王府更有底氣。

周氏哽咽長嘆。「妾身聽說洛川郡主成了皇家寡婦之後愈漸猖狂，完全憑自己喜怒做事，從不顧忌規矩禮數，難道這也是皇家的特權？」

蕭梓璘微微搖頭，跟海誠夫婦講了洛川郡主這皇家寡婦的來歷。「世間從無特權可言，有些人自認自己有特權，也只是一時之事，周夫人應該明白。」

周氏冷哼道：「妾身明白，只是妾身是直性之人，忍不下這口氣。兩歲定了親，接著就剋死了未婚夫，洛川郡主的命格可真硬，皇家不忌諱嗎？」

「休得胡言亂語。」海誠低聲斥責周氏。

蕭梓璘輕笑幾聲，又說：「清平王府和銘親王府的這門親事，自銘親王世子夭折之後就沒再提起，兩家都覺得不了了之最好。兩年前，本王到華南省辦案，查到清平王府與華南省某些官員勾結謀私之事，證據確鑿。清平王聽到風聲，上表皇上和太后娘娘，提出讓洛川郡主為銘親王世子守寡，銘親王夫婦沒說什麼，皇上和太后娘娘卻都認為此事不妥，只因清平王一再請旨，皇上才恩准了。」

周氏憤憤冷哼。「如此說來，這皇家寡婦是皇家的體面，清平王府涉及大案都能安然無恙，也是沾女兒的光。臨陽王殿下救了我女兒，又補償了我們，我們就不計較了，只希望皇上早日賜下貞節牌坊，祝願這位皇家寡婦守寡到天長地久！」

——未完，待續，請看文創風507《媳婦說得是》2

2017年3月出版

媳婦說得是

文創風 506～508

要嫁就嫁一個——
最疼妳的、最懂妳的、最挺妳的，
永遠把妳說的話當一回事的男人……

有愛就嫁，有妳最好／沐榕雪瀟

才剛產子的她，看著繼母撕下偽善的面具，
將摻有劇毒的「補藥」送到她嘴邊，她已無一絲力氣反抗，
而她的夫君竟還將她剛生下來還沒見上一面的孩子狠狠摔死，
她怨毒絕望，銀牙咬碎，發毒誓化為厲鬼報此生仇怨……
苦心人、天不負！一朝重生，她成了勛貴名門的庶房嫡女，再次掙扎是非中。
儘管庶出的父親備受打壓，夾縫中求生存；出身商家的母親飽受歧視，心灰意冷，
溫潤的兄長懷才不遇，就連她的前身也受盡姊妹欺凌，被害而死……
然而，這些都無法阻撓她的復仇之路，
鳳凰涅槃，死而後生。她相信自己這一世會活出輝煌，把仇人踩在腳下。
攜恨重生，她必要素手翻天、快意恩仇，為自己、為親人爭一份富貴安康……

為流浪貓狗加油 和貓寶貝 狗寶貝

廝守終生(一定要終生喔！)的幸福機會

對人來說，貓寶貝狗寶貝只是生活的一部分，但妳(你)對牠們來說，卻是生活的全部，領養前請一定要考慮清楚——

▲ 隨和又可親的毛小孩　曉舞

性　　別：女生
品　　種：西施
年　　紀：約7～8歲
個　　性：熱情活潑，喜歡與人互動
健康狀況：收容所領出時已完成結紮與年度預防針、通過四合一檢查、2016年8月血檢正常
目前住所：新北市新店區

本期資料來源：台灣認養地圖

第277期推薦寵物情人

『曉舞』的故事：

曉舞原是被好心民眾發現送至收容所，所方聯絡到原飼主後，卻得到「不擬續養」的回覆。那時的牠，外觀並不討喜，加上所方備註的資料，讓牠遲遲得不到關愛。後來，中途在被朋友説動及幫忙之下，就決定將牠帶離收容所。曉舞在中途家生活時，完全好吃好睡，也很活潑，唯獨在照顧上需要費點心思。

經過一連串詳細檢查，曉舞有通過四合一檢驗，無感染；做血檢，也顯示一切正常，是個健康的小朋友，只是有皮脂漏和乾眼症。由於先前生活條件不佳，導致曉舞有皮脂漏，需每3、4天洗一次澡，建議戴頭套避免啃咬；而雙眼的乾眼問題，需早晚清潔並點眼藥水，避免惡化。另外，曉舞的後腳也有輕微膝關節異位，但完全不影響日常生活。曉舞在正常情況下，無須就醫服藥，只要給予均衡的營養、乾淨的生活空間及勤勞的洗澡即可。

曉舞的個性很好，和人、狗的互動都沒問題；牠也不太挑嘴，即便是乾糧，都能在短時間內一掃而空；此外，牠也是個很快能融入新環境的孩子，很好相處，現在，就等有緣人出現。若您想當曉舞的有緣人，請來信u811825@yahoo.com.tw或致電0922-627-796（毛小姐），或臉書私訊：Joan Mao。

認養資格：

1. 認養者須年滿20歲，有獨立經濟能力，
   並考慮清楚自身未來的狀況。
2. 須同意簽認養寵物切結書。
3. 同意送養人日後之追蹤探訪，對待曉舞不離不棄。
4. 不可長期關、綁著曉舞，限制其活動，亦不可隨意放養。
5. 請準備好曉舞的生活必需品，以及請支付醫療費用3000元
   （含全套血檢、驅內外寄生蟲，和皮膚、眼部相關用藥）。
6. 讓曉舞每年施打八合一及狂犬疫苗，每月按時服用心絲蟲預防藥。

來信請說明：

a. 個人基本資料：姓名、性別、年齡、家庭狀況、職業與經濟來源等。
b. 想認養曉舞的理由。
c. 過去養寵物的經驗，及簡介一下您的飼養環境。
d. 若未來有當兵、結婚、懷孕、畢業、出國或搬家等計劃，將如何安置曉舞？

506

媳婦說得是 1

國家圖書館出版品預行編目資料

媳婦說得是 / 沐榕雪瀟著. --
初版. -- 臺北市 : 狗屋, 2017.03
冊 ; 公分. --（文創風）
ISBN 978-986-328-707-0（第1冊 : 平裝）. --

857.7　　106000361

著作者	沐榕雪瀟
編輯	王佳薇
校對	黃亭蓁　簡郁珊
發行所	狗屋出版社有限公司
地址	台北市104中山區龍江路71巷15號1樓
電話	02-2776-5889～0
發行字號	局版台業字845號
法律顧問	蕭雄淋律師
總經銷	知遠文化事業有限公司
電話	02-2664-8800
初版	2017年3月
國際書碼	ISBN-13　978-986-328-707-0
原著書名	《朱门锦绣之爱妃至上》，由瀟湘書院〈www.xxsy.net〉授權出版

定價250元

狗屋劃撥帳號：19001626

網址：love.doghouse.com.tw　E-mail：love@doghouse.com.tw